U0163939

王向遠教授

學術論文選集

● 第十卷 ●

序跋與雜論

《王向遠教授學術論文選集》
編輯委員會

編輯弁言

萬卷樓圖書股份有限公司與王向遠教授部分的學生，組成編輯委員會，於王向遠教授從事教職滿三十週年（1987-2016）之際，推出《王向遠教授學術論文選集》。

《王向遠教授學術論文選集》是王向遠教授的論文選集，選收一九九一至二〇一六年間作者在各家學術刊物公開發表的學術論文二百二十餘篇，以及學術序跋等雜文五十餘篇，共計兩百五十餘萬字，按內容編為十卷，與已經出版的《王向遠著作集》全十卷（寧夏人民出版社，2007年）互為姊妹篇。

各卷依次為：

第一卷《國學、東方學與東西方文學研究》

第二卷《比較文學學科理論研究》

第三卷《比較文學學術史研究》

第四卷《翻譯與翻譯文學研究》

第五卷《日本文學研究》

第六卷《中日現代文學關係研究》（上）

第七卷《中日現代文學關係研究》（下）

第八卷《日本侵華史與侵華文學研究》

第九卷《日本古典文論與美學研究》

第十卷《序跋與雜論》

以上各卷所收論文，發表的時間跨度較大，所載期刊不同，發表時的格式不一。此次編入時，為統一格式原刊有「摘要」（提要）、關鍵詞等均予以刪除；「注釋」及「參考文獻」一般有章節附註與註腳

兩種形式，現一律改為註腳（頁下註）。此外，對發現的錯別字、標
點符號等加以改正，其他一般不加改動。

　　感謝王向遠教授對本書編輯出版的支持，也感謝本書編委會諸位
成員為本書的編校工作及撰寫各卷〈後記〉所付出的辛勞。

萬卷樓圖書股份有限公司

二〇一六年六月

目次

《中日現代文學比較論》後記[1]

　　本書的寫作從一九九四年八月到一九九七年八月，歷時整整三年的時間。如果算上寫作的準備階段的話，時間更長些。三年來，除了完成教學任務並兼做系裡的行政工作之外，餘下的時間和精力全都投入了。這三十多萬字的書稿，就是在那不足十五平方米的堆滿書籍的簡陋的「家」裡，坐在床邊，從電腦裡孜孜矻矻地敲出來的。現在總算得以「喬遷」，在新布置的書房裡，為已經完成的書寫「後記」了。真好像在大汗淋漓的勞作之後，痛痛快快地沖個澡。三年，在人的一生中不算短了。在這三年裡，我的生活中也發生了一些變化：有了一個可愛的女兒，有了一個可以稱之為「家」的家，從副教授晉升了教授。特別是曾經糾纏我多次的腰病，在這三年中沒來折磨我，使我如期地完成了三年前制定的寫作計畫。在這一點上，我對自己感到滿意。長期以來，大學教師的規律得近乎刻板的生活使我養成了一個習慣：喜歡為自己制定規章制度，列出某項工作的時間進度表，並且把它漂漂亮亮地列印出來，釘在最方便看、最顯眼的地方。這個計畫表就是我的法律，我甘受它的統治和約束，不敢隨便違背它。當我未能履行計畫的時候，就自責自愧；當我如期完成了計畫中的一個段落，用鉛筆在上面輕輕地做一個標記的時候，我就感到一種快意和滿足。現在，我終於在《中日現代文學比較論》的寫作計畫表上畫上了最後一個標記，可以把它撤掉存放起來了。

1　本文原載《中日現代文學比較論》（長沙市：湖南教育出版社，1998年《博士論叢》叢書）書後。

在中文系從事了多年外國文學教學，我有一點深刻的感受：中國人要研究好外國文學，必須立足於中國文學，否則只能替外國文學做搬運工；而中國人要研究好中國文學，也要有世界文學的視野，否則往往就會失去比較和參照，難免要「身在山中不識山」了。因此，學術研究的較高的層次，應該是比較研究，或者是有著「比較意識」的研究。一九九三年，在工作了七年以後，有機會在職攻讀中國現當代文學專業的博士學位。這使我從此將研究的側重點由東方文學、日本文學轉入中日比較文學。在學位論文選題時，我毫不猶豫地選報了《中日現代文學比較論》這個題目。選擇這個題目，更多的是從它本身所具有的學術價值來考慮的。在寫作過程中，我很快意識到我為自己出了一個大大的難題。幾乎每一個問題、每一節內容對我都是考驗和挑戰。我時刻提醒自己：不要把它當成一般的「書」來寫，而是要寫成真正的「論文」，而且是「博士論文」。為了保證質量，一開始，我就打算把每一節都要寫成相對獨立的論文，先在學術期刊上發表。我想，經過學術期刊的「過濾」，庶幾可以擠掉書中不該有的「水分」吧。從一九九五年一月開始，與這個研究課題有關的論文陸續在各學術期刊上刊出。到目前為止，本書的絕大多數的內容已經作為單篇論文發表，其餘的一小部分，在出書前後，也可望全部刊出。在這裡，我要特別感謝給我提供寶貴機會的諸家學術期刊，如魯迅博物院主辦的《魯迅研究月刊》、北京大學主辦的《國外文學》、中國社會科學院主辦的《外國文學評論》、中國比較文學研究會和上海外國語大學主辦的《中國比較文學》、中國現代文學學會主辦的《中國現代文學研究叢刊》、北京語言文化大學主辦的《中國文化研究》、北京社會科學院主辦的《北京社會科學》，以及《北京師範大學學報》、《四川外語學院學報》、《社會科學戰線》、《文藝理論研究》、《外國文學研究》、《齊魯學刊》、《東方叢刊》等。這些論文發表後，除了被轉載、摘編的之外，還得到一些反響和批評。有的論文在有關的評獎活動中

獲得獎勵，有的被電臺譯成外文播出，有的論文得到了批評指正。我自己也從中發現了一些錯誤，並在成書時做了修改。

一九九六年四月二十九日，《中日現代文學比較論》的博士論文獲得通過。答辯委員會諸位專家教授對我的工作給予了充分的肯定。如林非教授在評議書中寫道：「這是一部很全面和系統的比較文學論著，對於中國現代文學所接受的日本現代文學的影響，以及它不同於日本之發展趨向和獨特性質，都做出了細緻而又令人信服的分析與闡述。……顯示了作者視野的寬闊，掌握材料的詳盡，以及邏輯思辨和推理能力的有效發揮。這確乎是一部相當優秀和成熟的博士學位論著。」王富仁教授認為：「王向遠的《中日現代文學比較論》是一篇優秀的博士學位論文，在近年來的博士學位論文中是少數幾篇最突出的學位論文的一篇。它的宏觀把握的氣度，堅實的實證性的基礎，在充分占用材料的基礎上實現革新、創新的理論勇氣，以及純熟的比較文學研究方法的運用，都給人以深刻的印象。它是迄今為止達到最高水平的研究專著。」我知道，前輩師長的這些話，既是對我的鼓勵和鞭策，也是對我的嚴格要求。我自知離這樣的要求還相差很遠。我期望專家和讀者對本書的批評指正，以使我今後的研究少一些謬誤和紕漏。

我願首先將本書獻給我的導師郭志剛教授，在這書裡面，有他付出的心血，有他對我寄予的期望；我願將本書獻給我的妻子亓華，她對本書的寫作給予了各方面的支持和幫助；感謝林非、葉渭渠、李岫、陳惇、陶德臻、何乃英、王富仁等諸位教授和劉勇、錢振綱學兄的幫助。感謝為本書的出版付出辛勤勞動的劉清華、聶樂和、何莉等諸位朋友。

王向遠

一九九七年八月三十一日完稿

一九九八年十月十八日校樣改畢

《「筆部隊」和侵華戰爭》序跋[1]

一

在侵華戰爭中，日本軍國主義實施「文壇總動員」，除極個別的以外，絕大多數日本文學家積極「協力」侵華戰爭。他們中，有些人作為「從軍作家」開往中國前線，為侵華戰爭搖旗吶喊；有些人應徵入伍，成為侵華軍隊的一員；更多的人加入了各種各樣的軍國主義文化和文學組織，以筆為槍，炮製所謂「戰爭文學」，為侵華戰爭推波助瀾。他們或煽動國民的戰爭狂熱，把侵華戰爭說成是「聖戰」；或把戰爭責任強加給中國，為侵華戰爭強詞爭辯；或把日軍的殘暴行徑加以詩化和美化，大書「皇軍」的「可愛」和「勇敢」；或醜化中國人民，渲染中國及中國人如何愚昧和野蠻；或歪曲描寫淪陷區的狀況，胡說中國老百姓和「皇軍」如何「親善」；或對淪陷區人民進行奴化教育和欺騙宣傳⋯⋯

這就是活躍在侵華戰爭中日本文學家的所作所為。當時日本軍國主義的宣傳機器把派往侵華前線從軍採訪的作家們稱為「筆部隊」。現在看來，「筆部隊」這個詞非常恰切地表明了這支以筆為槍的特殊部隊的作用和性質。實際上，不僅是到侵華戰場從軍的作家是「筆部隊」，凡是以文筆的方式、以文學活動的方式參與、協助侵略戰爭的文學家，都可以歸為「筆部隊」。在侵華戰爭中，「筆部隊」和「槍部

---

[1] 本文的第一部分為《「筆部隊」和侵華戰爭》（北京市：北京師範大學出版社，1999年）的一書的「前言」，第二部分為「後記」。

隊」（武裝部隊），形成了上下呼應、「官民一致」、軟硬屠刀、文武兩道的軍國主義戰時體制。本書的標題——《「筆部隊」和侵華戰爭》——就是在這個意義上使用「筆部隊」這個詞的。

大量炮製「侵華文學」（即所謂的「戰爭文學」），是「筆部隊」的主要「業績」，也是日本文學家「協力」侵華戰爭的主要手段。因此，我在本書中對「筆部隊」的揭露和批判，是以「侵華文學」為中心來進行的。我所說的「侵華文學」，指的就是以侵華戰爭為背景、為題材，為侵華戰爭服務的日本文學。誠然，「侵華文學」這個概念並不能統括二戰期間為侵略戰爭服務的全部的日本文學，它只是其中的一個部分，但卻是其中最主要的部分。

在日本，由於眾所周知的原因，日本文學史著作在談到侵華戰爭期間的日本文學的時候，常常一帶而過。更有一些當事的文學家和後來的研究者對戰爭時期日本文學家的所作所為諱莫如深，甚至掩蓋、歪曲歷史。幾十年來，日本也有一些有良知的學者對戰爭時期的日本文學進行了研究，出版了一些有參考價值的著作。但這些著作往往把研究對象籠統地稱為「戰爭文學」。所謂「戰爭文學」看起來倒是一個頗為客觀的概念，但是這個概念卻很難表明日本「戰爭文學」的軍國主義的、非正義性質，因此它在價值判斷上具有一定的曖昧性。在世界文學中，一切以戰爭為題材的作品都可以稱作「戰爭文學」。反侵略的、反法西斯主義的文學可以稱為「戰爭文學」，鼓吹侵略的、法西斯主義的文學也可以稱為「戰爭文學」。早在日本侵華戰爭初期，侵華文學正在氾濫的時候，日本就有文學評論家、研究者把那些文學稱為「戰爭文學」，以此來證明日本文學和現代世界文學中的「戰爭文學」是一回事。在戰後，更有的作家（如火野葦平）把自己同世界文學史上的「戰爭文學」的經典作家作品（如托爾斯泰、雷馬克等）相提並論，拉大旗作虎皮，為自己撐腰、辯解。看來，在日本，「戰爭文學」不僅是個概念問題，而且也包含著對研究對象的態

度和看法。鑒於那一時期的日本文學為侵華戰爭服務的特殊性質，我不使用「戰爭文學」這個曖昧的概念，而把此種文學稱為「侵華文學」。

　　把日本文學家的那些為侵華戰爭服務的篇什稱為「文學」，讀者也許難以接受。誠然，「文學」應該是真、善、美的。從這個意義上說，日本的侵華文學不僅不配稱作「文學」，而且還是對文學的濫用和對文學的褻瀆。但是，本書中要告訴讀者的是：假、惡、醜的文學也同樣存在，而且可能會成為一個時期、一個國家的文學的主流。日本的「侵華文學」就是一個例證。

　　「筆部隊」及日本侵華文學的炮製者，是侵華戰爭的煽動者、鼓吹者，是所謂「思想戰」、「思想宣傳戰」的主體，是日本對華進行文化侵略和滲透的主力，在侵華戰爭中起到了「槍部隊」所不能替代的作用。更重要的，侵華文學既是日本軍國主義所留下的侵華歷史的一份鐵證，也是日本軍國主義思想的重要載體。日本軍國主義的所謂「戰魂」和「軍魂」就包含在其中，日本人對華侵略的思想「理念」、對華侵略的狂熱情緒，就包含在其中。我們要認識日本軍國主義的產生、發展和膨脹的過程，要從日本人的意識深處追究侵華戰爭的深層根源，要對日本侵華戰爭的歷史有全面的了解，就必須研究日本的侵華文學。因此，對侵華文學的研究，其意義和價值已遠遠超出了純文學的範圍。

　　但是，在我國，對日本侵華文學的研究卻非常薄弱。四〇年代初，我國出版了張十方先生撰寫的《戰時日本文壇》和歐陽梓川先生編的文集《日本文場考察》兩本書。這兩本小冊子，是當時中國文壇對日本的侵華文學進行揭露和批判的成果。但囿於當時的條件，對日本侵華文學的考察只能是粗略的（兩本書加在一起總共只有六、七萬字，內容上也互有重疊）。從那以後直到現在，除了近來為數寥寥的幾篇文章以外，對日本侵華文學的研究長期處於空白狀態。「筆部

隊」及其侵華文學在侵華戰爭中起了那麼巨大作用，相比之下，我們的研究卻遠遠未能反映實際情形。本書的意圖就是填補這方面的空缺，站在當代中國人的立場上，對日本侵華文學進行整體、全面的研究和批判。

日本侵華文學長期充斥文壇，數量巨大，僅在一九三七年至一九四五年間，光單行本就出版了一千種以上。發表在報刊雜誌上的更是不計其數。對侵華文學的研究必須基於原始的文獻資料，而且必須消化、鑒別和利用這些文獻資料。但是，我在本書中不打算一般化地羅列這些材料，而是採用以點帶面、連點成線的方法，對侵華文學中的重要的文學活動，對有代表性的、影響較大的作家作品的個例進行重點分析解剖。不但要對侵華文學進行揭露和批判，還要回答諸如下列一些問題：日本作家如何看待侵華戰爭？為什麼幾乎所有的日本文學家都成了「戰爭協力者」？日本文學及文學家在軍國主義的形成和侵華戰爭中究竟起了什麼作用？日本文學家負有什麼樣的戰爭責任？他們又如何認識自己的責任？日本侵華士兵的形象、中國及中國人的形象在日本侵華文學中如何被塑造？如何從日本的侵華文學看日本文學的某些本質特徵？等等。與此同時，還對侵華文學的發展演變的線索予以清楚的勾勒。也就是說，把「史」和「論」結合起來。因此，單從每一章看，它是對日本侵華文學的某個專題的研究，而把全書各章貫通起來看，它又是一部較完整的日本的侵華文學史。

侵華文學史，就是日本文學的罪責史。在這個意義上說，本書就是日本侵華文學的一份「罪案」。整理這麼一份「罪案」非常必要和重要。不立這麼一份「罪案」，其罪責就有被忽視、被忘卻的可能。眾所周知，日本軍國主義陰魂不散。戰後，日本許多人，特別是許多政客官僚悍然為軍國主義招魂，動輒大放厥詞，掩飾侵華罪行，甚至美化侵略戰爭。他們一方面在國際壓力下不得不作形式上的「反省」，另一方面又在每年夏天摩肩接踵地到作為軍國主義之象徵的靖

國神社參拜戰犯的亡靈。同時，日本文學界的軍國主義勢力也蠢蠢欲動。文學家中有人在兜售《大東亞戰爭肯定論》（如林房雄），有人公開否定南京大屠殺（如石原慎太郎）。一九九八年五月，歌頌東條英機的反動電影《自尊》又粉墨登場。……這些都表明，對侵華歷史的追究和清算還遠遠沒有完成，它仍然是日本人民、也是中國人民的長期而又艱巨的課題。本書的研究，就是這個重大課題的一個組成部分。俗話說「以史為鑒」。將日本侵華文學加以研究整理，以此警世，以此儆人，這就是本書寫作的根本宗旨。

從學科領域上說，本書所研究的是戰爭與文學的關係。在世界文學史上，戰爭與文學具有十分密切的關係，戰爭常常決定著、改變著一個時期、一個國家和一個民族的文學的面貌。戰爭與文學的關係應該是比較文學中的跨學科研究的一個重要組成部分。同時，日本的「侵華文學」自然也從一個特殊的側面反映了日本文學與中國的特殊關係。因此，本書也是戰爭與文學關係研究、日本文學與中國的關係研究的一個嘗試。

二

一九九七年七月，我給《北京社會科學》雜誌投寄了一篇論文，題目是〈日本的侵華文學與中國的抗日文學〉。這是當時我正在撰寫中的《中日現代文學比較論》中的一節。編輯部許樹森先生對文章非常讚賞，決定臨時調整已安排好的版面，將該文盡快刊出。該文在八月份的第三期發表後，引起了較大的社會反響。中國國際廣播電臺對我做了電話採訪，並將該文譯成英文。譯文連同採訪錄音片段，在九月十八日和九月二十五日兩次對外廣播。

這篇文章所引起的反響，促使我把這個方面的研究作為下一步新的研究課題。當時（1997 年 8 月），我的《中日現代文學比較論》已

全部完成並寄交出版社，我決定接下來寫一部新的著作，題目暫定為
《日本的侵華文學與中國的抗日文學》，並很快投入了資料收集和撰
寫工作。

　　在這個課題的研究和寫作的過程中，我仍然採用論文式寫作法，
即把每一章節的內容都作為學術論文來寫，寫完後陸續發表。有關的
論文發表後，在社會上、在讀者中再次引起了反響。如，我在《北京
社會科學》一九九八年第二期發表了〈日本的「筆部隊」及其侵華文
學〉一文，中國國際廣播電臺又將該文譯成英文，並在七月九日播
出；《新華文摘》一九九八年第九期對該文做了摘發。五月，該文在
南京獲「全國東方文學第三屆學術評獎」論文一等獎；六月，《北京
日報》理論部的李喬、李君紅兩位編輯聯名來信，認為對於日本侵華
文學還是「鮮為人知」，「很有必要把這些內容介紹給更多的讀者」，
並說「我們是代表日報四、五十萬讀者向您約稿」。我應約給《北京
日報》寫了題為〈「筆部隊」——日寇侵華的一支特殊部隊〉的文
章，《北京日報》七月二十日予以發表，並加了「編者按」。文章刊出
兩三天後，我陸續收到了多封讀者的來信。其中，抗日老戰士屈保坤
先生在信中，以他的親身經歷印證了我在文章中提到的一些史實；北
京航太工業總公司的黃美超先生在來信中說：「這篇文章令人耳目一
新，從另一個側面看到日寇之兇殘詭詐。這個側面，尚鮮為人知，極
有必要大加揭露……過去，人們對日寇之認識，幾乎一律地只知其軍
事侵略，飛機、大炮、屠刀和鐵蹄。而對其軟屠刀——筆部隊，竟一
無所知。這是莫大的遺憾。你率先揭露日寇的軟屠刀，警醒國人，警
醒世界，我認為，這真是功德無量。」黃先生還建議我將論題集中在
日本侵華文學，並單獨成書。

　　本課題的研究就是這樣，始終得到了媒體和各界讀者的關懷。在
寫作過程中，我的思路也發生了一些變化。原打算寫日本的侵華文學
與中國的抗日文學兩部分，並將兩者置於比較文學的框架中。後來，

光日本的侵華文學部分就寫出了二十餘萬字。所以最終決定以日本的侵華文學的研究和批判為中心，書名也做了相應的修改。至於中國的抗日文學研究的部分，也決定擴充內容，研究自鴉片戰爭至抗日戰爭結束後百餘年間中國的國難文學，書名暫定為《中國近現代國難文學史》，作為本書的姊妹篇，單獨成書，計畫在近幾年內完成。

在本書的選題和寫作過程中，我深深認識到，在我國，在我們這樣一個時代，通過學術研究來弘揚愛國主義，是人文社會科學工作者的義不容辭的職責。我希望通過本書與《中國近現代國難文學史》的寫作，把文學史的研究與時代、與社會密切結合起來，與國恥、國難教育密切結合起來，使學術研究直面未來的二十一世紀的挑戰。雖然我個人寫的一兩本書，作用微不足道，但我願意為此貢獻出自己的一點力量。

為了使讀者對書中內容有些直觀感受，特安排了三十五幅歷史資料性圖片。又在正文之後附了一篇文章，即我在上面提到的《日本的侵華文學與中國的抗日文學》。它是孕育本書的母胎，特附在書後以志紀念，對正文的內容也算是個補充。

最後，我感謝為本書的有關章節提供發表園地的諸家報刊，如《北京社會科學》、《北京日報》、《日本學刊》、《抗日戰爭研究》、《外國文學評論》、《北京師範大學學報》、《國外文學》等；感謝對本書的寫作和出版給予關心和支援的北京市社會科學院的許樹森先生，北京市社科規劃辦公室及李建平先生，中國國際廣播電臺及丁雲先、李姝香先生，北京師範大學社科處張健、張寧先生，北師大出版社的常汝吉、馬新國、傅德林先生等。感謝郭志剛先生審讀書稿並提出修改意見。感謝北京圖書館、上海圖書館、南京圖書館、北師大圖書館等提供的資料服務。還要特別感謝北京市社會科學研究規劃辦公室將本書列為「九五」重點研究項目和向國慶五十週年獻禮的「精品工程」叢書項目並給予出版資助。

我為什麼要寫《「筆部隊」和侵華戰爭》

──在《「筆部隊」和侵華戰爭》出版座談會上的發言[1]

　　各位專家教授、各位編輯記者和各位朋友：

　　今天，有這麼多的專家教授和媒體記者關心《「筆部隊」和侵華戰爭》，這是我在寫作的時候所沒有想到的。作為作者，我感到非常高興和非常榮幸。今天我發言，主要是要表達我對各位的感謝之情。感謝北京市委宣傳部王學勤副部長、我校鄭師渠副校長等諸位光臨會議，感謝北京市社科規劃辦公室王新華主任親自主持今天的座談會，感謝他和社科規劃處李建平處長對本書的重視，感謝出席座談會的國家教委社教司的田慶成處長，感謝我校社會科學處的張健處長和張寧先生對本書的發現和支持，感謝在座的我的老師郭志剛教授對我的指點，感謝著名老翻譯家、日本文學專家葉渭渠教授、中國淪陷區文學專家張泉研究員、中國人民大學程光煒教授、抗日戰爭史研究專家榮維木研究員、中日關係史專家呂小慶研究員，感謝今天到會的我校出版社教授、何乃英教授、鄒紅教授、李正榮、劉洪濤副教授及教研室的各位同事。感謝我校出版社及常汝吉社長、馬新國總編、傅德林主任以較快的速度和一流的質量出版了本書。感謝出席座談會的各電視臺、報社、雜誌社的記者、編輯和各位朋友。沒有各位的幫助，這本

1　該文發表於《中國教育報》1999年9月26日第2版。原題《〈筆部隊和侵華戰爭〉──侵華「筆部隊」的秘密・作者自述》。其中第一段在發表時刪節，現按講話稿原文補齊。

書是不會以今天這樣的形式與讀者見面的。

　　《「筆部隊」和侵華戰爭》主要研究的是日本的侵華文學。在我國，研究日本侵華戰爭的著作很多，特別是一九九五年紀念抗日戰爭勝利五十週年前後，曾出現過一個出版高潮。但是，在已經出版的幾百種同類著作中，大都是研究日本的武裝侵略的，但相對的忽略了日本對我國的文化侵略。我國一般讀者都知道日本的武裝部隊的燒殺搶掠、都知道「七三一部隊」的惡魔暴行，但卻很少有人知道「筆部隊」在侵華戰爭中的所做所為。關於日本侵華文學的研究專著，竟一本也沒有。

　　在我國，雖然有好幾個國家級的專門的研究機構和全國性的學會、研究會，專業的研究和教學人員也有上千名。但是，總體來說，我們對日本的研究、對日本侵華問題的研究，還很不夠。我在收集本書資料的過程中，發現日本人在三〇至四〇年代研究中國的書，竟那麼多、那麼細緻，簡直令人驚歎。我國的幾乎每一個省，日本人都有好幾種專著來研究，對重要的省分，研究得特別細緻。相比之下，可以說日本人對我們知道的很多很多，而直到今天，我們對日本知道的還是太少太少。

　　近二十年來，對日本的研究獲得了繁榮和發展，取得了許多成果。但是，也存在著一些令人擔憂的現象。有些研究者在研究中，淡化了、放棄了作為我們中國人的學術立場，在研究思路、方法、結論上出現了「日本化」的傾向。以日本文學的研究為例，把日本人的觀點奉為圭臬，拔高、溢美、乃至哄抬日本的有些作家作品，在所謂「戰爭文學」的研究中，盲從日本人，把侵華作家說成是「反戰作家」。在中國現代文學及中日比較文學的研究中，也有一股為漢奸文人開脫、「平反」的傾向，甚至把淪陷區有嚴重附逆行為的作家千方百計地說成是「抗日作家」。看來，學術研究從來就不是在真空中操作的，學術研究也有一個立場、或者說立足點的問題。過去我們過分

強調學術研究為政治服務，使學術研究政治化、工具化，那是不對的。不過，我們有時候似乎可以超越國內的「政治」，但我們卻不無論如何不能超越我們的民族、我們的國家，不能忘記我們是中國人，不能忘記我們是對國家負有特殊責任的知識份子。這個問題在涉外研究中，顯得特別重要。在涉外研究中，如果研究者與研究對象之間沒有適當的距離，就會對研究對象發生「移情」現象，久而久之，就會成為研究對象的崇拜者，那樣的話，就根本談不上客觀、科學的研究。如果我們在研究我們中國文化、中國文學的時候，出現這樣的「移情」現象，那還可以說是有益無害的，但我們倘若用這種態度研究像日本這樣的對象，那問題的性質就不一樣了。我記得錢鍾書先生在一篇小說中說過這樣的話：抗戰期間中國不少的「日本通」，都變成了「通日本」。這話雖是戲謔之言，但卻發人深省。那時我們的第一流的日本問題研究家、日本文學翻譯家和學者，如周作人、湯爾和、錢稻孫、張資平等所謂「日本通」，都背叛了祖國，投入了日本人的陣營中。在抗戰期間，中國政府的二號人物汪精衛當了漢奸；而投降日本、幫日本人打自己同胞的鐵桿漢奸部隊就有六十萬。有這麼多人背叛自己的祖國，這在全世界的歷史上都是罕見的。面對這些觸目驚心的事實，我痛切地感到，在我國，無論是從歷史的角度，還是從現實的角度看，「愛國主義」絕不是一句空話；在日本問題、日本文學的研究中，談「愛國主義」也不是一句空話，它是歷史留給我們的最刻骨銘心的經驗教訓，有著實實在在的現實意義。

《「筆部隊」和侵華戰爭》，是一個純學術的選題，但同時又不是一個遠離現實的選題。在學術研究中，純學術的、或者說「學院派」的學術研究是有意義、有價值的，但相比之下，關注現實、作用於現實的選題還太少，而國家、社會和讀者對這樣的研究也特別需要。就目前情況來看，在文學研究這樣的傳統學科中，「學院派」的著作偏多，而關注現實、作用於現實的著作還太少。這種情況的出現有多種

原因，其中的原因之一，我想主要是由現在所流行的文學價值觀所決定的。改革開放前，人們判斷一個作家作品的價值，主要看他（它）政治思想傾向；改革開放後，人們的文學價值觀由「思想傾向本位」轉向了「藝術性本位」，也就是說，傾向於採取「純文學」的價值觀，以「藝術」性和審美價值作為衡量作家作品的標準。這樣做當然是有道理的。但堅持得太僵硬，就會出現矯枉過正的情況，容易從一種狹隘走向了另一種狹隘，對文學研究也會帶來了一些消極影響。比如說，在中國現代文學的研究中，大量的研究者都盯著那為數有限的幾個名家、名作，而有些文學現象和作家作品，從純文學的、純藝術的角度來看，價值不夠大，所以不被重視。如我國的近代的國難文學、現代的那些大量的抗日文學作品，研究者多不重視。但是，如果我們的文學的價值觀更開放一些，站在文化學的角度看，則國難文學及抗日文學卻有著一般的純文學所不具備的特殊的、豐富的文化內涵。再如我在《「筆部隊」和侵華戰爭》中所研究的日本侵華文學，如果以文學藝術的價值觀來衡量，侵華文學是極其缺乏的，甚至可以說是個負數。但是，從文化學的角度來看，侵華文學卻有著不可替代的研究價值。所以，在面對某些研究對象的時候，我不反對純文學的價值觀，但面對更加紛紜複雜的文學現象的時候，我主張採取視點更高、視野更開放的「文化學」的文學觀，在今後的研究寫作中，我將進一步站在文化學的視點上，發現和開掘有重要社會意義的選題。現在，我正在為《「筆部隊」和侵華戰爭》的姊妹篇——《中國近現代國難文學史》——收集和消化材料，計畫到二〇〇一年底完成。我還準備在《「筆部隊」和侵華戰爭》這本書的基礎上，將研究範圍由文學進一步擴大到文化領域，寫一本題為《日本對中國的文化侵略》的書。這些研究，我仍希望能夠得到各位的幫助和支持。

　　我是學中文出身的人，而不是日本問題研究專家，我對日本文學的研究是站在中國人和中國文學的立場和視點上的。但我的宗旨是研

究的客觀性和科學性。我努力用歷史材料來說話，讓事實本身來說話，避免主觀武斷。《「筆部隊」和侵華戰爭》所使用的絕大多數材料是日文的文獻，但我時刻警惕著，不能被日本的文獻所淹沒，必須對那些文獻資料進行分析鑒別。同時，作為一個中國人，面對日本侵華文學中所反映的那一切，我做不到無動於衷，平心靜氣，也不能壓抑和掩飾自己的愛憎情感。這一切，肯定都有意無意地在書中表現出來。所以，我就為這本書取了一個明確的副標題──「對日本侵華文學的研究與批判」，「研究」自然應該是科學的、客觀的；但「批判」就是要表達我的立場和觀點。我想，只要尊重歷史，只要堅持嚴謹科學的研究態度，「研究」與「批判」就不會矛盾，而是相輔相成的。

　　由於自己的學術寫作的水平有限，雖然盡了最大的努力，但仍難免會有缺點甚至錯誤，懇請各位專家教授對拙作多做批評，多做指教，多提寶貴意見。

　　謝謝各位。下面想聆聽各位的發言和指教。

一九九九年九月十六日

《二十世紀中國的日本翻譯文學史》後記[1]

　　本書是我的第四部學術專著，也是我寫作時間最短、準備時間最長的一本書。——動手寫作的時間差不多有一年，而準備的時間卻有十多年。

　　早在八〇年代末，我就萌生了一個念頭：寫一本書來系統地清理我國翻譯和研究日本文學的歷史。但那時我對翻譯文學及翻譯文學史還缺乏今天這樣的學術自覺。之所以想寫，一是有感於我國翻譯出版的日本文學數量多、影響大，作為中日文化、文學交流的重要方面很值得研究，二是因為那時自己也特別喜歡文學翻譯。從一九八五年到一九八八年、一九九二年到一九九三年間，在長達六、七年的時間裡，我常常對翻譯日本文學作品興致勃勃。為了學習日本文學史，也為了借鑒別人的翻譯經驗，我大量購買、閱讀日本文學譯本。我讀譯本，讀原作，又將譯本與原作對讀，並憑自己的興趣愛好和並不完備的文學史知識，選定原作。那時候既不知道別人是否在譯，也不知能否出版，憑著興趣只管開譯。就這樣，八〇年代後期到九〇年代初，我先後譯出了近代作家田山花袋的長篇小說《鄉村教師》、古典作家紫式部的《紫式部日記》、古典作家井原西鶴的小說集、「俳聖」松尾芭蕉的《奧州小路》、現代作家川端康成的中篇小說《睡美人》、三島

1　本文原載《二十世紀中國的日本翻譯文學史》（北京市：北京師範大學出版社，2001年）書後。

由紀夫的長篇小說《假面的告白》和《午後的曳航》、太宰治的中篇小說《喪失為人資格》、谷崎潤一郎和芥川龍之介的若干中、短篇小說、當代作家村上春樹的中篇小說《一九七三年的彈球遊戲機》和長篇小說《尋羊的冒險》等，範圍從古典到當代，總字數超過了一百萬字。那些翻譯習作，有一半正式出版了，另一半，或跟別人撞了車，或版權問題不能解決。……由於種種的挫折，我終於下決心放棄了翻譯。現在，我常為自己曾為翻譯浪費了那麼多的時間、做了那麼多的無用之功而感到後悔。假如用那些時間做些別的事，還不至於如此勞而無功吧。但有時候，我也會自我安慰：失之東隅，「收」之桑榆，雖然沒有成為自己所希望的「翻譯家」，但那些翻譯實踐促使我對作品下了細讀的功夫，訓練了驅使語言的能力，養成了喜歡玩味詞藻的習慣，培育了對文字的敏感。更重要的是，我自以為能夠充分理解翻譯家的勞動及勞動價值。由於對我國的日本翻譯文學問題的長期關注，我收集、積累了大量的材料，閱讀了日本文學的重要中譯本，編制了一份十多萬字的《二十世紀中國的日本文學譯本目錄》，也就是為我國的百年來的日本翻譯文學列了一份清單。這一切，若不是長期積累，只憑一兩年的倉促準備，是難以做到的。這些都為我寫作本書打下了基礎、準備了條件。在二十世紀就要結束的時候，我覺得這個課題該動手做了。我從一九九九年年初動筆，在完成教學任務之餘全力投入寫作，其間寫作十分順利，大有一氣呵成的感覺，到年底完稿。接著因公幹到香港半年。在港期間忙裡偷閒，收集了臺灣、香港地區日本文學翻譯的資料，今年五月底回京後寫成〈臺灣及香港地區的日本文學翻譯〉一文，作為「附錄」附於正文之後。

　　本書的標題是「二十世紀中國的日本翻譯文學史」，讀者乍讀起來恐怕會稍感拗口。若按通常的表述方式，也可稱為「二十世紀中國的日本文學翻譯史」。但是，「翻譯文學」是一個國際上通行的概念，

它與「文學翻譯」一詞的內涵也不盡相同。「文學翻譯」指的是一種
活動和行為，而「翻譯文學」指的卻是一種文學類型。因此，使用
「中國的日本翻譯文學」這種表述方式，從學術角度看似乎更確切
些。這是需要向讀者交代的。

　　本書在寫作過程中，得到了日本文學翻譯和研究界的老前輩、翻
譯家葉渭渠教授和李芒先生的關心、鼓勵與指導。書稿完成後，承蒙
葉渭渠教授、中國現代文學史專家郭志剛教授、翻譯家劉象愚教授的
審讀與指教。北京師範大學社會科學處張寧兄、北師大出版社傅占武
兄為落實出版事宜做了不少工作。一九九九年底，本書獲得了「北京
市社會科學理論著作出版基金」的資助，使順利出版有了保證。「北
京市社會科學理論著作出版基金」近年來資助了一批有價值的學術著
作的出版，對學術事業的發展和繁榮實在功德無量。書稿從基金辦轉
來我校出版社後，又承蒙老友、中文編輯室主任傅德林兄再次擔任責
任編輯。對北京市社科理論出版基金辦公室及以上提到的各位師友，
我表示衷心的謝意。

王向遠

二〇〇〇年六月十三日

　　去年，我在《中國比較文學通訊》、《中國比較文學》等雜誌上發
表的有關文章中，在與讀者朋友的有關通信中，都曾提到本書在二〇
〇〇年內出版。但由於出版運作在某些環節被擱置太久，遂使本書的
出版跨了世紀。但跨了世紀也有好處。因原稿完成於一九九九年底，
無法反映出二十世紀最後一年——二〇〇〇年中國的日本翻譯文學的
情形。這次我在看校樣時，有機會補進有關二〇〇〇年的一些新材

料，使本書在內容上更趨完整。另外，我妻亓華和研究生于奎戰同學
花了許多時日承擔了二校和三校，我向他們表示感謝。

王向遠補記

二〇〇一年二月五日

《比較文學與世界文學學科建設叢書・緣起》[1]

　　中國的比較文學與世界文學學科，已有上百年的歷史。尤其是近二十年來，學科發展十分迅猛，成為人文科學和社會科學中最活躍、最引人注目的學科之一。一九九八年，國家對原有學科進行大規模調整與合併時，將「比較文學」與「世界文學」兩個二級學科合併，稱為「比較文學與世界文學」，並將它作為「中國語言文學」一級學科中的一個二級學科。我們認為，這樣的合併是符合學科自身的內在規律和發展要求的，為學科發展帶來了新的契機，也為今後我們從比較文學角度研究世界文學與中國文學，在世界文學的視野上觀照中國文學，提供了有力的學科依據。

　　北京師範大學中文系，作為一個名牌大學的名牌老系，在比較文學與世界文學學科方面有著悠久的學術傳統和豐厚的積累。五〇年代前期，在著名作家、翻譯家、學者穆木天教授和彭慧教授的主持下，北京師範大學中文系在全國最早設立外國文學教研室，最早開辦俄蘇文學研究生班、最早編寫東方文學教材和參考資料並開設東方文學課程。改革開放後，在陳惇教授、匡興教授、陶德臻教授等先生的努力和主持下，被批准建立了全國首批世界文學碩士點，在全國首批組建了比較文學教研室並開設《比較文學概論》課程，率先招收歐美文

1　本文原署「《比較文學與世界文學學科建設叢書》編輯出版委員會」，為王向遠執筆，冠於叢書各卷卷首。該叢書由江西教育出版社二〇〇一年至二〇〇四年陸續出版。

學、東方文學和比較文學三個研究方向的研究生。一九九八年「比較文學」與「世界文學」學科合併後，我們又成為全國第一批獲得該學科博士學位授予權的單位。我們認為，北京師範大學中文系有責任、有條件，為我國方興未艾的「比較文學與世界學科」的學科建設做出自己的貢獻。

　　鑒於此，北京師範大學中文系「比較文學與世界文學」學科點與江西教育出版社聯手，成立「比較文學與世界文學學科建設叢書編輯出版委員會」，出版《比較文學與世界文學學科建設叢書》。《叢書》將從學科建設的實際需要出發，不求面面俱到，而是發揮北京師範大學中文系學科上的優勢和特長，在以前研究較薄弱和完全沒有研究的領域內立意選題，推陳出新；在傳統舊課題的研究中更新觀念，創設新體系，運用新方法，補充新材料，提出新觀點，陸續推出一批填補空白的、在學科建設和人才培養方面急需的著作。到二〇〇二年下半年，即北京師範大學建校一百週年校慶時，基本實現出版計畫，並以此作為我們給校慶的一份獻禮。我們期望，叢書的出版，將有助於推動二十一世紀我國比較文學與世界文學學科的進一步繁榮和發展。

　　最後，我們衷心感謝國家新聞出版總署將《比較文學與世界文學學科建設叢書》列為「十五」期間國家重點圖書出版項目。

　　　　　　　　　　　　　　　　　　二〇〇〇年十二月二十八日

《東方各國文學在中國》序跋[1]

一

　　我國對東方各國文學的翻譯、評論和研究，已經擁有上千年的歷史，取得了可觀的成績。早在東漢末期，我國就開始翻譯印度的佛經文學，至唐代達到極盛。對佛經文學的翻譯，是我國翻譯文學的肇始，也是我國東方文學譯介的開端。印度的佛經文學、民間文學對我國的小說、戲曲、詩歌、民間文學等的巨大影響，已是文學史上人所共知的事實。在二十世紀的一百年間，我國對東方文學的譯介從印度佛經文學向東方各國純文學轉移，對印度等南亞各國、日本、朝鮮等東亞、東南亞各國，阿拉伯、波斯及中東各國文學的翻譯、評論和研究，進入了空前繁榮時期。粗略的統計，在二十世紀的一百年間，我國出版的東方各國文學的單行本的中文譯本（含複譯本），就多達四千餘種。其中日本文學的譯本最多，達兩千餘種；印度文學居第二位，近五百種；阿拉伯—伊斯蘭及其他中東各國文學的譯本居第三位，共二百來種，如果算上《一千零一夜》的各種改編、改寫本，則有四百來種；其他東方國家，如蒙古、朝鮮等東亞各國和越南、印尼、泰國等東南亞各國及巴基斯坦、斯里蘭卡等南亞國家文學的譯本也有二百來種。二十世紀以來，東方各國文學對中國文學產生了種種影響，如阿拉伯的《一千零一夜》，印度的泰戈爾，日本近現代作家

1　本文的第一部分為《東方各國文學在中國——譯介與研究史述論》（南昌市：江西教育出版社，2001年）的「前言」，第二部分為「後記」。

夏目漱石、芥川龍之介、日本左翼文學及當代作家川端康成等，都對中國文學產生了很大的影響。在評論和研究方面，一百年間，我國學者發表的有關東方文學（不含有關中國文學與東方文學的比較研究）的研究論文有四千多篇。其中，一九〇四年至一九七九年近八十年間，平均每年發表約十五篇；一九八〇年至二〇〇〇年的二十年間，平均每年發表一百三十多篇。一九八〇年以來，出版的各種東方各國文學研究方面的教科書、專著等已有近百種。其中，有關「東方文學史」類的東方文學總體研究的著作和教材，也有三十來種。近二十年來，我國的一些大學的外語院系，如北京大學、北京外國語大學、延邊大學、上海外國語大學等，建立了東方國別文學（如印度文學、日本文學、朝鮮文學、阿拉伯文學等）的碩士和博士學科點，在有關大學（如北京師範大學等）的中文系的比較文學與世界文學學科，可以培養東方總體文學研究和東方比較文學研究的碩士、博士。在學術研究、學科教學和人才培養方面，都取得了可觀的成績。

由此可見，在我國，東方文學作為外國文學中與西方（歐美）文學相並列的一個重要組成部分，作為一個知識部門，作為一個閱讀、評論和研究的領域，作為一個學科，已經形成並具備了相當的基礎和規模。但是，我們對這個學科的發展演變的歷史卻沒有總結，沒有書寫。迄今為止我國還沒有一部東方文學學科史方面的專門著作。

本書就是為了適應我國東方文學及東方比較文學學術研究和學科發展的需要而撰寫的。作為第一部中國的東方文學學科史，本書試圖採用歷史學和比較文學相結合的方法，立足於中國文化和文學，把「東方文學」作為研究和陳述的大語境，全面、系統而又有重點地梳理東方各國文學在中國的譯介和評論研究的歷史。

本書的題目是《東方各國文學在中國》。這裡所謂的「東方各國」，所指涉的範圍的是亞洲和非洲北部各國。它由源遠流長的三大文化區域構成。一是傳統上以中國文化為中心的東亞文化區域；二是

傳統上以印度為中心的南亞、東南亞文化區域；三是以阿拉伯—伊斯蘭文化為主體，包括猶太文化、波斯文化在內的中東（包括西亞、中亞和北非地區）文化區域。從這樣的文化區域的界定出發，本書的前三章分別研究三大文化區域各國文學在中國的譯介、傳播和接受情況。第四章則由分到合，評述我國在國別文學基礎上的東方總體文學的研究。

　　《東方各國文學在中國》中所謂「在中國」，指的是東方文學在中國的傳播。它包含兩部分內容：一是中國的東方文學翻譯或稱譯介的情況，一是東方文學評論和研究的情況。中國的東方文學的譯介，是中國翻譯文學史的一個重要組成部分；研究中國的東方文學的譯介，實際上就是書寫中國翻譯文學史中的一個重要篇章。對東方文學的評論與研究，是建立在對東方文學的翻譯基礎上的，它體現著中國人對外來文學的獨特的感受、認知、理解、評價和判斷。翻譯與評論研究兩個方面的內容是一個有機整體，共同構成了東方文學在我國的傳播和接受的歷史、構成了中國的東方文學學科的歷史。因此，《東方各國文學在中國》這個課題，既是對我國的東方文學學科史的研究，也是對中國的翻譯文學史和對中國與東方各國的文學、文化交流史的研究，因而本質上是一種比較文學的研究。

　　《東方各國文學在中國》，既要研究東方各國文學在中國的譯介情況，又要評述中國對東方各國文學的評論與研究情況，涉及的範圍和論題很廣。在一本篇幅不算太大的著作中對此加以論述與研究，只能是概略的。因此，本書相應地採取了史實概述與學術評論相結合的形式，並加上了一個副標題——「譯介與研究史述論」，對這個領域的進一步全面、深入和縝密的研究，還有待於後來者。

二

　　二十世紀快要終結，二十一世紀就要來臨。時間本來是綿延不斷的，在任何時候都不會停頓下來劃上一個逗號或句號。所謂「世紀」，純粹就是一種觀念。但是，這幾年來，許多人在心理上恐怕都不免有一個越來越強烈的感覺：新世紀就要來了。而對學術研究而言，新舊世紀之交同樣也是一個百年一遇的「天時」。我想，在這個時候，對即將過去的一個世紀的學術史進行回顧、總結、研究和展望，是恰逢其時的。

　　在長期的學習、研究與教學過程中，我深深意識到學科史研究及學科史類的著作對人文學科的學科建設、對人文科學研究者、對學生、對讀者的極端重要性。一個人文學科沒有自己的學科史，就很難說它是一門學科；有自己的學科史而不把它總結和書寫出來，就會迷失它的傳統，就不能很好地了解和借鑒學科史上的成果和經驗，也就會喪失創新的基礎。

　　基於這種想法，我暫先擱置了構想中的其他選題，想用新舊世紀之交的這幾年時間，集中研究我所熟悉的我國的日本文學、東方文學譯介與研究的歷史，研究二十世紀最後二十年中國比較文學的研究史，並計畫連續寫出三部書——《二十世紀中國的日本翻譯文學史》、《東方各國文學在中國——譯介與研究史述論》、《中國比較文學研究二十年（1980-2000）》。一九九九年底，我完成了《二十世紀中國的日本翻譯文學史》，該書已由北京師範大學出版社出版；二〇〇〇年，我撰寫了這部《東方各國文學在中國——譯介與研究史述論》。這本書是《二十世紀中國的日本翻譯文學史》的延伸，研究的範圍擴展到了包括日本在內的東方各國，選題的角度由翻譯文學史轉為學科史，試圖全面而有重點地評述我國的東方文學學科發展的歷程。在有關章節中也利用或改寫了《二十世紀中國的日本翻譯文學

史》一書中的某些觀點和材料。現在接近歲尾，任務如期完成。眼下我正在為它續上一條「尾巴」──照例寫上這一篇「後記」。至於《中國比較文學研究二十年》的資料準備工作，現在也已完成，將在二十一世紀頭一年開始的時候──實際上也就是幾天之後──動筆寫作。

　　學科史的研究是學科建設的基礎工程。撰寫上述三種學科史著作的目的，是想為我國方興未艾的「比較文學與世界文學」的學科建設做一點基礎性的工作。我想，對於一個想了解這個學科、想進入某學科、甚至已經進入了學科圈子的人來說，這些書是有用處的。僅從研究生的培養的角度來看，學科史類課程的設置就非常迫切。例如，對寫論文的學生來說，選題最難。選題時必須了解該學科研究的歷史與現狀，看看哪些問題別人已經研究過了，哪些問題的研究還有待深入，哪些問題已經解決了，哪些問題別人還沒有研究。只有了解學科史，才可能選出有價值的課題，才有可能吸收以往學科研究史上的成果，才能在現有的基礎上有所發現和有所推進。常見有些文章，動輒就聲稱「我認為」云云。實際上，他所「認為」的，也許別人早在多年前就早那樣「認為」了，可是由於不了解學科史，卻以為是自己的新見。可見，不懂學科史，可能就會重複別人，甚至重複得還不如別人。因此，在學術研究、人才培養和研究生的課程設置方面，學科史研究是必不可少的。

　　本書對除了東方總體文學研究之外的有關東方比較文學的內容（包括東方文學交流史、中國與東方各國文學的比較研究等）沒有過多涉及，那是為了避免在內容上與《中國比較文學研究二十年》相重疊。本書對提到的人名，一般不在姓名後加「先生」之類的尊稱，非不敬也，而是為了行文簡練和節省字數。這些都是需要向讀者交代的。

　　本書列為「比較文學與世界文學學科建設叢書」中的一種，並首先出版，我深為榮幸。我要特別感謝承擔出版任務的江西教育出版社。該社姚敏建副編審在與我的一次長談中，決定接受和申報這項選

題並出任責任編輯，共同策畫了這套叢書；周榕芳社長兼總編作為知名的編輯出版家和學者，對這套叢書給予了有力的支援和指導。江西百花洲文藝出版社的李晃生先生對本叢書給予了卓有成效的舉薦。沒有他（她）們的努力和支援，如此規模的純學術叢書的問世是不可想像的。我的碩士研究生于奎戰、陽妍、吳毓華、袁惠、陳玲玲，為本書附錄「二十世紀中國的東方文學研究論文編目」的收集整理，分工合作，歷時大半年，付出了辛勤勞動。在此對他（她）們深致謝意。

　　在書稿完成的時候，我更加懷念為我國的東方文學學科建設做出長期努力的、在今年六月不幸逝世的恩師陶德臻先生。我願以我的研究成果告慰他的在天之靈。

二〇〇〇年十二月二十六日

《比較文學學科新論》序跋[1]

一

　　比較文學是一門比較年輕的學科，而比較文學學科理論則相對更加年輕。自從法國學者梵・第根的《比較文學論》一九三一年問世算起，也只有七十來年的時間。我國的比較文學學科理論，興起於二十世紀八〇年代初，迄今只有二十年。雖然興起較晚，但發展迅猛。自一九八〇年到二〇〇〇年，國內學術期刊上發表的有關學科理論的論文共約六百餘篇；自一九八四年我國第一部比較文學學科理論著作《比較文學導論》（盧康華、孫景堯著）出版以來，截至二〇〇〇年底，我國共出版比較文學學科理論方面的教材、專著十餘部。學科理論的形成和繁榮，意味著比較文學學科意識的自覺，也標誌著學科研究日益走向成熟。這些成果的湧現，對我國比較文學的學科理論建設，對學科知識的普及，對指導比較文學的個案研究，都起了重要作用。筆者本人也從中得到了不少的教益和啟發。

　　正如比較文學的研究需要不斷推進、不斷深化一樣，比較文學學科理論也必須隨著比較文學研究實踐的拓展與深入而有所發展，有所更新。事實上，從總體上看，近二十年我國的比較文學學科理論研究也是在不斷探索中前進的。但也存在著一些問題。首先，我國的比較文學學科理論從整體框架到概念術語，大都是從西方引進的。以我國

1　本文的第一部分為《比較文學學科新論》（南昌市：江西教育出版社，2002年）的「前言」，第二部分為「後記」。

的學術研究的實際情況而言，從西方引進某些理論成果是必要的。但是，引進之後必須消化、必須改造、必須超越。顯然，我們在這些方面做得還很不夠。其次，二十年來我國的比較文學學科理論著作數量、種類已經不少，但也出現了以「編」為主，甚或只編不著的情況。尤其是教育部在幾年前將比較文學學科理論課程列入了中文系本科生的專業基礎課之後，似乎已經引發了一股比較文學教材的編寫熱潮。近年出現的有些多人合作的教材只是雜湊成書，在學術上未見進步。比較文學在我國作為一門較新的學科，竟也出現了像有些傳統學科中有人所指出的「三百種教材如出一轍」的苗頭，這恐怕不是比較文學學術繁榮的跡象。

　　現在中國比較文學學科理論建設的當務之急，是如何在接受、借鑒、消化外來理論的基礎上，逐漸探索出一套中國特色的比較文學學科理論體系。比較文學學科理論屬於人文科學研究。而人文科學研究與自然科學研究的最大的不同之一，就是自然科學是世界性的、沒有國界的研究，而人文科學研究必須體現民族特色，必須體現一個國家、一個民族、一個學者的獨特的學術立場、獨特的研究方法、獨特的思路和獨特觀點、見解與學術智慧。我們要在比較文學學科理論建設中做到這一點，就需要不斷地總結和闡發中國傳統文學、傳統學術中的比較文學思想，需要將近百年來中國比較文學的豐富的研究實踐加以系統的整理和總結。在此基礎上，還尤其需要將研究者個人的研究實踐加以提煉，並使之上升為理論形態。在這個過程中，應該逐漸克服對外來學術的迷信崇拜心態，應該敢於對外來的概念、範疇、命題、體系等提出質疑。只有如此，中國的比較文學學科理論才可能有自己的聲音，才能與外國學術平等的對話。

　　本書是我個人學習、研究比較文學學科理論的一點收穫，也是我近年來比較文學研究實踐的一個總結。任何科學研究都必須以已有的研究成果為基礎或出發點，本書當然也是這樣。不過，從主觀上說，

我是帶著自覺的「創新」意識來寫作本書的，所以斗膽將本書命名為
《比較文學學科新論》。雖標稱「新論」，但客觀上何「新」之有？
「新」在何處？「新論」是否謬論？這都是需要方家讀者加以指點和
批評的。

　　是為序。

二

　　本書是近幾年來我在北京師範大學中文系使用的講稿的基礎上修
訂而成的，但又是嚴格按照學術著作的規格和要求寫成的。本書出版
後，我仍想把它用作教材。我一直認為，只有好的學術著作才配用作
教材。我不敢說這本書是「好的學術著作」，但我敢說它起碼還應該
算是「有著個人見解的著作」。多年來，在我國，「教材」與「學術著
作」似乎成了兩種很不同的東西，教材只是歸納已有的成果，不必有
自己的學術創見，這是不正常的。想當初，魯迅的《中國小說史
略》、梁啟超的《中國近三百年學術史》、胡適的《白話文學史》等都
曾是講義，但也都是公認的學術名著。那時的國文系（中文系）沒有
現在這樣的「統編教材」，教授們用自己的書作教材。我認為這種作
法至今仍值得我們借鑒。

　　我寫這本書，從章節結構到具體行文，都有意追求簡潔洗練，勿
使蕪雜繁瑣。比較文學學科理論的書很容易流於什麼「全球化」、「某
某主義」、「跨文化對話」之類的空泛話題，讓人讀了之後仍不明白比
較文學研究應該怎樣研究。我在寫作本書時，時刻提醒自己少發空
論，盡量用平實的語言，講清最基本的具體問題。全書分為「學科定
義」、「研究方法」和「研究對象」三章，力圖使學科理論的構成明晰
化。至於同類著作中都有的中外比較文學「學科史」部分，這裡從
略。主要是因為我覺得「學科史」應屬於獨立的研究領域，與學科理

論本身並非一回事，應以專門的著作加以系統清理和研究。本書中的每一節，大都按照論文的寫法來寫，除了少量引述必要的現成的知識之外，大都直奔論題，將自己對某個問題的思考過程和觀點結論表達出來。這樣做，一是為了擠掉學術專著中所不應有的過多的「水分」，二是在用作教材時，為便於學生消化吸收，在課堂上還可以再適當兌些「水」。理論原本不免枯燥，比較文學研究本身就屬於理論研究，而比較文學學科理論，又是「理論的理論研究」，恐怕更難免枯燥。為了使「理論的理論研究」不至於太抽象，也為了用我的研究具體問題的論文來印證我所講的「理論」，我在第二章和第三章的每一節後頭，都附上了一篇「例文」。讀者和學生們可以將正文的理論部分與例文的研究實踐互相參讀，庶幾有助於加深對正文理論部分的理解，或許還可以從中看出我所講的「理論」並非全是「形而上」的玄言，多少也還有些自己的實踐經驗包含在其中。這些例文都是從我已發表過的論文中選出來的，它們並不都是我最滿意的論文，而選取的標準主要是論文的內容要與每一節的論題大致符合。這些文章收入本書時仍保持原樣，只對發現的錯字做了改正，對個別文章中原有的過於繁瑣的注釋作了刪並。

　　本書完稿之際，我要特別感謝在比較文學學科理論領域長期開拓並做出貢獻的專家教授們。其中，盧康華、孫景堯教授的《比較文學導輪》、陳惇、劉象愚教授的《比較文學概論》、樂黛雲教授等的《中西比較文學教程》、《比較文學原理新編》、謝天振教授的《比較文學與翻譯研究》和《譯介學》等，對我的比較文學學習、研究和本書的寫作都有助益。即使本書中的某些觀點與上述著作不同乃至相左，那也很可能是受了這些著作的啟發。在此，我謹向他們表示敬意和謝意。

　　同時，我應特別感謝為本書的出版付出了大量心血和勞動的責任編輯姚敏建女士。靠了她高效率的工作，本書在我已出版的六種專著

中是出得最快的一本──前後不到四個月。沒有比看到自己的書痛痛快快、而不是磨磨蹭蹭的出世更令作者高興的了。

二○○二年二月十日

農曆春節將至，於北京回龍觀新居棗馨齋

《中國比較文學論文索引（1980-2000）》序跋[1]

一

　　中國比較文學已有上百年學科史，但這個學科在中國自覺地、大規模地開拓、擴展和繁榮，只是近二十年來的事情。一九八〇至二〇〇〇年二十多年間，我國的比較文學研究碩果纍纍，僅公開發表的嚴格意義上的比較文學論文就有上萬篇（不含港臺地區）。這是一個龐大的、令人振奮的數字，是比較文學界同仁辛勤勞動的結晶，也是比較文學學科史上的寶貴財富。已有的研究成果是我們進行創新性研究的基礎和出發點。從事比較文學學習、教學與研究的人，應該熟知這些研究成果，並能從中獲得有益的知識，借鑒和啟示。但是，這二十多年間的比較文學論文資料還處在一種缺乏整理的狀態。論文散見於不同的報刊，給查閱造成了很大的不便。因此，整理編寫出一部《中國比較文學論文索引（1980-2000）》，是中國比較文學學科建設的當務之急，也是我國比較文學與世界文學學科建設中的一項基礎工程。它對於總結和研究二十世紀最後二十多年中國比較文學的學科史，對於新世紀我國比較文學與世界文學的學科建設，對於方便廣大讀者查閱文學資料，都有重要的意義和價值。我們認為，《索引》可以成為

1　本文的第一部分為王向遠主編的《中國比較文學論文索引（1980-2000）》（南昌市：江西教育出版社，2002年）的「前言」，第二部分為「後記」。

比較文學研究者、學習者、愛好者的必備工具書，也可作為與比較文學學科密切相關的文藝學、中國文學、外國文學等專業的重要工具書和參考書。

　　為此，我們決定編寫《中國比較文學論文索引（1980-2000）》，並把它列入《比較文學與世界文學學科建設叢書》出版計畫。

　　本《索引》收錄一九八〇至二〇〇〇年間中國大陸地區學術期刊（包括以書代刊定期發行的出版物）上發表的中國學者撰寫的比較文學論文約一萬篇。論文集裡的論文和譯文未收。非學術性刊物上的少量相關文章和某些缺乏學術價值的文章也未收。

　　目前，學術界對比較文學學科範圍的看法並不一致。為了遏制將比較文學的學科範圍無節制擴大化的傾向，本《索引》對比較文學學科範圍的認定採取了審慎的態度。所收錄的範圍是國內外學術界公認的嚴格意義上的比較文學論文，並適當收錄了一些有一定學術價值和文獻資料價值的綜述、書評、賞析、報導等方面的文章。具體有以下幾方面：

　　一、比較文學的基本理論與方法。

　　二、東方比較文學。主要是以中國文學為中心的東方各國文學的比較研究。

　　三、中西比較文學。其中包括中西文藝思潮比較研究，中西文論比較研究，中西各種文學類型（神話、故事傳說、詩、小說、戲劇、散文等）的比較研究，中國與西方各國的國別文學（如中俄、中英、中美、中法、中德等）的比較研究等。

　　四、翻譯文學研究。包括譯學理論研究、翻譯文學史研究、翻譯家及譯作研究、翻譯文學批評等。

　　五、其他。包括中外文學的總體的比較研究、世界各國文學之間的比較研究、文學與其他學科的跨學科比較研究等。其中，關於文學與其他學科（如哲學、宗教、政治、經濟、歷史、心理、科學、藝術

等）的「跨學科」比較研究則區分為兩種情況：如果「跨學科」的同時又跨了語言、文化與國界者，則作為比較文學論文予以收錄；單純的跨學科研究不在收錄之列。與比較文學相關、但又不屬於嚴格的比較文學學科範疇的比較文化等方面的論文，也未收錄。

　　本《索引》以年度為單元順序編排。各年度中的內容編排大體遵循上述五個方面的結構順序，並冠以小標題。每個條目的構成依次為：作者名（作者未署名或名字不詳者做「佚名」）、論文名稱、所載期刊名稱、期號。

二〇〇一年六月二十一日

二

　　編寫索引是一件既費時又費力的工作。但為學科建設計，這個工作必須有人來做。此前，北京大學比較文學研究所編的《中國比較文學研究資料》（北京大學出版社，1989 年）和《中國比較文學年鑒》（北京大學出版社，1987 年）兩書分別收錄了一九一九至一九四九年、一九一九至一九八五年間的比較文學論文索引。但近二十年來的比較文學論文數量很多，不可能作為某種著作的資料附錄來處理，非得獨立成書不可。此次在江西教育出版社的支持下，將本《索引》列入《比較文學與世界文學學科建設叢書》中正式出版，近二十年來的中國比較文學研究論文總算有了一個清單，也了卻了我的一個心願。之所以編寫和出版這部書，一方面是想為學界的同仁朋友們提供方便，為比較文學的學科建設做一點基礎性的工作，另一方面也是為了滿足比較文學教學的急需。九〇年代以來我國學風漸有改善，但浮躁、空泛之氣仍未消散。一些人提筆寫文章時無視或不尊重已有的學術成果，其結果往往是拾人牙慧卻渾然不覺。鑒於此，我想把《索

引》作為本科生《比較文學概論》課和研究生《比較文學學科理論研究》課的教參，以引導和鼓勵學生閱讀有關的基本文獻，從學科史文獻中吸收治學的經驗與教訓，以養成扎實的科學的學風。

　　本書是在我的碩士研究生于奎戰、袁惠、吳毓華、陽妍同學的協助下完成的。整個工作歷時一年。編寫者們充分利用各種檢索手段，窮年累月，廣為搜求，付出了辛勤的勞動。初稿完成後，又多次核對重要原刊，查漏補遺和編排整理。責編姚敏建女士在審讀中發現了不少問題，並提出了有益的建議。應該說，編者對本書是認真負責、盡心盡力的。但是，二十年來中國比較文學論文數量多，範圍廣，收集整理難度大，有些論文是否屬於比較文學論文恐怕也會有不同的認定，尤其是我們難以對每個條目逐一核對原刊，因此，錯漏之處恐怕在所難免。我們懇切希望讀者的指正與批評。

二〇〇一年十一月十五日

《中國比較文學研究二十年》後記[1]

　　本書就是這樣走馬觀花地、粗略地完成了中國比較文學研究二十
年學術成果的評述。我自己雖然也算是中國比較文學二十年發展演進
歷史的目擊者，長期關注著比較文學研究的動態，但真正要寫出這麼
一本書，感覺並不輕鬆。從學術研究的角度講，人們對眼前的事情往
往不如對相距較遠的歷史把握得更清楚，所謂「丈八燈檯照遠不照
近」、「當局者迷」是也，原因是我們對當代的東西難以拉開距離、旁
觀式地加以審視。「二十年」剛剛過去，就急匆匆寫什麼「二十年」，
這主要是基於教書匠所特有的職業癖性──為的是要開出一門相關課
程，讓學生們重視和了解當代中國比較文學的學科狀況。並且，從學
科建設的角度講，這類比較文學學科史的研究也不可缺少。

　　本書選題的醞釀始於一九九九年初。在此後的一年多的時間裡，
我一直都在琢磨如何來寫，如何設計它的架構，並在文獻資料方面做
了必要的準備工作。在單篇論文方面，我主編了《中國比較文學論文
索引（1980-2000）》一書，並已收在《比較文學與世界文學學科建設
叢書》中先行出版。鑒於比較文學單篇文章數量多、分布廣、層次
多，假如沒有這樣一部較完備的《索引》，則《中國比較文學研究二
十年》這樣的研究課題簡直無法進行。《索引》的編纂使我對單篇文
章的總量、作者、類型、分布等情況有了總體的了解和把握。它既是

1　本文的第一部分為《中國比較文學研究二十年》（南昌市：江西教育出版社，2003
　　年）的「前言」，並以〈我如何寫作《中國比較文學二十年》──兼論學術史研究
　　的原則與方法〉為題發表於《山西大學學報》2003年第1期；第二部分為「後記」。

獨立的成果，也可以看做是本書的前期成果。在比較文學的論著方面，已出版的書在數量上也很可觀，但各大圖書館，包括北京地區的國家圖書館、北師大圖書館、北大圖書館等，收藏都不齊全，近兩年來的新書，有些尚未編號上架。這些都給本書的寫作造成了困難。好在這些書我大都有收藏，從而減少了對圖書館的依賴，也提高了工作效率。到二〇〇一年春，適逢「教育部人文社會科學重點研究基地北京師範大學文藝學研究中心」成立並策畫研究課題，作為該「中心」的兼職教授，我決定將此課題上報「中心」學術委員會，申請將它納入該中心二〇〇〇年度重大課題「中國文學理論現代形態的生成」的子課題中，並得到批准。從那以後我就開始動筆，其間因整理《比較文學學科新論》的講義交付出版及教學任務繁重，寫寫停停；到二〇〇二年初才在教學之餘全力投入寫作，耗時一年多，基本上按原定寫作進度完成了任務。

　　我感謝「北京師範大學文藝學研究中心」及童慶炳先生、王一川兄對我的研究的資助與支持；感謝陳惇先生惠借十幾種我沒有的、圖書館也難借到的書；感謝責任編輯姚敏建女士為本書出版付出的心血和勞動；感謝為本書的部分章節提供發表園地的《俄羅斯文藝》、《戲劇》、《德國研究》、《中國現代文學研究叢刊》、《山西大學學報》、《東疆學刊》、《法國研究》、《南亞研究》、《延邊大學學報》、《長江學術》、《世界宗教研究年鑑》、《南京師大文學院學報》、《蘇州科技學院學報》、《東方文學研究通訊》等諸家學術期刊。感謝關心本書的各位同行和朋友們，他們的不斷的詢問和催促成為我研究和寫作的一種動力。還要感謝剛剛過了六歲生日的女兒王方宇，她在媽媽出國期間是那樣的乖巧，當我寫作的時候她從不打擾，有時只是坐在我的身邊，盯著電腦螢幕小聲地念出她所認識的字。

　　這是我出版的第七部論著。當我為它畫上最後一個句號的時候，我就要跨越「不惑」之年的門檻。本書恰好在這個時候寫完，也算是

我跨越四十週歲時的一個紀念。回首以往，不禁感慨萬千。從一九八
○年讀大學算起直到現在，一晃二十多年過去了。二十年間，自己由
一個窮學生，到「無產階級知識份子」，再到現在的「小資產階級知
識份子」；從住八人一間的學生宿舍，到擁有人書雜居的一間小屋，
再到擁有四個書房上萬冊藏書；從不知比較文學為何物，到成為比較
文學工作者，再到如今自告奮勇來清理盤點中國比較文學二十年的家
底，我也被時光挾持著「與時俱進」。這些年來最大的感受就是光陰
如白駒過隙，快得令人害怕。四十年來，按我和我老家的習慣，從不
給自己過什麼生日，但我仍能清楚地感受到時光在人不知不覺中無情
地將人有限的生命一點點地遮蔽，一點點地抹掉。慚愧的是，在過去
的日子裡，我深感自己讀得太少，寫得太少，並由此切實地生出一種
危機感和緊迫感。

　　從今以後，自己就要永遠告別「青年」時代，而步入「中年」
了。「中年」意味著什麼？它意味著得時無怠，歲不我與；意味著稍
不留心，就會讓光陰溜走；意味著這個年齡段比其他任何年齡段都應
該更有效率，因而也更寶貴；意味著這個時期應該擁有比從前更虛靜
的心境、更灑脫的態度、更高遠的目標、更扎實的腳步、更廣闊的耕
耘、更深層的探索，也意味著更嚴峻的挑戰、更繁重的勞作。

　　如果說，十八歲、三十歲是人生的逗號，那麼四十歲也許就是人
生的一個分號……

二○○二年十月

《翻譯文學導論》後記[1]

　　記得在二十世紀八〇年代末或九〇年代初，在剛出版的《當代文學翻譯百家談》（北京大學出版社）一書中讀到了翻譯家郭麟閣教授的一段話——「翻譯是『比較文學』中主要項目；搞翻譯的不一定搞比較文學，搞『比較文學』研究的，一定搞翻譯」——頗受觸動和啟發。從二十世紀末，我就有心寫一部立足於中國翻譯文學的翻譯文學基礎理論的書。一九九九年，我在《文藝報》上發表一篇題為《二十一世紀的中國比較文學：問題與展望》（《文藝報》1999 年 5 月 13 日）的文章中，提出翻譯文學研究應該成為二十一世紀比較文學研究的一個重點，呼籲學界進行《中國的俄羅斯文學翻譯史》、《中國的法國文學翻譯史》、《中國的英美文學翻譯史》等重要的國別翻譯文學史的研究與寫作。我自己對翻譯文學的研究也先從中國翻譯文學史入手。到二〇〇〇年，我出版了《二十世紀中國的日本翻譯文學史》，後來又將研究範圍擴大到東方（整個亞洲北非地區），出版了《東方各國文學在中國——譯介與研究史述論》。二〇〇二年，我的研究由翻譯文學史而及翻譯文學理論，與陳言合著《二十世紀中國文學翻譯論爭》。我想，在這些研究的基礎上，寫一本《翻譯文學導論》或許並不太過唐突和冒失。

　　《翻譯文學導論》已經在我腦子裡醞釀許久了，資料也早已逐漸收集齊備，一直想找到一塊完整的時間來集中寫作，但手頭有兩個受政府資助的「十五」項目也很緊迫，為它們收集和消化材料頗費時間

1　本文原載《翻譯文學導論》（北京市：北京師範大學出版社，2004年）書後。

和精力，常恨自己分身無術。但我知道《翻譯文學導論》在研究思路上與我近期的其他研究銜接較緊，久拖可能導致思路冷卻。今年二月，妻從國外歸來，接管了家務，使得我除每週四、五到校授課及處理雜務外，一週四、五天可以獨自蟄居近郊回龍觀的家中埋頭寫作，於是《翻譯文學導論》正式動筆。初春的北京，天氣一改往年常態，沙塵暴竟偃旗息鼓，氣候濕潤非常，令人心曠神怡。寫累了的時候就登上六樓的平臺，在那裡照料一下返青的葡萄，或坐在上面的木亭裡迎風洗腦。這種隱居式的寫作生活令我愜意無比。

　　然而「好景不長」。進入四月，「非典型肺炎」SARS 不知不覺中襲來北京，中旬北京忽然被宣布為「疫區」。整個城市一度陷入恐慌中。外國人逃回了國，外地人逃回了家，本地人躲在自己家裡不敢出門。學校停課了，我也不必再去上課。「非典」對北京而言是一場災難，但卻也給了我更多集中寫作的時間，這是我始料未及的。

　　被「非典」圍困著不消說，到了五月十八日，我的老病「腰椎間盤突出症」忽然復發。事先並不像前幾次那樣有明顯的徵兆，但我知道兩三年一次的復發週期是逃不掉的劫數，而且這顯然也是對伏案過久缺乏鍛煉的懲罰。劇烈的腰腿疼痛使我無法坐立行走，又一次成了臥病在床飲食起居需要照顧的病人。仰臥了幾天以後，我決定繼續寫作，把筆記型電腦搬到床上，一邊治療一邊趴著寫。那種彆扭而又難受的姿勢因多次發病早已習慣了。但胳膊肘還是因長期支撐而磨得紅腫，肩膀、脖子、肚子也酸痛不適。不過有時肉體的痛苦反而會使大腦變得加倍靈敏。許多個深夜，我腦子特別清醒，不能入睡，便反覆多次地把床燈關掉又打開，將腦子裡的想法一條條地記下來，作為次日寫作的提綱⋯⋯

　　「翻譯文學導論」—「非典」—「腰椎間盤突出」，這實在是三個風馬牛不相及的東西，然而在二〇〇三年的春夏，這正是我生活與寫作中的三個密切相連的「關鍵詞」。

　　六月下旬，北京宣布解除「疫區」，到了七月初，我的腰病略有好轉跡象，而《翻譯文學導論》也終於在此時殺青。對於一個寫作的人來說，為書稿寫「後記」，其愉快之情是不言而喻的。這時恰好休息時仰讀閒書，讀到李振生先生為他主編的《梁宗岱批評文集》寫的《編後記》，他分析了梁宗岱出色的才情和敏銳的悟性為什麼沒有在學術上得到徹底的發揮，然後寫到另外一種人，他們屬於──

　　　　才質稍平些的，悟性也許不那麼敏銳，於是便幹著，不會多作
　　　　心猿意馬的懸想，諸如預測最終的結果會是怎樣，等等，他只
　　　　顧埋頭做他的事，直到把事情一件件做到頭，才會直起腰來稍
　　　　稍歇上一口氣，檢視一下自己的業績，心裡覺得無比的舒坦。
　　　　總之，他是個實心眼的人，連內心的歡樂也是實打實的，必須
　　　　是看得見，摸得著的。

　　我自己固然有點像是「才質平平」、「不那麼敏銳」的類型，卻沒有幹出多少實事來，所以自知夠不上這類人的標準。然而我本心裡很想做這類人，因為很希望擁有那種「實打實」的歡樂，並且願意用「實打實」的痛苦來換取這種「實打實」的歡樂。《翻譯文學導論》的寫作，使我再次體驗了快樂與痛苦交織在一起的滋味，因而忍不住發一點感慨如上，就權作本書的「後記」吧。

　　　　　　　　　　　　　　　二○○三年六月三十日初稿畢
　　　　　　　　　　　　　　　二○○三年八月十七日修改畢

　　在拙作即將出版的時候，覺得還有一些話要說，但又想完好保留寫作前一個「後記」時的那種心境和感受，就只好在「後記」之後再畫一「蛇足」了。

　　我寫書，除了滿足自己的「求知欲」和「解釋欲」之外，心目中的讀者對象都是比較明確的。例如，本書的讀者對象，我瞄準的主要是語言文學專業的研究生和水平相當的讀者階層。早在一九九九年底，在我校研究生院進行碩士學位課程調整時，我曾把「翻譯文學導論」列入了「比較文學與世界文學」專業碩士生的課程計畫。拙作寫完之後的二〇〇三年九月，我按照既定計畫，在為研究生開設的《比較文學學科理論》課程中，用了最後六週共十八個學時的時間，將《翻譯文學導論》的主要內容搬上了講臺。據我孤陋寡聞，在中文系的課堂上系統地講授翻譯文學的基本理論，在我國大陸地區各大學的課程教學中，或許還是第一次，因而也只能算是一個初步的試驗和探索。既然確認「翻譯文學是中國文學的一個特殊組成部分」，那麼，中國語言文學專業的學生就應該學習中國翻譯文學，否則他的專業知識結構就不完整。如果環境和條件允許，但願在未來的若干年中，我能夠將我的理論付諸教學實踐，不僅為研究生開出一門獨立的翻譯文學基礎理論的課程，更打算逐步地將現有的中國語言文學專業本科基礎課《外國文學史》用翻譯文學的觀念加以改造，最終以《中國翻譯文學史》課程取而代之，並建議將這一課程作為中國語言文學專業本科生的核心和基礎課程。做這個事情可分兩步走：第一步，先在現有的「外國文學史」框架中，行「翻譯文學史」之「實」（這一點我在近幾年的本科生課堂上已經初步嘗試了）；第二步再爭取改變這門課的「名」（不過在中國現有的教育管理體制下，為一門課程改「名」談何容易）。眾所周知，中小學中有不少「實驗小學」、「實驗中學」，「實驗」完了積累了經驗可以向外推廣，那麼像北師大這樣的名牌大學，特別是北師大中文系（現已改稱「文學院」）這樣的老系，也不妨多一點「實驗」的意識和改革的動作。雖不敢奢望向外推廣，起碼自己可以擺脫因襲的束縛。我想，經過改造的《中國翻譯文學史》這一課程的特點，就是不滿足於只講「外國文學」，還要講「外國文

學」如何通過翻譯家的再創作，轉化為「翻譯文學」，也就是站在中國文學及翻譯文學的立場上講外國文學。據說國內有兩所大學的中文系是請外語系的教師來講外國文學的，這自然不錯。但外語系的教師假如以外語系的講法應對中文系的學生，恐怕難盡人意。毫無疑問，中文系的學生必須了解和學習外國文學，但這種了解和學習應該有中文系特有的專業立場、角度和方式方法。中文系的「比較文學與世界文學」學科點的教師開設的《中國翻譯文學史》課程，可以視聽課對象的接受能力與要求，將外國文學原作與翻譯家的譯作兩者進行適當地比較分析，並應注意強調通過翻譯媒介所進行的中外文學交流，注意對翻譯文學文本自身的鑒賞與批評。這樣一來就大大地增加了講授的難度，對教師外語、外國文學及中國文學修養的要求都提高了，對學生接受水平的要求也提高了。然而時代在發展，學術在進步，課程教學也要不斷改革。以我的設想，中文系的本科高年級學生要學習《中國翻譯文學史》，到了碩士階段，則須從理論上概括和提升，就要對他們開設《翻譯文學導論》之類的課程，兩者是相互銜接的。這次我試探性地講授《翻譯文學導論》，堅持來聽課的四十多位同學中不僅有本專業（比較文學與世界文學）的學生，還有半數來自其他專業，如中國現當代文學專業乃至其他院系如哲學系、外語系等。同學們反映，通過聽課，對翻譯文學的認知程度提高了。我希望等拙作出版之後，讀者可以通過閱讀也能得到同樣的感受，更希望專家和讀者對拙作的不足乃至錯誤提出批評指教，以待來日加以修正。

像我此前出版的所有著作一樣，本書出版事宜的落實也較為順利。書稿完成後的九月初，我決定申請「北京市社會科學理論著作出版基金」的資助，王一川教授和外語學院鄭海淩教授分別寫了推薦書，北師大出版社總編楊耕教授給予支持。到了二〇〇三年十二月，申請獲得審核批准。又蒙童慶炳教授賞識，使拙作忝列「文化與詩學叢書」之中。據說國外也有人將此類研究稱為「翻譯詩學」，因而本

書列入「文化與詩學叢書」可謂適得其所。拙作還作為文學院王一川
教授牽頭實施的「北京師範大學人文社會科學創新研究群體發展計
畫」中「文化詩學與文本研究的雙向拓展」裡面的一個子項目，並獲
得了該項目的經費資助。在書稿出版運作的過程中，我即將於三月底
赴日本任教兩年，只能拜託責任編輯曹巍女士負全責。她本來就是比
較文學出身，其扎實的專業功底和認真細緻的工作態度我是了解的，
因而倍感放心。周錦、王永娟、馮新華等同學對書稿中可疑之處都細
心挑出，更有志同道合、一貫理解支持我的愛妻亓華做了最後的校
對。此外，本書勒口處的照片，是我的同事和好友李正榮教授拍攝
的，一如此前七部專著的照片都出自妻的眼光。著名翻譯家和譯學理
論家、中國社會科學院外國文學研究所譯審羅新璋先生、南京大學外
語學院的許鈞教授惠賜大作並關心本書的寫作，對我也是一種寶貴的
支持和鼓舞。當本書即將出版時，我再次深深感到，如果說寫書是一
種個人行為，而出書則是社會行為。假如沒有以上提到的各位的幫
助，拙稿就無法以現在的樣子面世。謹此為記，永誌不忘。

王向遠 補記
二○○四年除夕夜於北京回龍觀家中，此時爆竹聲此起彼伏

《比較文學研究》後記¹

　　本書在我已獨立完成的八部論著與合作完成的兩部論著中，是僅有的一部「命題作文」。此前，也有出版社或叢書主編給我出過「命題作文」，由於興趣不大和積累不夠等種種原因，我只好推辭。可是這次的命題者是樂黛雲先生，情況可大不一樣。樂先生是公認的中國比較文學學科的帶頭人，我當然是既恭敬也從命。而且，她出的這個「比較文學研究一百年」，實在是一個重要的、很好的題目，對此我很有興趣。此前，我自己曾寫過一本《中國比較文學研究二十年》，在「前言」中我寫過這樣的話：「照理說，這樣的書要由本學科中的權威人士來寫才匹配。以我這樣的年齡上不上不下、學術上不成不就、圈子上不內不外的人，人微言輕，顯然不擁有所謂『話語權力』，本來是沒有資格寫這樣一本書的。」只是覺得學科建設急需，「聊勝於無」，寫就寫吧。我在《中國比較文學研究二十年》的「前言」中還說：「嚴格地說，本書只不過是中國比較文學學術成果的學習和閱讀的較為系統的札記。雖然它有『史』的線索和『史』的意識，可我還是不敢稱它為『學術史』。研究當代的、處在變化中的東西能不能成為『史』，學術界尚有疑問，因而我只能說它是『學術史性質的書』。」而「比較文學研究一百年」則不同，它是「一百年」，應該寫成嚴格意義上的學術史，這樣的書由樂先生來寫自然最合適，事實上叢書策畫者和出版社找的就是樂先生。但樂先生說她看過我的

1　本文原載《二十世紀中國人文學科學術史叢書・比較文學研究》（福州市：福建人民出版社，2005年）書後。

《中國比較文學研究二十年》，要我與她合作二十世紀中國人文學科學術研究史叢書」的其中一本《比較文學研究》。我覺得這是對《中國比較文學研究二十年》的一種肯定，也是對我的一種信任，於是，我立即放下了手頭正在寫作的一部書稿，並在授課之外全力投入寫作。

　　整個寫作過程是在樂先生的指導和幫助下完成的。樂先生不「干預」我的具體行文和具體的學術評價，但她的思想和思路卻對我有很大的啟發。例如她不希望將此書寫成教材的模樣，提出要有創新，這提醒我時刻注意既要尊重「史實」，又要大膽體現「史識」；又如，她把一九五〇至一九七八年間的中國比較文學概括為「沉潛期」，我認為就比此前有學者提出的「停滯期」或「滯緩期」的概括更恰當，這使我在寫作時注意把握該時期「沉潛」的特徵；她還提出要重視翻譯文學在一百年中國比較文學中的地位和作用，這一點也使《比較文學研究》與已出版的同類書顯出不同。經與樂先生反覆琢磨和討論，我們確定了以學術為本、創新至上、尊重文本、尊重歷史、尊重公論、甄別輕重、釐定主次、以「述」為經、以「評」為緯、「評」「述」結合、以史代論、不落窠臼的基本寫作原則，擬定了全書的寫作提綱，確立了全書的章節結構。這個結構的基本原則就是力求簡潔清晰地反映出二十世紀一百年間中國比較文學的發生、發展與起伏演進的基本規律，單從章與節的文字表述本身，就能使讀者看出某一時期、某一領域的研究特色，另外，還特別注意上下章節的脈絡暢通，以強化全書的「歷史」感與整體感。

　　在《比較文學研究》中，我負責執筆後五十年，即第三章和第四章。其中，第三章〈中國比較文學的沉潛期〉，首先分析「沉潛期」形成的原因及其特徵。然後，在評述此時期中外文學的比較研究成果時，以「零星收穫」一詞概括之；鑒於此時期翻譯文學研究占重要地位，便將翻譯文學研究單列一節，並以「相對活躍」一詞概括之。此章最後評述六〇至七〇年代臺灣與香港地區的比較文學，將其概括為

「率先崛起」，又與後一章論述的八〇至九〇年代中國比較文學的全面復興與繁榮相呼應、相銜接。

　　在寫作最後二十年（第四章）的時候，我一方面對前著《中國比較文學研究二十年》多有借鑒和移植，一方面對其結構框架和內容做了調整、刪改和補充。首先，在框架結構方面，由於《中國比較文學研究二十年》涉及時間不長，故該書以專題研究為單位來劃分章節，並不著意突出「史」的線索，而在《比較文學研究》中，最後二十年則必須與前八十年貫通起來，在以專題分章的同時，應該強調該專題研究的歷史源流，注意前後的比較並找出特徵，於是便以「強化」、「推進」、「興盛」、「開拓」、「展開」、「深化」、「新生長點」、「繁榮」、「探索」等詞概括之。這些詞的使用是經過仔細推敲斟酌的，「強化」、「推進」云云暗含著上上下下的參照考量，以求對這一時期研究特徵的概括能夠「一語中的」。其次，在內容方面，《中國比較文學研究二十年》重心在「研究」，對「研究」之外的學術活動、學科建設等沒有專門的章節來論述；而《比較文學研究》作為完整的學科史，卻不能缺少這些內容，於是列了專節對八〇至九〇年代的學科建設、學術體制形成的情況加以評述總結。此外，《中國比較文學研究二十年》寫作時正值世紀之交，個別著作因出版發行較晚、本人未能在材料收集上做到竭澤而漁，故有遺漏；有關兒童文學的比較研究內容因成果數量太少，《中國比較文學研究二十年》中略而未寫，這些在《比較文學研究》中均有彌補。

　　另外需要向讀者交代的是，作為學科史、學術史著作，本書以具體的文章與著作為主要評述對象，所以行文中的文獻名稱大大多於一般著作，有時可謂觸目皆是。如果將文獻與引文出處等以腳注的形式一一注出，勢必會繁瑣之極，甚至一頁中腳注會占三分之一以上的版面，且編序排號時很容易出錯，所以我在已出版的其他幾本類似著作中，均採用文內注的方法，那樣既避去繁瑣，版式也較為美觀。但本

書作為「二十世紀中國人文學科學術研究史叢書」中的一種，統一要求要有腳注。於是我和樂先生商量，決定做變通的處理：腳注盡可能少用，以楷體字排出的成段的引文或其他特殊情況宜做腳注，其餘的文獻出處一般在行文中以敘述方式自然帶出或在括弧內順便注明。對此，敬希叢書編者和讀者見諒。

　　從二○○三年十一月初到二○○四年二月，我把絕大部分的時光和精力都給了《比較文學研究》。其間難得有一個時間較長的寒假，使我能夠聚精會神寫作。現在稿子草成，我可以向樂黛雲先生交卷了。這次有樂先生在學術上把關，我倍感放心。不過，在我所執筆的部分，評價失當、史料錯漏等等問題，都該由我本人負責。可喜的是現在我國的學術批評較為活躍，本書其實就是以史的形式所做的系列學術批評。既然批評別人，當然也歡迎別人來批評自己。因為歸根到柢，中國比較文學的學術史是一百年來幾代學者共同寫成的。樂先生和我，無非是為這段歷史做了一回書記員而已。書記員的工作做得如何，當然還有待於比較文學諸位同仁的指教，更有待於時間和歷史來裁決。

　　末了，我還要衷心感謝樂先生。在這次愉快的學術合作中，我從樂先生那裡學習和感受了許多東西。樂先生作為一個古稀老人，其精力的充沛、思想的活躍、視野的開闊、創新的潛力，代表了中國當代學者的一種最可貴的精神面貌，令我等自歎弗如，更可激勵後輩學子奮發努力。我將永遠銘記與樂先生的這次合作，並願意把本書視為樂先生和我老少兩代人學術情誼的象徵和紀念。

　　　　　　　　　　　　　　　　　　　　　　　二○○五年二月

《日本對中國的文化侵略》後記[1]

　　五年前，也就是一九九九年七月，我的《「筆部隊」和侵華戰爭──對日本侵華文學的研究和批判》一書，作為北京市哲學社會科學「九五」規劃「精品工程項目」的第一本，由北京師範大學出版社出版。我在該書的後記中提到下一步我打算「研究自鴉片戰爭至抗日戰爭結束百餘年間的中國國難文學，書名暫定為《中國近現代國難文學史》」。在同年九月舉行的《「筆部隊」和侵華戰爭》出版座談會上，面對與會的四十多位專家學者和各媒體的編輯記者，我又說了這樣的話：

> 現在，我正在為《「筆部隊」和侵華戰爭》的姊妹篇──《中國近現代國難文學史》──收集和消化材料，計畫到二〇〇一年底完成。我還準備在《「筆部隊」和侵華戰爭》這本書的基礎上，將研究範圍由文學進一步擴大到文化領域，寫一本題為《日本對中國的文化侵略》的書。（見《中國教育報》1999年9月26日第2版）

　　這是一個鄭重的承諾。二〇〇一年初我將《日本對中國的文化侵略》申報了北京市哲學、社會科學研究「十五」規劃中的研究項目，不久就作為歷史學重點研究課題得到批准立項並獲得資助。為此，我要鄭重感謝北京市哲學社會科學規劃辦公室及負責人王新華、李建平

1　本文原載《日本對中國的文化侵略》（北京市：昆侖出版社，2005年）書後。

先生，感謝歷史學科評議組的專家學者們。他們把這個屬於歷史學的研究課題交給我這個文學學科出身的人來承擔，是對我的信任。沒有北京市社科規劃辦的立項資助，這個課題的研究將不會像現在這樣順利。

正如當時我所預料的，這是一個特別需要資助的項目，因為所需資料絕大多數都是二十世紀上半期的日文舊書，而且在國內有關圖書館只能查到一部分，大部分需要從日本各圖書館借閱。數萬元的研究經費，對研究的推進大有幫助。我首先在國內圖書館查閱了有關資料。其中，在母校北師大圖書館的日文藏書中發現了許多有用的書。後來，妻亓華赴日本東京任教一年，幫我查到並複印了部分資料。二〇〇四年三月我來日本京都任教後，對相關書目又做了進一步充實補充。我通過大學附屬圖書館的各種索引系統，進一步充實完善了我此前列出的相關書目，雖然還無法徹底做到我所理想的「竭澤而漁」或「拉網式排查」的程度，但我相信這些書完全可以反映出日本對華文化侵略的各個方面。所幸日本圖書館的信息服務系統相當先進，各圖書館之間圖書信息交流非常密切，這使得我可以通過京都外大附屬圖書館的情報服務中心，從日本各地圖書館「注文」（意即預借），對方在一週左右即以有償郵寄的方式將書寄來，對讀者來說十分方便。只是按規定這些書均不可複印，不可帶出本大學的閱覽室，並要在限定的時間內歸還。我只好將電腦帶進學校的閱覽室，邊看邊寫。這樣被陸續寄來的一批批的資料驅趕著，講完課就鑽進圖書館，著實有些辛苦和緊張，卻也因此而提高了工作效率。此外，我還注意充分利用日本的舊書店這一獨特的學術信息資源。我曾專程去東京，用了三天時間逛了著名的神田書店街上的約五十家書店。那裡的舊書店號稱有一百二十多家，其中大部分是經營學術書和專業書的。由於日本的學術書印數很少且價格昂貴，使得許多藏書者在用完之後，願意轉手賣給舊書店，這十分有利於學術資料的流通與共用。日本不少學者教授也

十分重視從舊書店裡獲取珍貴材料，以補充圖書館藏書的不足。我在神田書店街一次買了六十多冊書，其中有幾冊對本書的寫作很有用處。另外，京都的丸太町、四條河原町一帶的幾家舊書店學術書籍也很豐富。總之，我通過各種途徑查到的、與本書有關的日文原始資料單行本有一百多種。我盡量充分地閱讀和消化這些材料，同時本著去粗取「精」、甄別主次、突出重點的原則，篩選出有代表性的材料加以重點評述和研究，以免面面俱到地堆砌羅列材料而使一般讀者感到沉悶。但同時也充分考慮到作為學術著作，缺乏可讀性的某些珍貴資料也應該充分利用，故書中不少地方大段地、完整地將原文翻譯出來，有些章節還使用了若干統計表格，這些都是為了「用事實說話」，強化本書的史料價值。

　　本書從發想、到立項、到寫作完畢，五年過去了，我終於按照預定計畫完成任務。準備了五年，其中執筆寫作用了十個月。真是「五年計畫，十月懷胎，一朝分娩」，從心底裡生出「如釋重負」之感。幾年前，日本著名作家、在中國也頗有影響的山崎豐子女士在《〈大地之子〉和我》（1999）一書中，曾談到自己耗時八年寫完多卷本長篇小說《大地之子》時的心情，她說書齋的寫作生活簡直就是在蹲監獄。有一天終於寫完，不由高興地大叫：「完結！萬歲！出獄！」我對山崎豐子女士「出獄」的感受倒沒有多大共鳴，但寫完一本書確實有一種「解放感」。相信這是所有著作者的共通感受。

　　實際上一本書只是寫完了，並不是真正意義上的「問世」。「問世」是以公開出版為標誌的。本書的出版早已經被我的老友、崑崙出版社的張良村先生「預訂」了。張兄以他那博士的博學和編輯的眼力，認定拙作有出版價值，並願意將五年前出版的、現已脫銷的《「筆部隊」和侵華戰爭》一書的修訂本，與我的新著《日本對中國的文化侵略——學者、文化人的侵華戰爭》和《日本右翼言論批判——「皇國」史觀與免罪情結的病理剖析》一起，作為「三部曲」

納入日本對中國的文化侵略研究叢書，作為紀念中國人民抗日戰爭暨世界反法西斯戰爭勝利六十週年圖書，一併出版發行。

拙作能夠在這個時候同時出版或再版，可謂生逢其時。六十年，在人類歷史長河中還較短暫，但對個體人生來說已經差不多就是「一輩子」了。現在我們有責任將六十年之前的日本對華文化侵略的歷史加以系統的呈現，否則歷時彌久，人們對這段歷史的感受就缺少切膚之痛。從學術研究的角度講，我希望本書能夠填補中日關係研究和日本侵華史研究中的一個空白，填補一般讀者歷史知識中的一個空白。此外，如果本書能夠對中國近代國難史教育和愛國主義教育有所裨益，我將感到榮幸。作為一個無黨無派的普通學者，我所理解的愛國主義不是急功近利的政治宣傳，不是偏狹的民族主義；我認為中國人的愛國主義，總體上與反對外來侵略與奴役密切相關，但從來都不以侵略和危害他國為指向。我們的愛國主義的精髓就是在任何情況下都要記住自己是一個中國人，不忘國恥，反對侵略，自尊自重，奮發圖強。另一方面，我們的愛國主義也未必以某國為敵，因而愛國主義也不等於「反日」或反對任何一個國家。而按照時下日本的一些右翼學者、文化人的思想邏輯，本書或許要被他們歸為所謂「反日」之列。但是我所「反」的，只是侵華的日本，是協力侵華戰爭的人，是至今仍繼續對中國實施種種文化挑釁，故意抹殺、淡化乃至美化侵略歷史，誤導日本國民的那些學者、文化人，而絕沒有反對、也不應該反對那些主張日中友好、愛好和平的善良的日本人。

我想，本書也可以算是對「跳樑跋扈」的當代日本右翼學者、文化人的一次小小的回敬。近二十多年來，日本右翼學者們大量著書刊文，打著反對「自虐史觀」的旗號，不擇手段地抹殺侵略史實，千方百計地證明日本所發動的不是侵略戰爭，而是將中國等亞洲國家從西方白人統治下「解放」出來的「大東亞戰爭」，是「自存自衛」的戰爭。而本書所揭露的戰前與戰中的日本文化人的有關言論，卻是在明

火熱伕地鼓吹對華侵略、赤裸裸地主張奴役中國。不知日本右翼學者們看了自己的這些先祖與前輩的言論，又會做何感想。

最後需說明的是，本書使用文獻較多，為強化可讀性，在表明文獻來源的前提下，盡量簡化注釋，免得刻板與繁瑣，因而未用腳注形式，而用文內注，還請讀者諒解。

二〇〇四年八月三十一日

《中國百年國難文學史》後記[1]

　　本書和我已經出版的《佛心梵影——中國作家與印度文化》（2007）一樣，是我和學生們合作研究的結晶。

　　十二年前，也就是一九九九年七月，我的《「筆部隊」和侵華戰爭——對日本侵華文學的研究和批判》一書，作為北京市哲學社會科學「九五」規劃「精品工程項目」的第一本出版發行。我在該書的「後記」中，提到下一步我打算「研究自鴉片戰爭至抗日戰爭結束百餘年間的中國國難文學，書名暫定為《中國近現代國難文學史》」。同年九月，我在北京市有關部門和北師大聯合舉辦的「《「筆部隊」和侵華戰爭》出版座談會」上，又向與會者談了我的研究計畫：在《「筆部隊」和侵華戰爭》一書以後，打算寫兩本相關的書：一是將研究範圍由文學進一步擴大到文化領域，寫出《日本對中國的文化侵略》；二是立足於中國文學，寫出《中國近代國難文學史》。（見《中國教育報》1999 年 9 月 26 日第二版相關文章）。二〇〇五年，《日本對中國的文化侵略——學者、文化人的侵華戰爭》正式出版；現在，《中國百年國難文學史》也完稿並將出版了，雖然從一九九九到二〇一〇用了整整十二年時間，但總算兌現了自己當初的承諾。

　　這本書的寫作之所以耗費了這麼長時間，主要是因為該選題作為一種開拓性的基礎研究，工作量巨大，非曠日持久不可。特別是原始資料的收集與利用，需要跑各大圖書館，查閱那些塵封已久的書報雜誌，很費工夫。儘管近年來許多文獻都陸陸續續數字化了，但直到今

1　本文原載《中國百年國難文學史》（上海市：上海人民出版社，2010年）書後。

天，與本書相關的大多數文獻，仍然需要跑各圖書館，使用手工檢索查閱，更不用說是在若干年之前了。這既是腦力勞動，也是耗人的體力活兒。這樣的巨大的勞動量是我個人無法承擔的，有效而可行的方法就是和學生們合作。

為此，我首先設計了全書的內容框架，提出了寫作的基本宗旨與要求，以《中國近現代國難文學史系列研究》（後來改為《中國百年國難文學史》）為總標題，將全書各章以「系列研究之一、之二、之三……」的方式，做了子課題的劃分，然後在三屆碩士研究生中，挑選出對此有興趣的、適合研究該選題的學生做了分工，有計畫、有步驟地展開了研究。其中，最終納入本書的各子課題及其承擔者（按章節順序）分別是：「鴉片戰爭文學」（王錚），「中法戰爭文學」（周錦），「甲午戰爭文學」（王永娟、李明韻），「庚子事變文學」（李珊珊），「『二十一條』國難文學」（于俊青），「五卅及一九二〇年代國難文學」（楊書），「九一八國難文學」（陳煒），「『七七』國難文學」（李鋒）。他們最終都將該課題作為自己的碩士學位論文。將該課題作為學位論文來寫有一個很大的好處，就是能夠保證作者對課題研究的高度重視，並確保時間與精力的充分投入。在寫作過程中，我多次召集作者們開會碰頭，互相交流材料收集與研究寫作的經驗與信息，並根據作者提出的問題，隨時給予點撥與指導。各位子課題承擔者都很年輕，缺乏研究經驗，但他們都很善於學習，都努力理解和貫徹我提出的學術意圖、研究宗旨和寫作要求，因此整個研究過程總體上是順利的。

當然，在這個過程中，也遇到了許多困難，特別是經費問題。在各地圖書館查閱並複製資料是很費錢的，在不靠任何項目資助的情況下，我們自己掏錢陸續收集複印了一箱箱、一摞摞的原始資料，保證了研究的順利進行。對此我本人尤其感到光榮與滿足。眾所周知，這些年來，靠幾頁未必可靠的「項目申請表」，有的甚至靠「公關」活

動，就有可能將納稅人的幾萬、十幾萬的錢款圈到手裡，而大學管理者則每每以老師們能否圈到國家的錢、圈到多少錢來分等級、論英雄，如此，學術勢必淪為金錢的附庸，簡直是價值顛倒，令人痛心疾首。為了研究，我也申請並得到過多個項目經費，但我認為那些項目既然花了國家的錢，做出好成果來是必須的、應該的，做不出好成果來是負罪的，而沒有花國家的錢而做出的成果（例如這部《中國百年國難文學史》），卻更令我感到沾沾自足。

　　各子課題作為碩士論文寫就並最終答辯時，我們約請了在京的文史研究領域中相關著名專家教授組成了答辯委員會。該答辯委員會的專家主要有：中國社會科學院歷史研究所中國現代史專家陳鐵健研究員，中國社會科學院文學所中國現代文學史、抗日戰爭史專家張中良（秦弓）研究員，北京師範大學歷史學院晚清史與近代史研究專家孫燕京教授，北京社會科學院淪陷區文學研究專家張泉研究員，首都師範大學日本侵華史研究專家史桂芳教授，清華大學中文系日本文學專家王忠忱教授，北京師範大學文學院現代文學研究專家黃開發教授等，這些專家教授都從不同的學科視角，對本課題的研究給予了有力的指導與肯定。我還曾經和張中良、孫燕京兩位教授說過：將來出版的時候希望賜序，兩位都慨然應允，但是現在看來，在這麼短的時間內請他們看完全書並寫出序言，感覺太失禮了，只好作罷。不管怎樣，以上所提到各位專家教授都對本書傾注過心血與智慧，我衷心感謝他們，並期待著他們及學界朋友的批評指正。

　　分頭撰寫的各子課題及作為最後成果的各篇學位論文，對於一部統一的專著來說都還只是初稿，我的任務就是如何將它們修改整理為一部統一的學術著作。這就好比是將不同的原材料做成一盤色香俱佳的菜餚，我需要做的是選料、刀功、勾芡、火候、炒制、出鍋。這個任務比我預想的實際上要繁難得多。從文字表述，到材料觀點，都需要加以調整、增刪、打磨、潤色，許多段落則需要我改寫和重寫。不

過，雖經反覆修改，我對有些章節、有些地方仍然感覺不滿足，只是
學力所限，改不動，只好如此了。到今年六月，我整理好全書的參考
文獻、統一腳注格式，寫好「緒論」。剩下的事情，就是找機會送給
哪家出版社了。

　　事情很湊巧，書稿剛剛整理完畢，上海人民出版社的林青先生就
打來電話，問我手頭有沒有合適的書稿。我告訴他：我有這麼一本
書，但沒有任何名堂的項目資助，因此我沒有錢用來補貼出版，要是
你們不怕賠錢，我願意將書稿寄上請審閱。林青先生表示該選題有意
思，希望盡快寄給他。書稿寄去不到半個月，林先生便告訴我：社裡
決定接受並出版這本書，並可以在今年（2010）內出版。對於這家名
牌大社的敏銳的學術眼光、極高的辦事效率，我只有由衷的感動和欽
敬。回想二十多年前，我的第一部著作《東方文學史通論》寫成後，
因為喜歡上海人民出版社正在陸續出版的一套叢書並欲躋身其中，於
是抱著試一試的想法，以「上海人民出版社編輯同志收」的方式投
稿，該社編輯羅湘女士收閱了我的書稿，給了我這個無名小輩以熱情
的讚賞和鼓勵，她說按上海出版界的分工，這本書適合在文藝出版社
出版，並把書稿推薦給了鄰近的上海文藝出版社，使得該書最終得以
在文藝社出版。不料二十年後，我終於有了在上海人民出版社出書的
榮幸。這豈不就是緣分嗎？

　　本書的寫成，同樣也是靠著「緣分」。我的合作者們，曾從各大
學陸續投考到我的門下，三年學成之後，又陸續走出校門，分別做了
教師、編輯記者、公務員或者出國留學深造，今後相聚不是那麼容易
了，然而我們共同參與的這部《中國百年國難文學史》，卻可以成為
師生之緣的永遠的證明。

二〇一〇年七月七日

《王向遠著作集》（全十卷）總後記

　　《王向遠著作集》全十卷經過一年多的醞釀與運作，即將全部出版。雖然只不過是舊作的修訂與再版，但以《著作集》的形式，以十卷、四百萬字的規模，將此前的大部分著作一次推出，在我迄今的學術研究經歷中還是第一次。

　　之所以要在這個時候出版這樣一套書，對我個人而言頗有點「中期總結」的意思。一九八七年，我二十五歲時起在北京師範大學中文系執教，並開始了學術研究的生涯，到二〇〇七年止已滿二十週年，年齡也已屆四十五週歲。二十年，我的職業教師生涯過了一半；四十五歲，也將我的人生劃出了一條分界線。這個年齡，或許在老一輩眼裡還很年輕，在小一輩看來卻已經與他們隔代了。到了此時此刻，即使是在多麼寬泛的意義上，我都不得不向值得懷戀的「青年教師」時代揮手道別。雖然，《著作集》所收錄的並不是我「青年教師」時代所有的文字（譯著和絕大多數單篇文章未收），但它也足可成為我二十年學術生涯與青春歲月的證明。這些年來，讀書、思考、寫作，已經成為我樂此不疲的生活習慣與存在方式。無奈努力不夠，能力有限，雖經努力，漫長的二十年歲月，所收穫者也僅此而已。

　　然而敝菲不棄，敝帚自珍，人所難免。現在用《著作集》的方式將舊作一併修訂，推出一套「定本」，既可方便讀者購讀，也滿足自己敝帚自珍的俗心，同時以此給自己今後的研究寫作確立了一個新的起點——以期在若干年後，能夠從第十一卷起，將《著作集》繼續編輯出版下去。

　　《王向遠著作集》的出版，幸賴國家教育部「新世紀優秀人才支援計畫」的資金資助，得益於寧夏人民出版社對學術出版事業的重視與支持，在此謹向培育我的北師大、向關心幫助提攜我的諸位師友，向寧夏人民出版社及哈若蕙副社長、史芒副編審等編輯人員，表示我誠摯的感謝。

　　為使出版順利進行，在編校出版過程中，寧夏人民出版社與作者方面聯合成立了「《王向遠著作集》編輯出版委員會」，成員包括哈若蕙、史芒、譚立群、周慶鵬、賀秀紅、蔡文貴、姚發國、李穎霞，以及亓華（北京師範大學漢語文化學院副教授）、陳春香（山西大學文學院教授、博士）、李群（湖南大學文學院講師、博士）、于俊青（北京師範大學文學院博士生）、馮新華（首都師範大學文學院講師）、王昇遠（上海師範大學日語系講師）、周冰心（北京師範大學文學院碩士生）。以上各位作為委員會的成員，為《著作集》的編輯出版付出了辛勤勞動。此外，柴紅梅、楊書、李鋒等也參與了有關書稿的校對工作。

　　更使我感激和榮幸的是，國內一流的各方面權威專家為《著作集》各卷撰寫了「解說」，使《著作集》增輝不少。其中，第一卷的「解說」是已故恩師、原東方文學研究會會長陶德臻教授生前為《東方文學史通論》單行本撰寫的序言，此次用於著作集第一卷的「解說」，以表示對先生的感恩與懷念。第二卷「解說」由天津師範大學文學院院長、中國東方文學學會副會長孟昭毅教授撰寫；第三卷「解說」由由東北師範大學文學院教授、日本文學研究家孟慶樞先生撰寫；第四卷「解說」由天津師範大學文學院教授、著名日本文學專家王曉平先生撰寫；第四卷「解說」由由天津師範大學文學院教授、著名日本文學專家王曉平撰寫，第五卷「解說」由中國社會科學院文學研究所現代文學室主任、中國現代文學學會副會長、中國現代文學與中日比較文學專家張中良（秦弓）教授撰寫；第六卷「解說」由中國

比較文學教學研究會會長、北京師範大學文學院教授、比較文學專家
陳惇先生撰寫；第七卷「解說」由中國比較文學研究會副會長、上海
師範大學文學院教授、中國比較文學學科理論的最早開拓者之一孫景
堯先生撰寫；第八卷「解說」由中國比較文學學會副會長、上海外國
語大學高級翻譯學院教授、《中國比較文學》雜誌主編、翻譯理論家
謝天振先生撰寫；第九卷「解說」由北京社會科學院文學所所長、國
外漢學及中國淪陷區文學專家張泉研究員撰寫。對以上各位專家深表
謝意。此外，我妻亓華副教授雖不是日本右翼問題的專家，但第十卷
作為單行本出版時她反覆校讀，對書稿內容有周到的理解，現把她公
開發表過的一篇文章稍加改動，用作第十卷的解說。

二〇〇七年七月十八日

《宏觀比較文學講演錄》序跋[1]

一

　　比較文學學科在一九九八年被重新納入高等教育體系，成為文學專業本科生的基礎必修課程後，在學科建設及課程教材建設上取得了很大成績，但也始終面臨如何使教學內容與教學對象、教學目的相適應的問題，而且這個問題一直沒有得到很好的解決。

　　這首先表現在，許多人將「比較文學」課理解為「比較文學概論」課，將比較文學的學科內容鎖定在比較文學學科概念、方法論、研究對象，比較文學與其他學科之間的關係等純理論問題上，向學生傳授的是應該如何進行比較文學研究。這作為研究生的課程內容固然十分適宜，但作為本科生的課程內容，則過於繁瑣和抽象，對大二、大三的本科生而言偏難、偏於枯燥。眾所周知，本科生的「本」字是「基本」的意思，本科生之所以叫「本科生」，就在於他需要掌握某專業領域的基本知識，而不是過早地要求他們從事具體的研究。本科生與研究生兩個學歷層次的根本區別也在這裡。因此，本科生的比較文學課不應該主要傳授學科理論與研究方法，而應該把中外文學知識的系統化、貫通化、整合化作為主要宗旨和目的。而現有的以講授學科理論及研究方法為主要內容的「比較文學概論」的課程體系，很難實現這一目的。

1　本文第一部分為《宏觀比較文學講演錄》（桂林市：廣西師範大學出版社，2008年）的前言，第二部分為後記。

其次，二十多年來通用的比較文學「概論」、「原理」類的教材，大都過多糅入了哲學、美學、西方文論、文化理論等相關學科的內容，導致教材篇幅膨脹，每每長達三、四十萬字，內容也日趨駁雜。要在有限的課時（一般為 36 課時）內消化這樣多的內容簡直不可能。文科教材應該追求概括凝鍊，以便授課教師在課堂上有自由發揮的餘地與空間，而比較文學教材篇幅的膨脹，使得教師連教材上寫的內容都無法全部複述完成，教師的教學主動性、主導性難以體現，教學效果勢必受到影響。更重要的是，比較文學教材內容的駁雜化，也使比較文學課與文學理論、西方文論等其他課程出現了許多重疊與交叉，影響了比較文學課程的獨特功能與獨特作用的發揮。

第三，自從一九九八年教育部將「比較文學」、「世界文學」兩個二級學科合併為一個二級學科以來，很多大學一直存在著「比較文學」與「世界文學」兩者之間的厚此薄彼、甚至顧此失彼的現象。如一些老師不願花心力更新知識結構，對比較文學有排斥心理；許多大學一直沒有這門課的主講教師，沒有將比較文學作為必修課來開設；許多大學文學院的教師們仍然習慣於按照老辦法講授只有歐美（西方）文學的「外國文學」，以歐美（西方）文學代替「世界文學」。而另一些大學的教師則很重視比較文學，相對輕視「外國文學」或「世界文學」，對外國文學課時量的壓縮，導致東方文學被進一步摒棄於「外國文學」、「世界文學」必修課之外。這些顯然都不符合比較文學與世界文學學科設置的宗旨與基本原則。

第四，據我的調查與了解，近二十年來，由於「比較文學概論」課程內容定型化和知識體系封閉化，導致本科生的比較文學課程與研究生的比較文學課程大同小異，甚至幾乎沒有什麼區別。在大學本科課堂上講的問題，到了研究生階段還要講，只不過講得更細緻些罷了。因而，本科生課程與研究生課程之間一直存在著的層次不清的問題，使一些研究生不免由此而誤以為比較文學基礎理論課程「無非如

此而已」，學習與研究的熱情和新鮮感都被削弱。

由於上述原因，從目前全國一些大學中的同事同行反饋的情況來看，比較文學課程的授課效果一般來說不盡理想，授課教師多有困惑。

比較文學教學中出現的這些問題，並不表明在本科生階段開設比較文學基礎課本身也是問題。恰恰相反，比較文學在文學專業的課程體系中占有不可或缺的特殊地位，對本科生階段開設此課程十分必要也十分重要。打個比方，如果說文學學科本科生的各門分支課程構造了大廈的主體，那麼「比較文學」則是為大廈封頂。在文學學科現有的所有基礎課程中，只有比較文學課才能切實幫助學生在古今中外文學的比較中建立起總體文學的觀念，幫助學生將中外文學史、文學論的各門課程統馭起來，對中外文學加以整合、提升並使之成為一個知識系統。本科生階段的比較文學基礎課，應該切切實實發揮這一作用，完成這一使命。

鑒於此，本人在對以往比較文學教學經驗教訓加以總結的基礎上，對北京師範大學文學院本科生的比較文學基礎課的課程內容作了大幅度的更新和改革，將以學科概論、學科原理及研究方法為主要內容的「微觀比較文學」，置換為以「世界文學宏觀比較論」為主要內容的「宏觀比較文學」，並把「微觀比較文學」劃歸為研究生的教學內容，把「宏觀比較文學」確定為本科生的教學內容，試圖以此來解決比較文學教學內容繁瑣化、比較文學與其他課程重疊交叉化、研究生與本科生課程無層次化、「比較文學」與「世界文學」分裂化、東方文學與西方文學不平衡化等困擾已久的問題，並在此基礎上嘗試性地構建針對本科生的「宏觀比較文學」的理論體系與教學框架。

什麼是「宏觀比較文學」呢？所謂宏觀比較文學，其實質是「世界文學宏觀比較論」。它是以民族（國家）文學為最小單位、以全球文學為廣闊平臺和背景的比較研究；它以「平行比較」的方法總結、

概括各民族文學的特性、用「傳播研究」與「影響分析」的方法揭示多民族文學之間相互聯繫而構成的文學區域性，探討由世界各國的廣泛聯繫而產生的全球化、一體化的文學現象及發展趨勢。

「宏觀比較文學」課程的基本宗旨是引領、幫助本科生運用比較文學的方法，對已經修過的中國文學史、外國文學史（含東方文學、西方文學）的課程知識加以整合和提升。這種提升和整合的過程分為三個層次和步驟：第一，在平行比較中提煉、概括有代表性的國別文學的民族特性；第二，在相互傳播、相互影響的橫向聯繫與歷史交流中，弄清各國文學逐漸發展為「區域文學」的方式與途徑，把握不同的區域文學形成的文化背景、機制及其特徵；第三，在了解民族文學特性、區域文學共性的基礎上，把握全球化的「世界文學」如何由一種理想觀念逐漸演變為一種現實走勢。

要言之，「宏觀比較文學」是各民族文學、各區域文學乃至世界文學之間的差異性與相通性的研究，是一門描述和揭示各民族文學、區域文學、世界文學形成、發展規律的科學。作為一門具有概括性、理論性、前沿性特點的課程，它的主要目的不在直接地向學生教授如何進行具體的比較文學研究，而是教會學生如何宏觀地看待、總結、概括具有全球意義的重大文學現象。在這一過程中，學生能自然而然地對傳播研究、影響研究、平行研究、超文學研究等比較文學的基本研究方法有所體會、有所把握，並能夠建構起世界文學的寬廣視閾。

一切學術研究都可以分為宏觀研究與微觀研究兩個層次。在宏觀研究中一直存在著從抽象概念而不是從史實與材料出發、故弄玄虛、玩弄名詞、大而無當的弊病，因而招致了許多批評，正如有些微觀研究膠著於瑣碎無聊的細枝末節，只見樹木不見森林而招致批評一樣。宏觀研究應該是微觀研究積累到一定程度的必然提升，它與人類的認識由個別到一般、由具體到整體的演進過程是相吻合的。真正有價值的宏觀研究需要大量的微觀研究的支撐，而不能一味玩弄抽象的概念

與範疇。更重要的是，真正有價值的宏觀研究絕不能因論題宏大而流於空泛，而是一定要有宏觀把握力與理論概括力。這樣的宏觀研究本身就很可能成為富有獨創性的理論形態。要講論題宏大，恐怕沒有比美國學者 L. S. 斯塔夫里阿諾斯的《全球通史》更宏大的了，但該書能夠成為名著，正在於它對「全球通史」出色的總體把握與宏觀概括。本書不敢高自標置，也不敢說這些宏觀的概括都來自一己之發現。我所謂的「宏觀比較文學」，也只不過是在幾十年來學習中外文學史、閱讀中外作品的基礎上，在吸收借鑒前賢成果的基礎上，運用比較文學的觀念與方法，在世界文學的平臺上嘗試著作一些宏觀把握和理論概括而已。

需要強調的是，「宏觀比較文學」不是比較文學課程的通俗化淺顯化，而是比較文學學科內容的拓展化，中外文學、東西方文學的整合化，理論教學與文學史教學的統一化。較之原來的比較文學「概論」、「原理」類課程，「宏觀比較文學」中少了一些概念，多了一些概括；少了一些主觀論斷，多了一些客觀提煉。在實際的教學中，「宏觀比較文學」較之以往的「比較文學概論」類課程應該具有更大的知識含量、更密集的信息，應該能夠對學生形成強烈的信息衝擊，說明他們完成知識統合，方能收到預期的良好的教學效果。因此，「宏觀比較文學」的備課和講授的難度較之以往大大增加了。教師不僅要有比較文學的理論修養，而且要有中外文學知識的大量儲備，不僅要通曉中國文學史、西方文學史，而且要懂得包括印度文學、波斯文學、阿拉伯—伊斯蘭文學、日本文學等在內的東方文學。

在學術文化日益全球化的今天，比較文學學科及其課程教學應該承擔起溝通中外，開闊視野、活躍思想、堅守前沿的使命。為此，我以改革與探索的意識為指導，對現有的本科生比較文學學科教學體系作了全面的調整與更新，嘗試性地構建了「宏觀比較文學」的理論體系與教學框架，進而按照我的「教材專著化」、「只有好的學術著作才

配用作教材」的理念和主張，在講稿的基礎上整理出了《宏觀比較文學講演錄》一書，期望這一教改成果能夠得到更多老師與同學的閱讀、試用、批評與檢驗。

二

　　在大學文科的教學教材方面，我在有關著作與文章中一貫主張「只有好的學術著作才配用作教材」、「用自己的書、講自己的話」，提倡「教材專著化」。所謂「教材專著化」，主要是指人文學科的大學教材要專著化。這首先意味著應該提倡、至少應該允許不同教授、不同學者的獨特風格的存在，不可強求一致。在今天這樣的國際化、多元化、信息化的劇烈競爭的時代，激發和活躍學生的思想，培養學生追求真理、敢說真話、嚴謹求實、求新求變的「學者精神」，應該是文、史、哲等學科的根本宗旨。假如以「規範化」之類的理由，推行並使用有限的幾種「全國統編教材」，推行一種或一類教學模式，那久而久之，不僅會限制大學授課老師的創新思維，更可能會使全國一屆屆的大學生傾向於只認同一種史實陳述、只持一種思想觀點、只遵循一種思維方法，那恐怕就不是活躍思想，而是禁錮思想了。

　　「用自己的書、講自己的話」，實行「教材專著化」，無論是對於教師本人，還是對於聽課的學生都有益處。首先是對教授提出了較高的要求。作為大學教授，要「講自己的話」就不能東拼西湊、拾人牙慧，就不能言不由衷地照本宣科，就不能拿「常識」當「學術」，就不能為了追求低層次的「趣味性」、「生動性」，而把大學文學課弄成「故事會」，就不能一味「迎合」學生，而是「帶動」和「提高」學生。只有這樣，才能很好地履行自己作為教師的天職。而對聽課的學生來說，在特定的時間地點，辛辛苦苦擁擠在一處，不是為了簽到點名、拿學分或應付考試，也不是為了消遣找樂子，而是聆聽只有從這

位教師嘴裡才能聽到的、他人無法替代的新鮮生動的思想表達，還能獲得比讀書等自學方式更高的效率和更好的效果。

我講「宏觀比較文學」，正如我講其他的課程一樣，都遵循著以上的原則和宗旨。而且這門課程作為在高年級開設的整合性、提升性的課程，具有相當的理論性、概括性和不小的講授難度與接受難度。因此，我對這次教學改革付諸實施也持相當謹慎的態度。直到去年（2007年）上半年，我才將醞釀數年的《宏觀比較文學》脫稿，並首次嘗試將它運用於本科基礎課的課堂教學。所幸授課效果與我的希望相符：大教室裡整學期始終座無虛席，在期末網上的學生匿名評價中，平均送給了我四點七〇分（對教師的滿意度，滿分五分）和四點七二分（對課程的滿意度），這對學會了「挑剔」的高年級學生來說，已經是相當慷慨的評價了。許多同學還通過書面和口頭方式，對這門令他們頭疼的屬於「概論」性質的課程改革及其效果，給予了熱情的肯定。這再一次表明，在這個由音像媒介主宰的時代，青年學生們從小習慣了以消費的、甚至享樂的態度輕鬆接受平面化的信息，但他們也同時追求著深度、高度與難度，並且他們似乎也意識到了，只有擁有深度、高度與難度，才能使人在不快樂的時候感受到快樂，才能使人切實感受到生命的充實與心靈的自由。

我也明白，課堂教學嘗試的成功，還不能說明我的《宏觀比較文學》就完全令人滿意了。因為我深深感到，寫一本令自己滿意、並敢於公開出版的書，確實十分不容易。就本書而言，假如沒有多年的中外文學作品的閱讀體驗，假如沒有世界文學史、東西方文化史、文學史的廣泛涉獵，則連選題都難以設想，更不必說寫作成書了。也正因為如此，寫作本書所需要的中外文化、文學修養，宏觀把握力，理論概括力，與我實際所擁有的知識與能力之間，還有相當的距離，因此本書只能算是草創性的，有關看法與結論或許還不夠成熟。聊以自慰的是，在汗牛充棟、林林總總的書林書海中，這樣的書似乎還沒有。

從學術出版的角度而言，現在把它拿出來，或許還能起到通常所說的「拋磚引玉」的作用吧。

而且，一本書一旦公開出版發行，就意味著由個人的私有物變成了公共的東西了，《宏觀比較文學講演錄》當然也不例外。未出版時，講稿作為獨一無二的東西捏在老師手裡，一節一節的課，一板一眼地娓娓道來，學生且聽且記，教師不免有一點法寶在握、奇貨可居的感覺，可是一旦出版了，教師在課堂上失去了法寶，於是照本宣科也無本可照了。既然學生手上有了你的書，你還是照本宣科，誰願意來聽你的課呢？當大學老師的人經常要面臨這樣的窘境和挑戰。為了走出這窘境，為了應對這挑戰，教師就要在學生手裡的書本之外（或之上）「添油加醋」，為的是吃起來有味道；兌水稀釋，為的是消化起來容易。換言之，就是加以進一步的闡釋、延伸、拓展。要很好地做到這一點，教師就要有足夠的知識儲備以供信手拈來、左右逢源、臨場發揮；要做到這一點，就是要不斷地寫、不斷地講，又不斷地講、不斷地寫，毫不吝惜地把自己的知識與思考送給別人，自己再出新的。所以大學老師一定得是一個學者，一定要成為著作家，一定不能半途而廢，一定要終生辛勤勞作。好在，你不斷送給別人的，是思想、知識與學問，這些東西具有獨一無二的傳播增值性，哪怕你把它全都送給了人，自己卻一點沒有損失和減少，而且送出去的越多也就越「富有」，到頭來「富有」得除了學問以外一無所有者雖也不乏其例，然而無怨無悔，這就是知識份子的悲劇的或喜劇的「宿命」。許多志士的信條是「不自由，毋寧死」，假如學者們把「自由」二字換成「寫作」二字，喚作「不寫作，毋寧死」，恐怕也不算過分。因為寫作是學者的天職，正如講課是教師的天職，屬於同一個道理。

很榮幸能將本書交給廣西師範大學出版社出版。這家出版社近年來出版了那麼多高品位的好書，簡直令讀者應接不暇，甚至連裝幀設計都形成了自己的顯著風格，在業界產生了廣泛影響，教我們這些寫

書人和讀書人由衷敬佩。我很高興能夠與趙明節、趙運仕、余慧敏等
有著良好的學術鑒賞力的出色的編輯們合作。他們編輯出版的《大學
名師講課實錄》叢書，選題立意卓而不俗，所收錄的大都不是通常所
說的那種「教材」，同時卻又是來自、或運用於課堂教學的、屬於我
所說的「用作教材」的個人專著。拙稿忝列其中，可謂得其所哉。

　　　　　　　　　　　二○○七年十月三十一日完稿
　　　　　　　　　　　二○○八年六月八日　改畢

《比較文學學科新論》韓文版序[1]

　　本書是我的關於比較文學學科理論的第一部著作，出版於二〇〇一年。在此之前，中國的比較文學學科理論著作已經出版了多種，但絕大部分都是多人合作編寫的教科書，在理論體系、概念範疇方面多承襲西方人的相關著作。我不滿這種狀況，認為中國人、東方人應該在吸收西方比較文學學術理論的基礎上，充分總結自己的比較文學研究實踐，建構自己的比較文學學科理論，於是便寫成了這部《比較文學學科新論》。

　　《新論》出版後，在中國的比較文學學術界引起了廣泛的關注和討論，曾有多篇書評文章給予充分肯定與高度評價，出版社也多次重印和再版，發行量已經達到了近四萬冊。作為純學術著作，這已經是一個不小的數字了。另一方面，《新論》的出版距今已經十幾年，在學術快速進步的今天，或許是我故步自封亦未可知，仍然覺得本書並沒有老舊和過時。

　　鑒於上述原因，我同意將《新論》譯成韓文、並在韓國出版，願意以此向韓國學界的同行們請教，同韓國讀者交流。我曾數次訪問韓國的高麗大學、延世大學、木浦大學、韓國科學技術院、啟明大學等，深感韓國學術界學術氣氛的自由活躍。如能以《新論》韓文版的出版為契機，得到韓國朋友的批評指正，則作者引以為幸。

　　《新論》的譯者文大一先生是我指導的韓國籍比較文學專業的博

1　《比較文學學科新論》韓文版，譯名為《比較文學之鑰匙》，由韓國學術情報出版社（首爾）2011年出版。

士生，他勤奮好學，專業基礎深厚，精通中文，已有多部譯作出版，由他來翻譯《新論》，可謂堪當此任。我對譯者文大一先生，對出版本書的韓國學術情報出版社，深表謝意。

二〇一一年六月十二日於北京

《比較文學系譜學》後記[1]

　　二〇〇七年十月，以十卷本《王向遠著作集》的出版為界線，我的研究工作也進入了一個新階段，開始實施一系列新的研究計畫，先是出版了《宏觀比較文學講演錄》（廣西師範大學出版社，2008年），然後便是這部《比較文學系譜學》。兩本書都屬於比較文學宏觀研究的範疇。經過數年的醞釀準備和最近大半年的全力投入，在盛夏酷暑中，我按照預定計畫完成了《比較文學系譜學》的寫作。

　　拙作使用的「系譜學」一詞，與法國的蜜雪兒‧福柯的「系譜學」概念有所不同，是「系譜學」這一漢字詞彙本身所能顯示出來的基本含義，也就是對比較文學學術理論史加以綜合研究、系統梳理的意思。為什麼要做這樣的「系譜學」的研究呢？以我愚見，比較文學學科及學術理論從古代到現代，由西方到東方，發展至今已經成為一種世界性的學術思潮，成為全球化時代最富有標誌性的學術理論形態之一。它既是一種文學理論、學術理論，也是一種有深度的文化交往理論。這一理論形態如今已經發育成熟，對它進行「綜合研究」的時機也隨之成熟。

　　「綜合研究」作為學術研究的重要方式與途徑，正如德國哲學家康德所指出的：它能夠為「所有以前的知識帶來真正的增益」。而對於比較文學學術理論而言，綜合研究則是比較文學學術理論發展到成熟階段的必然要求，也是當下比較文學學科建設中不可缺少的基礎工程。這樣的綜合研究，從時間範圍上，應該貫通古今；從空間範圍

1　原載《比較文學系譜學》（北京市：北京師範大學出版社，2009年）。

上，應該涵蓋東方與西方；從研究形態上，應該追求體系化的融會貫通。然而迄今為止，這方面的專門著作在國內還付之闕如，國外似乎也沒有，而這一工作應該有人來做。我的《比較文學系譜學》就是在這一方面做出的初步嘗試。其宗旨，就是對世界範圍的比較文學學術（學科）理論的起源、發展、演變加以綜合的、系統的研究與評述，尋索比較文學學科理論的發展演進的內在邏輯與關聯，對學術理論史上的一些重要人物、重要著述、重要理論觀點與學術現象做出獨特的解讀與闡釋，為比較文學學科建立一個理論譜系，並且在世界比較文學學科發展史的大背景下，對二十世紀八〇年代以來中國比較文學加以定性和定位。

這是一個困難的選題。劉勰《文心雕龍》云：「夫銓序一文為易，彌綸群言為難。」《比較文學系譜學》不是「銓序一文」的個案研究，而是「彌綸群言」的綜合、系統的研究，確實有著相當的難度。在這樣的研究中，你言說的話題別人都言說過，你所使用的材料別人都使用過，你所品評的人物別人都品評過，你所分析的文本別人都分析過。因而稍有不慎，就會流於重複、空疏、平庸。你首先必須弄清別人是怎麼說的，然後要接著別人說，而且言說需要新鮮，議論需要精當，見解需要獨到，結論需要穩妥。更重要的是，你的立場與視角需要更高、更廣，要有鮮明的「創造綜合」（Creative Synthesis）意識，要有自覺的「貫通融合」（interfusion）的追求。然而這一切，《比較文學系譜學》都做到了嗎？書是寫出來了，心中卻不免有些惴惴。在材料運用、理論分析、立論與結論等方面，拙作都難免不當與謬誤。不過，隨著我國學術的快速進步，此後必會有高人予以指正，也會有更好的著作將本書覆蓋，這是可以確信和期待的。

還想說明的是，在多種選題醞釀許久，卻沒有時間動筆的情況下，我先將這本書寫出，主要是出於研究生教學的迫切需要。近十年來，我一直為「比較文學與世界文學」專業研究生開設兩門基礎課，

一門是「史」，一門是「論」，即《比較文學學術史研究》和《比較文學學科理論研究》。講授學術史的時候，使用《中國比較文學研究二十年》和《中國比較文學百年史》作教材；講授學科理論的時候，主要使用《比較文學學科新論》與《翻譯文學導論》作教材。現在有了這本《比較文學系譜學》，彌補了此前不能通過自己的研究系統地講述世界比較文學學術理論發展史的缺憾，由此進一步實現了我歷來提倡的「教材專著化」、「用自己的書，講自己的話」的主張。

　　多年來，在行政主導和經濟利益等因素的驅動下，集體編寫的統編教材層出不窮，太多太濫，有不少是內容重複、觀點平庸、思維僵化、行文呆板，缺乏學術價值的。可歎許多大學教授為此消耗了一生中大量的、甚至是主要的時光。鑒於此，我在多種場合不斷提倡「只有好的學術著作才配用作教材」、「教材專著化」，呼籲「用自己的書，講自己的話」。這也是我從教二十多年來一直堅持的一個信念，真心希望我國的大學教授們能夠將其主要精力投向具有長久價值的創新性學術研究。無奈人微言輕，百呼難有一應，只能先從自己做起。為此，多年來我一次次放棄了參與集體編寫教材的機會，除不得已曾為一部集體編寫的教材寫過一篇「序言」外，沒有為統編教材的正文寫過一個字，每每放棄有關部門下達的集體編寫教材的立項申報，也數次謝絕了出版社要我擔任教材主編的請求。但這並不意味著我不重視此項工作，相反，我是一直非常看重學科建設與教材建設的，並且為此投入了大量的時間與精力。在迄今為止已出版的十八部著作中，至少有六、七部是直接為學科建設與教材建設而寫的。從《東方文學史通論》開始，到《東方各國文學在中國》、《比較文學學科新論》、《翻譯文學導論》、《比較文學研究二十年》，再到《宏觀比較文學講演錄》和《比較文學系譜學》，我關於「比較文學與世界文學」學科建設及教材建設的一系列著述計畫，以及「教材專著化」的目標，如今可以說基本實現了。我所擔任的本科生、研究生的相關基礎課程的

教材與教參寫作，也大體臻於齊備，並趨於體系化。「教材專著化」、「用自己的書，講自己的話」，這一目標的基本實現竟然用了二十多年！想來不禁感慨系之。要做的事情太多，已做的事情太少；虛度的光陰太多，可用的光陰太少。嗚呼，奈何！

王向遠

二〇〇八年八月八日

　　書稿寫成後，郵寄給我所敬重的比較文學與翻譯理論研究名家謝天振先生，向他請教並索序。先生在百忙中讀完書稿，如期賜序，使本書「頭冠生輝」；我的學生周冰心、李文靜、杜小芹等，參與了書稿的校對並看出了許多差錯，北京師範大學出版社語言文學編輯室趙月華主任、馬佩林編輯，為本書的編輯出版付出了不少心血，此一併表達謝意。

二〇〇九年九月十八日補記

《東方文學史通論》修訂版後記[1]

　　《東方文學史通論》寫作於二十世紀八〇至九〇年代之交，前後用了三年多時間。那時我不到三十歲，學術上還剛剛起步，《通論》也是我出版的第一本書。出版十幾年來，至今已經再版三次（換了三次封面），重印了七次。但每次再版時，除改正錯字外，都沒有修訂，主要原因是缺少時間。現在要將《通論》收進《王向遠著作集》，為本書的修訂提供了一次不能再錯過的難得機會。

　　學術研究大體有兩種路子：一種是發掘性研究，一種是建構性研究。一般而論，有些學科已有的、已知的材料較為有限，學者們的主要任務是發掘材料、積累知識，做微觀的、具體的研究，這就好比是製作磚頭瓦片。這種研究重材料、重實證、重個別。第二種情況，是有些學科積累到相當程度，需要從微觀到宏觀，從個別到一般，從材料到理論，這就好比是磚頭瓦片積累多了，就動手蓋房子。蓋房子的人也許沒有做過一塊磚、一片瓦，但他的本事是利用磚瓦蓋房子。這兩種學術形態，不僅取決於學科研究的歷史積累，也取決於研究者的興趣和秉性。有的學者長於此而短於彼，有的學者則相反。例如在我國當代學術界，錢鍾書先生是反對建構「體系」的，他認為許多建築物往往整體垮塌，但剩下的磚頭瓦塊總有用處，所以他的研究主要是很具體的微觀研究。但哲學家李澤厚和何新先生則相反，李先生認為錢先生雖然很有學問，卻沒有提出自己的獨特的理論觀點；何先生也

1　本文原載《王向遠著作集・東方文學史通論》（銀川市：寧夏人民出版社，2007年）書後。

認為錢先生雖學富五車，卻「缺少一個總綱將各種知識加以統貫」。
可見兩種學術研究的路徑很分明，學術價值觀也很不相同。如果在上
述兩種路子中歸類的話，我的《東方文學史通論》屬於第二種研究，
即宏觀的、總體的、建構性的研究，也就是站在總體文學的高度，在
比較研究的基礎上，揭示出東方區域文學之間的聯繫性、整體性，總
結出東方文學的基本特徵和發展規律。做這樣的建構性的研究，不借
用別人的磚頭瓦塊是不行的，需要從國別文學專家的著作中學習、吸
收和借鑒文學史的基本材料和知識，但這是有條件和有限度的。在文
學文本的分析上，我不能人云亦云。凡需要具體評述的作品，我都仔
細閱讀過，並努力做出自己的分析、評論和判斷，這是對一部有學術
個性的文學史研究著作的基本要求。

　　我在一篇文章中曾經說過：區域文學史、世界文學史這種研究模
式，具有天然的優勢和劣勢。劣勢是在具體細緻的研究分析上，難以
超越國別文學史或專題文學史，因為每一個學者都有自己研究的
「點」和「面」，不可能平均精通各國文學；優勢是它可以充分運用
比較文化、比較文學的方法，發揮一個研究者宏觀地、體系地把握對
象的能力。當然，如果做不到以自己特有的方式去「宏觀地、體系地
把握對象」，那麼這類研究就談不上是真正的學術研究，就很容易使
學術研究成為「統編教材」的層次。本書作為以東方為範圍的區域文
學史、比較文學史著作，採用「通論」而不是「通史」的體例，主要
宗旨是幫助讀者整體地把握整個東方文學的內在聯繫，幫助讀者形成
東方文學的總體觀，並由此認識東方文學與西方文學的不同特點以及
東西方的不同發展規律。在十分有限的字數規模內，著重在體系性的
建構，著重在國別文學史基礎上做理論概括與提升，而不求各國、各
民族文學史知識上的面面俱到。誠然，任何一個民族和國家的文學都
有自己獨特的傳統，但從比較文學的立場看，不同民族與國家的文學
在起源的先後、原創的強弱、影響的大小及繁榮的程度等方面，是有

差異的。作為區域文學史的東方文學史通論，大體釐定各民族各國家文學在東方文學中的地位，是其基本的宗旨之一。為此就要指出並承認差異，不能像聯合國開會一樣國家不分大小，一律有一個席位。已有的各種西方文學史或歐洲文學史，也主要是評述希臘、羅馬、英、法、德、俄等文學最為發達的幾個民族國家的文學史，東方文學也應如此。根據這樣的看法，本書對不同民族的文學的論述有詳略之別而非面面俱到，對三大文化圈的中心民族與國家的文學論述較詳，而對處於文明周邊地區、受中心文明影響、起源較遲、原創度稍弱的民族文學，則較為簡略。

　　此次修訂中的最大的改動之一，是對「東方文學」的範圍做了更嚴格的界定，進一步將「東方文學」作為一個文化史的、文學史的概念。東方文化是由印度文化體系、阿拉伯─伊斯蘭文化體系、中華文化體系這三大相互關聯、而又相對獨立的文化體系構成的，在三大體系之內的文學，才是我們要講「東方文學」。不能將「西方文學」之外的文學都稱為「東方文學」，否則「東方文學」就會成為缺少共通文化基準的大雜燴，東方文學總體性研究、比較研究也就失去了意義。根據這樣的看法，《通論》修訂版將黑非洲（撒哈拉沙漠以南的黑人非洲地區）的文學部分剔除掉了。當年我是按照通行的「亞非文學」等於「東方文學」的看法將黑非洲文學納入其中的，但一直覺得難以水乳交融。後來我曾在《東方各國文學在中國──譯介與研究史述論》一書中，論述了黑非洲文化不屬於東方文化、黑非洲文學也不屬於東方文學的理由（見該書頁 310-311），讀者可以參照。此外，關於希伯來文學的東西方歸屬問題，也是一個難題。古代希伯來（猶太）文化無疑起源於亞洲，但後來猶太人在亞洲的家園喪失，整個民族被迫流落四方（主要是歐美），猶太文化逐漸融入了西方文化，保留在基督教《聖經》中的古代猶太人的文獻，也隨著基督教的傳播而完全融入西方（歐美）文化，成為西方文化的一個源頭和構成部分。

如今的猶太人主要是歐美國家的公民，一九四七年恢復的以色列國雖處在亞洲，但從各個角度看它更多地屬於西方國家行列。在猶太文化的東西方歸屬的難題沒有解決之前，在修訂本中，從嚴格的「東方文學」的定義出發，除對猶太文化起源時期的神話略有論及之外，融入西方文化之後的希伯來—猶太文學的有關內容則予以刪除。

　　還需要指出的是，在東方文學中，中國文學是一個重要組成部分，但作為一部由中國人寫的、給中國讀者看的外國文學史中的東方文學史，中國文學史的內容沒有在本書中展開，但我十分注意點明中國文學在東方文學框架體系中的位置，闡述東方各國文學與中國文學的相關性。如果讀者已經具備了中國文學史的基本修養，那麼讀過本書之後，對中國文學在東方文學中的地位、特色與影響，則會有更清醒的認識。此外，我曾在《翻譯文學導論》及有關文章中，倡導逐漸地用「中國翻譯文學史」的思路來改造現有的「外國文學史」課程，這種意圖在本書中多少也有所體現。本書對東方各國作家作品的篩選，對其輕重的掂量、篇幅大小的分配，主要是以該作家作品有沒有中文翻譯、在中國的傳播與影響如何來決定的。當然，中國有沒有翻譯，與其在本國文學史上的地位與影響也密切相關，因而以中文譯本及其在中國的影響作為選擇的依據，與該作家作品在本國文學史上的地位評價並不矛盾。凡在中國有所譯介的東方作家作品，本書或多或少都有涉及。譯作的版本信息也採用腳注的方式注出，以便給讀者提供查閱的線索。

王向遠

二○○六年十二月一日

《東方文學史通論》（增訂版）後記[1]

　　《東方文學史通論》是我的第一本專著。二十年前，寫這部書的直接目的是運用於本科教學。從這個意義上，它是我的課堂「講義」。但後來出版了，學生拿到在手裡，實際上就成了「教材」。

　　就教材與課堂教學的關係來說，既然學生拿到了教材，教師卻依然一板一眼地照本宣科，行不行呢？我認為不行。假如那麼做，絕大多數學生會覺得沒有必要來聽課了，自己看書即可。我在一些場合曾經反覆說過：教材是為學生課前預習和課後複習而準備的，教材不能成為教師照本宣科的本子；如果拿別人寫的書（教材）照本宣科，那麼當大學老師實在太容易了；如果拿自己的書照本宣科，那麼凡是有研究能力、能寫書的人就都能登臺講課了，但事實上寫書和講課是兩種不同的路數。書寫不好，講課就缺乏學術底蘊，效果不會太好；而書寫得好，講課也未必一定就好。總之，我的看法是：課程要有教材，講課要有所「本」，但不能拘泥於教材，不能照本宣科；照別人的「本」來「宣科」固然不行，照自己的「本」來「宣科」也不行。

　　基於這樣的看法，自從《東方文學史通論》正式出版以來，我就不再照它來講課了，而是圍繞著它做進一步的補充、延伸、闡釋和闡發。這樣一來，《東方文學史通論》的基本體系和架構一直保持穩定，但幾乎每年、每次的講課，從內容和表述上，都有明顯的不同。

　　我從來不認為《東方文學史通論》是一本通常意義上的「教材」，或者說，它即便作為教材，那也是另類的。如今在我國，通常

1　本文原載《東方文學史通論》（北京市：高等教育出版社，2013年）書後。

的教材由多人撰寫而成，還要在封面上明確注明它是教材、是什麼性質的教材。這樣的話，由個人撰寫的、什麼名頭也沒有的《東方文學史通論》算得上是「教材」嗎？要是在近百年前，在魯迅、梁啟超、胡適等人站在大學講臺的時代，這一點完全不成問題；在如今的許多發達國家，這更不成問題。然而，現在在我們這裡，卻是個問題，而且是不好回答的問題。但不管怎麼說，我還是堅持我在多年前說過的話：「只有好的學術著作才配用作教材。」大學教授特別是人文學科的教授，應該「用自己的書，講自己的話」，名校的教授應該首先做到這一點，這也是世界各大學的通則。

　　無論如何，《東方文學史通論》就是在這種不倫不類的邊沿和夾縫中，自然而然地使用、流傳了二十年，多次重印和再版，發行數量大大超過了我當初的預期，校內外的反響還都不錯。歷屆學生的積極回饋和熱情、熱烈的反應，給我上述的教學理念提供了注腳、增添了信心。我想，這大概並不是因為這本書寫得好，而是因為它有自己的個性和特色。三年前，「超星視頻」公司深入北師大課堂為我錄製的「東方文學史」教學視頻，觀看者迄今已經接近二十四萬人次，可知東方文學學科與課程的關注者並不很少。現在，高等教育出版社和劉新英編輯希望我將《東方文學史通論》加以修訂後，拿到高教社出版，在高教社出版會凸顯它的准教材的性質，我欣然從之。此次增訂再版，保持寧夏人民出版社《王向遠著作集・第一卷》修訂版的框架結構不變，但對正文的內容及腳注做了一些增刪、修改和調整，並對發現的舊版中的錯誤之處予以改正。同時，作為「增訂版」又「增頭加尾」，就是用〈中國的東方文學理應成為強勢學科〉一文取代舊版陶德臻先生的短序。這篇文章談了我對東方文學學科一些基本問題的看法，作為增訂版序言是很合適的；然後再把我新撰寫的一篇文章〈中國「東方學」：概念與方法〉附錄於書尾。這篇文章是我今年九月初在北京大學東方文學研究中心的講座稿，用此文殿後覺得也很合

適。書後的〈東方文學史類中文書目舉要〉中也增加了近幾年來出版的若干重要的新著。此外，因為各章節所涉及到的重要本的信息（截至到 2012 年）都已在腳注中注出，所以將舊版附錄的《名著推薦閱讀書目》予以刪除。

　　近來熱衷寫作「五七五」格律、完全使用俗語的「漢俳」，每日一兩首。行文至此，不由地吟詠出漢俳兩首，聊寄感興——

　　　　雖老猶未死
　　　　書籍再版如轉世
　　　　重生又一次

　　　　東方文學史
　　　　通論通史又通識
　　　　不讀焉能知

　　　　　　　　　　　　　　　二〇一二年九月三十一日

《比較文學與世界文學名家講堂》出版前言[1]

　　「比較文學與世界文學」學科，順應改革開放的時代潮流，在上世紀最後二十年開始起步發展，到現在為止的三十多年時間裡，已經有了豐厚的知識產出和思想建樹。它的異軍突起，是當代中國一道引人矚目的學術文化景觀，是中國走向世界、世界走進中國的鮮明印證，也是當代中國學術文化繁榮的一個重要表徵。

　　三十多年的學科建設和學術發展史已經表明，要在人文研究及文學研究中建立世界觀念和視野，要把中國文學置於世界文學背景下加以考察和研究，要把外國文學放在中國文化立場上加以審視和闡發，要連接中外文學，要打通文學研究與其他學科的壁壘，要把細緻微觀的實證研究與高屋建瓴的理論建構相結合，那必然會走向比較文學與世界文學。

　　在這裡，「比較文學」與「世界文學」兩者相輔相成、互為依存。「比較文學」是學術觀念、研究範式與研究方法，「世界文學」則是學科資源與研究視野。它在貫中外、跨文化、通古今、越科界的學術視閾與研究方法上的優勢，使其無可替代地成為當代中國學術文化中最有時代性、最有包容性、最有創新性的高端學科之一。

　　事實上，近二十年來，中國的比較文學不僅在中外文學關係史研究等方面生產了大量的新知識，而且逐步建立了既有中國特色又具有

1　本文原載《比較文學與世界文學名家講堂》（20卷）（北京市：中央編譯出版社，2015年）各卷卷首。

理論普適性的學科理論系統，逐步完善了比較詩學、中西比較文學、東方比較文學、翻譯文學等分支學科，在學術成果的質與量上已居世界各國之首，還全面進入了大學中文系、外文系文學專業的課程體系，從而使中國比較文學成為當代世界比較文學的重心和中心，代表著世界比較文學兼收並蓄、超越學派的第三個發展階段。

　　收在這套《比較文學與世界文學名家講堂》的作者，在當代中國比較文學學術史上，是繼季羨林、樂黛雲等老一輩學者之後的第二代學人。這些作者固然只是第二代學者中的一部分，卻有相當的代表性。他們現年多在四十五至六十五歲之間，從學術年齡上說大體屬於中壯年，都是各大學的教授、博士生導師和學術帶頭人，大都在一九八〇年代後走上比較文學與世界文學之道，一九九〇年代後嶄露頭角或脫穎而出，進入二十世紀後的十幾年裡，更成為我國比較文學與世界文學學術界的中堅力量。他們有幸擁有了可以安心治學的環境，趕上了數字化、信息化的新時代。既抬頭看世界，又埋頭務筆耕，既堅持學術的嚴謹，也保持思想的活躍，充分展示了中國學者的文化立場，充分發揮了中國學者的學術優勢和想像力、思考力、創造力，取得了與時代要求相稱的成果。這些成果不僅是個人學術履歷的證明，也是對中國學術文化史上的一份奉獻，更成為新時代「國人之學」即「國學」的重要組成部分。

　　《比較文學與世界文學名家講堂》二十卷，選題上以比較文學與世界文學的學科理論為主，以講述和示範學術方法為要，涉及比較文學與翻譯文學基本理論、比較詩學、東方文學及東方比較文學、西方文學及中西文學關係、世界文學總體研究等方面。各卷均按一定的範圍和主題，將作者有原創性、有特色的成果收編起來，將大學講堂搬到書本上來，以讀者為聽眾，以寫代「講」，以言代「堂」，深入淺出，以雅化俗，匯集中國比較文學第二代學者中的代表人物，以使五指成拳、十指合掌，形成大型叢書的規模效應，得以占書架之一角，

入讀者之法眼，從一個側面展示近年來中國比較文學的新進展和新成果。而且，不同作者及著作之間也可以相互顯彰、相互映照、相互補充，讀者也可以在異中見同、同中見異，在參讀和比照中領略五彩繽紛的文學世界和世界文學，得窺比較文學殿堂之門徑。

　　《比較文學與世界文學名家講堂》的編輯出版，得到了北京師範大學的資助和中央編譯出版社的支持，編者和作者深表謝意！

　　願「講堂」滿座，願比較文學與世界文學學術事業更加繁榮！

王向遠

二〇一四年四月二十日

《和文漢讀》後記[1]

　　本書是我的日本文學研究的論文集。根據叢書篇幅的限定，選文二十二篇（含代序一篇）。書名《和文漢讀》，化用了「漢文和讀」這個日文詞組，「漢文和讀」指的是日本人用自己特有的讀音和句法，來注釋、理解和閱讀漢文。而「和文漢讀」中的「和文」，是個日文詞，指日本文章，在此我用來借指「日本文學」；「漢讀」，是「和讀」的仿詞，指中國式的讀法。「和文漢讀」就是「中國人讀日本文學」的意思。

　　關於中國人為什麼要讀日本文學，怎樣閱讀、理解和研究日本文學，中國的日本研究、乃至日本文學研究的宗旨、觀念和方法等問題，我在本書所選的幾篇相關章中，在前年出版的論文集《日本之文與日本之美》（新星出版社，2012 年）的自序中，都已經論述過了。這裡不再重複。總之，中國人讀日本文學，有中國特有的文化背景，特有的立場、特有的視角，因此可以做出日本人所沒有的解讀。正如日本人對中國文學，可以做出自己的理解一樣。學問無國界，無論是「和文漢讀」，還是「漢文和讀」，無論是你研究我，還是我研究你，都是互看互比，為的是相互發明、相互借鏡、相得益彰。

　　我學習和研究日本文學已經三十年了，已經發表的關於日本文學及中日文學關係、中日比較文學的論文已有一百多篇，但其中單純研究日本文學的文章，只有三十幾篇而已。此外的大多數文章，都屬於

1　本文原載《和文漢讀──王向遠教授講日本文學》（北京市：中央編譯出版社，2014年）書後。

中日比較文學、中日文學關係方面的。即便看上去是單純論述日本文學的文章，也有明顯的比較文學色彩，本書所取的二十幾篇文章也是如此。選文時，對十年前乃至二十年前的文章盡可能少選，而以近些年的新成果為主；已經收入集子的作品（如《中日現代文學比較論》、《日本之文與日本之美》兩書中的文章）一律不選，單純的作家作品論也盡可能少選，而側重選取有鮮明問題意識的文章。

　　還需要說明一下的是，《比較文學與世界文學名家講堂》叢書共二十卷，原設計每位作者一卷，但到最後關頭有一位作者因故不能交稿，此時再向其他作者約稿已經來不及了，作為主編，我只好臨時決定將自己的這本書替補上去，以保證叢書二十卷的完整性。本來，此前復旦大學宋炳輝教授曾希望將我日本文學方面的論文集，收入他和張輝教授主編的《比較文學與世界文學學術文庫》中，而現在我卻挪用到這裡了，在此對炳輝教授表示歉意和謝意；我的碩士生樂曲、蘇筱同學幫忙整理幾篇早年發表的文章，也一併致謝。

　　在我這個集子就要編就的時候，正在北師大二附中讀高三、眼看就要參加高考的女兒王方宇，就要由學校統一過成人節了，學校希望家長寫一封祝願信。於是我為女兒寫了一首詩〈致我的就要成人的女兒〉，代作祝願信，如下：

　　　　孩子：不論你成了多大的人，
　　　　不論你是否走出了家門，
　　　　你仍然是我們父母的孩子，
　　　　你永遠走不出父母的心。

　　　　還記得兒時你問過爸爸的一句話：
　　　　「我是喝媽媽的牛奶長大的嗎？」
　　　　還記得爸爸是怎樣回答你的嗎？

那時你自以為你的「小時候」已經過去。

現在你快要十八歲，就要成人，
然而在我們父母眼裡，
你仍然不是一個大人，
我願一輩子牽著你的小手
時而漫步，時而飛奔。

孩子，一直跟我走吧！
等我走不動時，
你拉著我走；
拉也拉不動時，
我就停下來，
看著你
走遠
直到看不見，
才放心地
收回自己的目光……

　　我把這首詩獻給我的女兒，也獻給我的學生。我希望，總有一天，自己的這份辛苦而又幸福充實的寫書、譯書、教書、做學問的事業，由我的孩子、我的年輕的學生們，一直地承續下去。

　　　　　　　　　　　　　　　　　　　　二〇一四年四月二十八日

《坐而論道》後記[1]

　　我給這本書起名為《坐而論道》，沒有經過什麼冥思苦想，而是來自一剎那間的感觸和念頭。

　　「坐」，是我多年以來最常保持的生存狀態，也是與二、三十歲時候的「行」（跑腿走路）相對而言。那時很年輕，查材料、跑圖書館、逛書店，為生活奔波等等，都需要到處跑。近十多年來卻主要是「坐」，因為有了越來越多的交通工具可供乘用，可以「坐而出行」；因為書齋裡有了約兩萬冊的藏書，可以「坐擁書城」；因為有了日益發達的網讀網購，可以「坐享其成」，這是以前絕沒有想到的。就這樣下去，久而久之，畢竟會「坐以待斃」也未可知吧，但那也是老天爺或上帝或神主來決定的事了。我要做的，唯有「坐」。哪怕坐得腰酸背痛，坐出了腰椎間盤突出，也在所不能辭。

　　「坐」，不僅是一種體態，也是一種心態。心安神泰、心平氣和，才能坐得下、坐得住；若是心猿意馬、心旌搖曳，便坐不下，更坐不住。「做學問」就是「坐」學問。要坐得住，就要知道自己的可能和不能。一個教書寫作的人，假如總是跟有權的人比權勢，跟有錢的人比金錢，就會越比越心理失衡、越比越坐不住了。坐不住，就要折騰，就要躋身官場或商場，做「學術活動家」，得到了許多虛名實利，並沾沾自喜。然而學問必然是「坐」（做）出來的，而不是活動出來的。一個人若是同時去追兩條兔子，而且都追到了，可想那兔子

1　本文原載《坐而論道──王向遠教授講比較文學與翻譯文學》（北京市：中央編譯出版社，2014年）書後。

肯定不是「脫兔」，而是「瘸兔」無疑了。

　　於是我常跟學生們說（其實也是跟自己說）：所有的大事，都是長時間「坐」著（而不是站著、跑著）做出來的。做學問更是「坐」出來的學問。到處亂跑，那就「碌碌」了。「碌碌」往往「無為」。別說是我們做學問的人，即便領軍打仗，將帥也是「運籌帷幄之中，決勝千里之外」，不能到處亂跑，所以做學問的人要練好「坐功」……云云。但這些也只是空口「論道」的話。我自己坐了幾十年之久，雖未碌碌，也難說有為。然而即便無為，也還是要「坐」著。作家就是「坐家」，竊以為沒有比「坐」著更好的活法了。

　　又查《周禮‧冬官‧考工記》，曰：「坐而論道，謂之王公；作而行之，謂之士大夫。」《三國志‧杜恕傳》則有：「古之三公，坐而論道」。不由地小吃了一驚：原來「坐而論道」的都是王公貴族之屬；又到了《晉書》，其《夏侯湛傳》云：「坐而論道者，又充路盈寢，黃帷玉階之下，飽其尺牘矣。」看來那時的「坐而論道」者多是清談文臣。如今我等「坐而論道」的無產知識份子，至多只能自許「精神貴族」罷了，而且他們所論的是為政之道，我們所談的是為學之道，顯然不是一條「道」了。古人云：朝聞道，夕死可矣！真的得了「道」，也就活到頭了，可見古之「道」是何等難得。到了今天，「道」也並不易得。況且，「道」究竟是什麼，我也不太知道；只因為不太知道，所以才「論道」。所謂「知者不言，言者不知」是也。說到底，「論道」只是為了「求道」。宇宙之大，上下萬年，事雜物繁，天外有天，坐而論道，也無異於岸邊觀海、坐井觀天，這也是我的痛切體會。就說「比較文學」之道吧，我探索了近三十年，究竟知「道」了多少呢？實在慚愧得很。

　　但是，不管知「道」多少，也還是要「論」，以作為自己一直孜孜求道的證明。

　　於是，我編選了這個集子，並取名「坐而論道」。

　　《坐而論道》中的三十六篇文章，全都是從進入新世紀之後、特別是近幾五、六年間公開發表的論文中篩選出來的。這些文章分為兩組，第一組是關於比較文學的理論方面的文章，共計十六篇；第二組是關於翻譯文學研究方面的文章，也包括幾篇有一定翻譯實踐體驗和理論體悟的序跋文，共計二十篇。所謂「比較文學與翻譯文學」，範圍實際很廣，理應包括我的中日比較文學方面的研究，但由於前兩年剛剛出版過題為《日本之文與日本之美》（新星出版社，2012 年）的專題論文集，為避免重疊，本書未收錄中日比較文學方面的文章。此外，由於本書是純理論性的，故有關個案研究的文章也不收錄。

　　寫文章是痛快的，編選文章也是很愉悅的，好比是把自己的珍藏、自己的愛物拿出來把玩一番。編選這些文章時，對原載報刊充滿了感激之情。這些年來，我很少主動投稿了，而是把剛寫好的文章直接提供給約稿者。我性子急，也承認自己是一個信奉「多快好省」的效率主義者。文章一寫出來，就想盡快刊出，以尋求寫作與發表這一過程的流暢感。而各報刊雜誌的約稿人大多可以滿足我的這一要求，這是我非常感謝的。

　　文章公開發表，讀者容易找到看到，就 OK 了。現在再把它們編成一個集子，除了便於收藏之外，還是為了體現這些文章之間的系統性和關聯性。一般而言，在內容、論題、論法上有一定關聯性的專題論文集，能體現作者在若干年月中思考與寫作的一個連續性過程，因而也就具有了一種專門著作（專著）的品格。此外，論文集與一般專著的不同，就是一篇篇文章都像一塊塊的磚頭，不含一般專著中難免的「水分」，雖然幹硬，卻也耐咀嚼、耐回味。我希望，《坐而論道》這本書多少也能具有這樣的特點和功能。

　　坐而論道，求其同道者也。若得同道讀者看顧，則幸甚！

二○一四年四月十五日
於北京回龍觀書齋

《日本物哀》譯者後記[1]

　　在國家社科基金項目《日本古典文論選譯》的編譯過程中，我深感十八世紀日本最重要的「國學家」本居宣長的文論博大精深、自成體系，具有鮮明的日本民族特色，很有必要在《日本古典文論選譯》之外，翻譯出版一個單行本。為此，我在緊張的寫作安排中，專門拿出了五個月的時間，集中精力譯成此書。在選題上以「物哀論」為中心，突出其比較文學與比較文化的視角，力求反映本居宣長學術思想的最重要的方面。

　　本著這一選題原則，我認為《紫文要領》與《石上私淑言》兩書，是集中體現「物哀論」的代表作。前者是物語研究，後者是和歌研究，各有側重，應該納入選譯範圍。

　　本居宣長從物語研究的角度論述「物哀」的主要有兩部著作，一部是《紫文要領》，另一部是《源氏物語玉小櫛》。宣長在《紫文要領》中首先提出並系統闡述了「物哀論」，其主要內容後來被納入以考證注釋為主的《源氏物語玉小櫛》第一、二卷。《紫文要領》是宣長的早期著作，所提出的「物哀論」是他的文學理論與學術思想的基礎與出發點，而且終生堅持，一直未變。雖然在構架布局上未臻完善，但觀點發聾震聵，文氣文勢十足，理論色彩濃厚，故此次將《紫文要領》全書完整譯出。

　　本居宣長從和歌研究的角度論述「物哀」的著作是《排蘆小船》和《石上私淑言》。在《排蘆小船》那篇長文中，宣長對「物哀」有

1　本文原載《日本物哀》（長春市：吉林出版集團公司，2010年10月）書後。

所觸及，不久作者又在該文基礎上擴寫成了《石上私淑言》一書，材料和觀點均有補充和改進。這樣，《排蘆小船》就因被覆蓋而可以不譯，需要翻譯的自然是《石上私淑言》，故此次也將《石上私淑言》全書完整譯出。

　　此外，本書選譯的另外兩個作品——《初山踏》與《玉勝間》，都屬於本居宣長後期的重要代表作。《初山踏》是應弟子們的要求而撰寫的國學入門性質的小書，闡述了學術研究的基本理念與方法；《玉勝間》作為由一千多篇短文構成的學術隨筆集，涉及到了方方面面的問題。兩書對「物哀論」都有進一步的補充和闡發，故此次將《初山踏》全文譯出，《玉勝間》因篇幅龐大，內容駁雜，只擇要選譯相關重要篇目。

　　本居宣長的原作使用的是日本古語，翻譯難度較大。我的譯文採用現代漢語，這樣做一是為了方便中國讀者閱讀，二是鑒於作者所處的時代較為晚近（18世紀），勉強譯為古漢語反倒有點不自然。需要指出的是，本居宣長的文章雖然具有很高的學術理論價值，在日本傳統學者中算是出類拔萃的了，但也仍然難以擺脫日本人著述的一般特點：謀篇布局缺乏邏輯體系性（體系構建能力的缺乏似乎是他喜歡使用問答體的原因之一），語言表達雖細緻入微卻不免囉嗦絮叨。我的譯文雖力求簡潔洗練，但中國讀者讀之恐怕仍會感到絮煩。翻譯畢竟要以「信」為第一，不能過於追求「歸化」，這是需要讀者見諒的。在翻譯中，我以東京筑摩書房版《本居宣長全集》（全二十三卷）為底本，同時參照了新潮社《新潮日本古典集成·本居宣長集》（收《紫文要領》、《石上私淑言》兩書）等版本，並根據中國讀者的需要做了一些必要的注釋。做注釋時也對日本學者的有關研究成果有所參照。在翻譯時雖盡力而為，但由於本人水平有限，不當乃至錯誤之處，敬請方家指教。

　　據我所知，本書或許是本居宣長著作的第一個中文譯本，所收作

品既是本居宣長的代表作，也是公認的日本古典名著，學日本文學與日本文化者應必讀，學文學理論者應必讀，學比較文學者也應必讀。而且從情感教育、情商培養的角度說，讀讀《「物哀」論》、知一知「物哀」，似乎也不多餘。不過，再想想，說「必讀」，恐怕也只是譯者的一廂情願罷了。在如今的中國，在這樣的年代，人們都忙著爭名於朝、爭利於市，或者為求生存而早出晚歸，疲於奔命，還有什麼心情讀這貴族氣十足的東西？讀之何用之有？會有多少人關心「物哀」？有多少人「知物哀」？又有多少人需要「知物哀」？多少人能夠「知物哀」？……對於這些問題，譯者只是想得，卻奈何不得。我所能做的只是翻譯而已。

　　翻譯工作十分重要，對於日本文學翻譯而言，古典文學的翻譯更為重要。可惜，多年來在我國的日本文學翻譯領域，更多地考慮譯本的發行量及經濟效益，因而對他們認為讀者較少（其實未必少）的日本古典著作（包括古典文論與古典學術），翻譯界、出版界作為不夠。再加上日本古文難懂，翻譯難度大，應該翻譯的作品很多，卻遲遲不見有人動手。我歷來認為，只有難度較大的、譯者通常不願問津的、較少商業性的古典（古代）作品，才更有翻譯的價值，才更能發揮譯者的譯力。更重要的是，古典文學是人類歷史文化精華的積澱與濃縮，外國古典名著的全面、系統、高質量的翻譯，也是本國翻譯文學繁榮發達的重要表徵，更值得本來以研究為主業的學者投入足夠的精力與時間。許多人都想譯、都能譯的東西，譯了未必有多大意義。這種想法對我來說由來已久，二十年前我在上海譯文出版社出版的第一部譯著，翻譯的就是日本古典作家井原西鶴的作品。在今後若干年中，我仍打算用相當一部分精力與時間，將應該翻譯的日本古典文學作品一部部地、逐步系統地譯為中文，同時在翻譯的基礎上，從中國學者的立場及比較文學的角度出發，力圖做一些不同於日本學者的有新意的詮釋與研究。

這就是我在時隔十幾年之後，重拾文學翻譯的緣由。

翻譯不同於創作，創作有滯澀、有起伏、有爆發，而翻譯卻是一個有板有眼、平心靜氣、從容不迫、細水長流的活兒。在遠離世間塵囂的書齋裡，埋頭伏案，浸淫原典，且讀且譯，不為物所役，不為人所使，雖然也有疲倦、寂寞、煩惱和苦痛，卻也可以聊以自慰，充實自在。

我在日本古典文論的翻譯與研究中，得到了資深翻譯家、學者葉渭渠先生、著名日本文學學者王曉平先生的寶貴支援與關心，博士後流動站研究人員、日語專家盧茂君博士細心校閱譯稿，在此深表感謝。

二〇一〇年二月二十八日

《日本幽玄》譯者後記[1]

　　我翻譯的《日本物哀》（本居宣長著）一書，二〇一〇年十月由吉林出版集團出版後，據說賣得很不錯。我原來以為像這樣的古典學術著作，應該「長銷」，難以暢銷，不讓出版社賠錢就不錯了。本來我也只是出於研究的需要，才翻譯這種難譯又難賣的學術書。我明白學術是很「小眾」的，學者不是影視「明星」，大眾不拱，明星不明；而學者的天職是探討學術、生產知識，需要面壁安坐，不必從俗從眾。《日本物哀》是外國學術著作，而且相當古典、也相當貴族，難討眾人歡心，卻為許多高品位的讀者所觀賞。我作為譯者而言，自然是很歡心、很欣慰的。

　　回望最近三十年，時代在發展，我國讀者的閱讀品位、接受水平也在提高。昨天的讀者大多只盯住西方歐美，今天的讀者則環顧全球，將東方納入視野；昨天的讀者讀的大多是小說等虛構性作品，今天的讀者開始重視學術著作等非虛構作品；昨天的讀者更多的似乎是「拿來主義」，把適合自己口味的外國的東西拿過來，以滿足自己既有的觀念與興味，而今天的讀者，似有更多的人奉行「走進主義」。「走進主義」就是走到人家那裡，走到時間的、歷史的深處，走進原典的內部，去登堂探奧。如此，精華閱讀的「小眾」讀者群也就越來越大了。就日本文學而言，一九八〇年代初期，我們翻譯閱讀的主流是石川達三、山崎豐子等人的作品，這是長期的批判現實主義的閱讀慣性使然。一九九〇年代，森村誠一、松本清張、赤川次郎等人的推

1　本文原載《日本幽玄》（長春市：吉林出版集團公司，2011年6月）書後。

理小說、渡邊淳一的婚戀小說等大眾通俗作品成為我們翻譯閱讀的主流，而新世紀以來，則是極其古典的《源氏物語》被充分認可、極其日本味的川端康成被充分理解、極其後現代的村上春樹大受歡迎的時期。日本文學翻譯閱讀，也進入了縱深化、多元化的時代。因而《日本物哀》之類的日本古典學術著作也竟有許多人愛讀，這豈不預示著東方古典、原典翻譯閱讀的更大可能嗎？

　　這部《日本幽玄》是《日本物哀》的姊妹篇，將現代著名學者能勢朝次（1894-1955）、日本現代美學家大西克禮（1888-1959）的兩部同名著作《「幽玄」論》（原作分別由河出書房 1944 年出版、岩波書店 1940 年出版）全文譯出（原書均沒有腳注和尾注，少量腳注為譯者所加）。兩書可謂現代「幽玄」研究的經典著作。其中，能勢朝次的《幽玄論》從歷史文獻學、概念史的角度對「幽玄」概念的生成與流變做了縱向的梳理研究，是幽玄研究的經典之作，至今仍無出其右者；大西克禮的《幽玄論》則從美學角度對「幽玄」做了橫向的綜合分析，雖然有些表述稍顯繁瑣晦澀，但理論概括程度較高。同時，又將日本文學史及文論史上關於「幽玄」的原典擇要譯出。有關「幽玄」的原典資料甚多，這裡主要從文學藝術論的角度，選取相關的名家名篇。選編與翻譯所依據的主要底本是東京岩波書店一九六一年版《日本古典文學大系》的《歌論集‧能樂論集》、《連歌論集‧俳論集》及一九七四年版《日本思想大系‧世阿彌禪竹》等，在翻譯時考慮中國讀者的閱讀需要，加了較多的腳注。如此，古代「幽玄」原典與現代「幽玄」研究相得益彰，共同構成了一千年間的「日本幽玄」論。譯者希望讀者能夠通過這部《日本幽玄》，系統深入地了解日本人的「幽玄」觀，把握日本古典文學及傳統文化的神韻。不過，作為外國原典，《日本幽玄》，正如她的名字所顯示的，是一部有縱深度、有難度的書，雖說「幽玄」，但只要讀者慢慢走進去，必定會有別樣的感覺、別樣的收穫。

　　《日本物哀》、《日本幽玄》之後，還有《日本風雅》，這三本書形成了一個相對完整的日本審美文化關鍵詞的系列譯叢。這些選題都是《日本物哀》出版後乘興而來的想法。當初，我打算只做一本《日本物哀》（原名《物哀論》）作為我承擔的國家社科基金研究項目《日本古典文論選譯》的前期衍生成果，並與某大學出版社簽訂了出版合同。但該社複審人卻以「文革」式極左思維加當代憤青的幼稚，對二百多年前的古典名著橫加挑剔指責，命我刪改。我為尊重原作，不肯刪改，最後只能終止出版合同。（為此，我曾寫了一篇六千字的文章，擬作為《日本物哀·譯後記》的「補後記」，向讀者交代此事的來龍去脈，但「補後記」未能問世，當另擇機刊出。）現在看來，《日本物哀》在吉林出版集團出版，可謂因錯而對。假如沒有吉林出版集團策畫編輯、作家瓦當先生的卓越眼光和有力支持，就沒有《日本物哀》的成功，也就沒有這本《日本幽玄》的問世。為此，我對吉林出版集團北京吉版圖書公司（北京漢閱傳播），對瓦當先生，對責編孫褘萌小姐，表示我衷心的欽敬和感謝。

　　　　　　　　　　　　　　　二〇一一年二月二十二日

《日本風雅》譯者後記[1]

　　在二〇一一年上半年就要結束的時候,《審美日本》系列的最後一部書《日本風雅》終於如期完稿,雖說《日本風雅》連同《日本物哀》、《日本幽玄》三部書只是《日本古典文論選譯》的前期衍生成果,並不意味著此項任務的最終完成,但我還是感覺稍微鬆了一口氣。

　　對我來說,翻譯日本古典文論特別是「寂」論原典的過程,也是對「寂」之美的感受、體悟的過程。兩年半以來,除每週二去學校授課之外,我都蟄居家中,埋頭伏案,與外界保持最小限度的接觸,每天按計畫譯出固定字數。要把這種生活狀態用一個字加以概括,那當然是非「寂」字莫屬。對我來說,這種「寂」的狀態實際上已經持續了三十多年,如今感覺越來越「寂」了。「寂」的首先是頭髮,彷彿秋葉,每天都不可挽回地逝去若干。最近,有多日不見的學生對我說:「老師的頭髮好像更少啦……不過頭髮少一點,更適合您啊!」學生在五月中旬剛剛聽了我做的關於「物哀・幽玄・寂」的一場講座,大概也是從「寂」的角度,才說「更適合」吧?不過,想來,「寂」就天生地「更適合」我麼?人及動物的天性似乎就是「動」和「鬧」——好活動、好熱鬧、怕寂寞、愛群聚、喜刺激。然而,假若一味地「鬧」而不「寂」,與鳥獸何異耶?如果能把「寂」作為一種「美」來接受,乃至享受,那也是慢慢養成、習慣成自然的。我青年時代也很不耐「寂」,二十六歲時因強制自己久坐,而得了腰椎間盤突出症,十幾年間,前後八次發作,苦不堪言。究其原因,似乎是因

1　本文原載《日本風雅》(長春市:吉林出版集團公司,2012年5月)書後。

為那時還沒有適應艱苦單調的研究生活，於是身體上出現了抗拒反應。不料四十歲以後，案頭勞動的強度更大，坐得更久，腰病反而轉好，工作效率反而更高了。與此同時，對忙忙碌碌、跑跑顛顛、奔走東西、聚會社交、出頭招風、虛名實利之類，更是興趣索然，視若浮雲，這也是因為有了一點「寂」之心的緣故嗎？不得而知。若是，那麼「寂」就是人生最好的狀態，也是對身心的最有效的療救。

　　我體會，「寂」作為一種「審美心」，就是寂然獨立、甘於寂寞、樂於平淡、善於調適、以雅化俗、動中取靜、以求逍遙超然，苦中求甜，自得其樂；作為一種「審美眼」，就是在寂靜中聽出大音，在束縛中見出自由，在逼仄中見出寬闊，在單調中見出豐富，在古舊中見出鮮活，在簡素中見出絢爛，在平淡中品出滋味，在不美中找到美。因此，「寂」就是將日常生活審美化。這不僅是一種審美態度，也是一種「風雅」的生活狀態，甚至是一種修心養性、延年養生的方法，似乎比西方式的身體鍛煉更為有效。記得曾讀到已故季羨林先生九十多歲時與人談及身體健康的三「不」秘訣，頭一條就是「不鍛煉」。「不鍛煉」而竟然健康，也許正是得益於「寂」之心吧？

　　「寂」之心不只是中老年人才能擁有，青少年也能擁有。女兒王方宇很小的時候，見父母都在看書寫作，很多時候只能自娛自樂，例如坐在床上，將紙片輕輕撕碎，一片片地從一個盒子裡轉移到另一個盒子裡，如此可以靜靜地玩半個小時以上。三年前開始升初中後，便開始感受和思考一些抽象問題了，有一次跟媽媽說：整天聽課、寫作業，累，沒有幸福感……。我得知她說出這話，不禁黯然。在現有的教育體制下，家長根本無法向孩子證明這話不對。但是後來她還是很快適應了那種連成年人都望而生畏的艱苦生活，知道如何在繁重的課業之餘自得其樂了，她常常要擠出一些時間，關起房門，大聲吟唱喜愛的日文歌曲，還常常把日文歌詞譯成中文，掛在網上與網友欣賞切磋。她可能沒有將時間精力百分之百地用於功課本身，但她能夠安之

於「寂」，又在「寂」中求樂，玩一些無用的「夏爐冬扇」之類的東西，這肯定無益於應試，但從長遠來看，我覺得這種生活姿態的確立更為重要。

在翻譯俳論、俳諧的這半年多的時間裡，我覺得自己的「寂心」似乎更多了一些。有時為了體驗俳人的心境，也忍不住想作個俳人，於是陸續鼓搗出了一些「五七五」調、使用俗語而有韻腳的「漢俳」來。寫這些漢俳本是自娛自樂，但是在此也不妨獻醜，聊博讀者一哂——

今天開春時，我在樓上平臺的花池中栽種了各色月季。四月的一天早晨，忽見一朵盛開的花朵中，睡著一隻指甲大的小甲蟲，於是吟詠：

月季香味濃，
一隻黑色小甲蟲，
安臥花蕊中。

樓上的陽光房裡有一棵盆栽的仙人柱（仙人掌科，狀高大挺拔，又名「量天尺」），生長緩慢，半年不見其變。不料六月的一天晚間，突然神秘地在頂部斜長出一株花來，花枝加花朵長約二十五公分，呈清水芙蓉狀，堪稱奇葩——

五尺仙人柱，
突然發花在頂部，
如同變魔術。

五月底應邀去西安陝西師範大學主持博士論文答辯並講學，順便遊華山，在山腳下一飯館用餐時，發現：

桌下有小狗，
抬腿仰頭吐舌頭，
想必要吃肉。

於是我把碗裡的清燉土雞塊用筷子高高夾起，逗引之。兩隻小狗
競相跳高，達半米有餘，每每得食。由此而對狗心有了一點理解：

店家小狗饞，
瞪眼巴望盤中餐：
骨頭留給俺！

炎炎盛夏的黃昏，喜歡在街頭餐館前「風餐」，有一次讓服務員
把飯桌搬到槐樹底下，微風吹拂中：

樹下吃晚餐，
槐花飄落在湯碗，
味道非一般。

入夏，北京降下幾場大雨，房子四周並無河湖溝渠，但每當雨後
夜晚都能聽到此起彼伏的蛙聲或蛤蟆聲：

仲夏暴雨後，
屋外蛤蟆叫不夠，
入眠有伴奏。

六月底，去山東威海主持東方文學年會暨研討會，並應邀為山東
大學威海分校的學生做了一場題為《論「寂」》的學術講座，不料講

座當晚正逢熱帶風暴來襲，但還是有七十多位熱情的學生冒著暴風雨前來：

> 打傘穿雨衣，
> 還是成了落湯雞，
> 為了來聽「寂」。

八月中旬，初遊東北部某國，感慨萬千：

> 處處金光閃，
> 一江隔開三十年，
> 半國三代傳。

最近半年主要是跟松尾芭蕉及其弟子們打交道，「芭蕉」成了我生活中的一個關鍵詞。入夏天熱，有時早餐也吃幾根比一般香蕉口感更好的小芭蕉：

> 早餐芭蕉甜，
> 空調就當芭蕉扇，
> 翻譯芭蕉篇。

翻譯寫作，伏案勞形，深感睡眠是最好的充電，尤其是午睡絕不能免。但午睡也會把完整的一個白天切成兩段，有些事情做不了。不得已而放棄午睡時，往往眼睛發澀心裡煩，真是無奈。一天午睡前寫下一首漢俳，算是解嘲：

> 活兒堆成山，

　　一摞一本壓在肩，
　　睡個午覺先。

到了半夜，完成一天的任務後，常常感到：

　　一天勞作後，
　　渾身都是懶骨頭，
　　刷牙都發愁。

　　如此之類的「漢俳」，雖不成體統，但也部分地記錄了我今年春夏的生活與心情。

　　當然，這其間也有不「寂」的時候。六月三日至八日，作為無黨派的「群眾」，應邀隨「同心行」考察團走紅色路，踏察重慶、貴州。歸京，應命撰文談感想，便賦〈十六字令〉三首共四十八字，以塞文責。一曰：「山，連綿萬里雲貴川，踏舊道，回首憶當年」；二曰：「黔，山高路險水湍湍，赤水紅，曾是鮮血染」；三曰：「渝，紅潮滾滾山水綠，紅歌行，不愧紅色旅」。以紀此行。同時也感到，在當下滾滾紅潮、陣陣紅歌中，在大都市的嘈雜喧囂中，要穩坐在書桌前翻譯外國古典文獻、思考純粹的美的問題，非要自己雕琢出一個小小的象牙塔不可。

　　寂之心可琢玉，文之心可雕龍，古今東西，以美貫之。「寂」雖然是日本古典審美觀念，但我以為「寂」之美是超越時代、超越民族的，完全可以為現代中國讀者所理解，並能調動和激發我們的審美體驗。這，也許就是編譯《日本風雅》一書的價值之所在吧。

　　本書以日本現代美學家大西克禮《風雅論──「寂」的研究》（岩波書店，1941 年）為主體，又將松尾芭蕉及弟子的俳論及「寂」論原典擇要譯出，以供讀者延伸閱讀。其中，《風雅論──「寂」的

研究》是迄今為止從美學角度研究「寂」唯一的一部成規模的專著，也可以說是「寂」論研究的經典著作。該書資料較為翔實，分析全面細緻，對於我們理解「寂」有很大的啟發性。但該書也有不少地方論述牽強、分析不透澈，表述晦澀、絮叨，再加上文中徵引了不少古典俳句及俳論，翻譯起來非常困難。為了盡可能使譯文表意明確，我不得不在個別地方做一些技術上的調整，力圖把話說清楚、明白些。但恐怕仍有不盡如人意甚至錯誤的地方，期待方家指正。總體說來，《日本風雅》一書所編譯的「寂」論文獻，對絕大多數讀者而言，恐怕還是一個全新的知識領域，要真正讀懂讀透，是需要有定力和耐心的。故而本書收入「以慢為美」的《慢書單》中，是為趣味高雅的讀者準備的一份「慢餐」，相信讀者能夠通過「慢」讀，讀出俳味、品出「寂」味來。

二〇一一年八月八日

《日本意氣》譯者後記[1]

　　經過四個多月的日夜勞作，《日本意氣》終於如期完成了。當初動手翻譯時，還是天寒地凍、一片蕭殺的隆冬時節，現在動手寫「後記」時，窗外馬路兩旁的懸鈴木已經悄然掛滿了翠綠的新葉，樓上平臺花壇中的月季繡出了一朵朵小小的花蕾，葡萄架上的嫩葉間也隱約可見桑椹一般大小的葡萄串……春天又來了，大自然榮枯交替，周而復始。人卻總是蟄居在書齋裡，不分四季、重複著同樣的動作。不過，其實書齋裡也是有季節的。當一部新作將要完成的時候，彷彿看見了春天的綠；當拿著剛出版的新書，摩娑把玩的時候，就好像捧著秋天的果實。

　　這本剛完稿的《日本意氣》，在我看來，就是今春的第一片新葉。

　　這新葉是從異域採擷來的，但我卻把它看作自家園地所產，把它當作自己的「創作」來看。因為在翻譯過程中，我投入了我全部的心力。有生命的譯作不可能是機械的複製，而總是在創作的激情中誕生；有價值的翻譯不是簡單的移入，而是創造性的轉換表達；有意義的書不應在翻譯中受損，而應在翻譯中增值。當譯者面對著語言與文化的雙重困難和挑戰的時候，也更能充分體驗那種閱讀理解的誘惑，感受到用母語加以傳達的快樂。照著既定的譜子彈奏、按照別人敲的鼓點起舞，那又有何妨！在束縛中尋求自由、在限制中發揮創造，原本就是翻譯的真諦之所在，也是創造的真義之所在。故而，在我的心目中，譯作與著作一樣，是我的創造。

1　本文原載《日本意氣》（長春市：吉林出版集團公司，2012年11月）書後。

　　還有，每當完成一部譯作，把外國的有價值的書譯成自己母語的時候，相信不少譯者都會產生一種「據為己有」的快慰；每當寫出一篇譯本序言或學術論文，對外國人與外國書「說三道四」的時候，就會有一種「人為魚肉，我為刀俎」的大快朵頤的甘美與酣暢。是的，在相當長的一段歷史時期裡，我們曾經缺乏那種隨心所欲地譯介出版外國書、評說外國事的能力與「餘裕」，我們只能被別人說，而自己卻不能說別人。活著的無語，如同活著的死亡。相反的，一直以來，對中國書與中國事，那些歐美人、日本人卻譯介得很多、評說得很多。歸根結柢，翻譯外國書，評論和研究外國問題，其實就是一種文化力、思想力的投射。當一個民族沉默寡言、只能任外國人說來道去的時候，他們就只好來做這個世界的隨從，甚至奴隸了。當一個民族能以語言和思想把握世界的時候，就能做這個世界的主人。如此說來。翻譯外國書，研究外國事，其作用和意義不可謂不大。當然，這只是一般而論，自己作為一個普通的譯者，是缺乏這種能力的。不過，當如此來理解和感受翻譯的時候，翻譯就有了足夠的動力，翻譯的枯燥就變成了翻譯的樂趣。有樂趣的枯燥到底還是一種樂趣。而有樂趣的事情，做著做著不知不覺就會上癮，以至欲罷不能。我就是在這種狀態中，伏案埋頭，連續做了三年半的翻譯，一口氣譯出了《日本古典文論選譯》（四冊）、「審美日本系列」（四種），共八本書，近二百餘萬字，而這部《日本意氣》則是其中的最後一本。

　　回想起來，編譯這本《日本意氣》，是偶然，也是必然。

　　兩年多前，我在與作家、出版人瓦當先生商討「審美日本系列」的時候，只是計畫圍繞「物哀」、「幽玄」、「寂」這三大日本古典文藝美學關鍵詞，編譯出《日本物哀》、《日本幽玄》和《日本風雅》三本書，並沒有將「意氣」納入，直到去年八月我在為《日本風雅》寫「後記」時，仍然稱《日本風雅》是「審美日本系列」的最後一本書。但是當這三本書陸續做成之後，卻覺得意猶未盡。因為我知道，

在日本傳統美學與文論中，除了上述的三個審美關鍵詞之外，在江戶時代還有一個「意氣」。說起江戶文學，那也是我最早涉足的日本文學領域，因為當年我的碩士論文選題就是江戶時代的代表作家井原西鶴。為了寫好碩士論文，我翻譯了井原西鶴的《好色五人女》、《好色一代女》、《日本永代藏》和《世間胸算用》四種小說，（後結集為《五個癡情女子的故事》，一九九〇年由上海譯文出版社出版）。在這個過程中，我已經注意到了「意氣」及「粹」、「通」的問題。不過，由於當時論文所確定的研究視角主要是社會歷史的、文化學的而非美學的，因而對「意氣」的問題自然未作深究。不過，多年來，我對這方面的資料信息一直是留意的。不過，至於要不要在「審美日本系列」叢書中再增加一本《日本意氣》，我一直躊躇不決，主要是因為我原定工作計畫中的翻譯時間已經大大超出了。若要編譯《日本意氣》，那麼九鬼周造的《「意氣」的構造》作為專題名著，是必須選入的。就在我舉棋不定的時候，發現九鬼周造的那本書已經由上海一家出版社出版了漢譯本。我想，假如該譯本可靠，複譯就沒有很大必要了，《日本意氣》的念頭就可以打消了。但是，當我將該譯本買回來閱讀的時候，卻發現那個譯本除了關鍵概念的理解和翻譯出現錯亂之外，錯譯之處很多，生硬、含糊和不精確、不到位之處更多，因而感到有必要做出一個新的譯本，以便使讀者有所比較、有所選擇。於是，我最終決定把《日本意氣》列入（準確地說是「擠入」）工作計畫。另外，二〇〇九年臺灣也出了一個譯本《「粹」的構造》，我查到了譯者的相關文章，但未查到譯文，不能下判斷。但願有興趣的讀者能將上海、臺灣的《「粹」的構造》兩種譯本與我的《「意氣」的構造》譯文加以對比。

因而，我說這本書的產生是偶然，也是必然。

「偶然」的不止如此。再往前說，連整套「審美日本叢書」的問世，其實都是偶然的。對此，我在《日本幽玄‧譯後記》中曾做過簡

單的交代。當初與我簽訂《「物哀」論》（後來的《日本物哀》）出版合同的某大學出版社的複審人，以本居宣長「對中國人和中國文化不尊重」為由，命我將有關段落予以刪除。我看了「複審意見」後，哭笑不得。近年來，我的好幾本書的有關段落和章節，曾被以各種各樣的非學術的理由強行予以刪除。少則數百字，多者達上萬字。但是，那是我自己寫的書，在現在的言論環境下，這也不足為怪。然而，現在要我刪除的卻是二百多年前外國古典美學名著，這就更加匪夷所思了。我試圖在電話中跟複審人講道理，說這是一部純粹的古典學術名著，裡面有對中國文化的反思批評，也有肯定，不管怎樣都應該受到尊重；讀者也有全面知情權，不可隨意刪改；我們要相信那些能夠閱讀學術著作的讀者都是有判斷力、有心胸和雅量的；如果連一個古代外國人的批評都不讓譯、不敢聽，那不是一種健康的心態……如此之類，苦口婆心解釋，但沒有效果。鑒於書稿內容完全符合有關法律法規和出版合同的約定，我拒絕刪改，乙方便久拖不出，最後他們終於想出了高招，要把《「物哀」論》作為所謂「重點選題」交最上級的主管部門「備案審查」。我明白接下來的結果將是什麼，只好被迫中止出版合同，撤回書稿。好在畢竟世界很廣，中國很大，善惡美醜，紛紜雜沓。背過身，掩鼻而去，就會柳暗花明。接著我很快聯繫了幾家願意接受此書的出版社，其中吉林出版集團的策畫編輯瓦當先生，以他那新進作家和出版人敏銳的審美直覺，對這個選題大加欣賞，並引導我步步推進。如今，在陰差陽錯、偶然必然的種種機緣中，「審美日本系列」四卷書陸續問世，日本古典美學四大概念的相關原典及代表性研究著作都有了系統的翻譯。而且據出版社反映，前三種書出版後頗受讀者歡迎，由此我感到滿足，甚至圓滿。現在兩年多的光陰過去了，時過境遷，我對上述那家大學出版社反倒產生了一種奇妙的「感謝」的心情，真所謂「欲損反益」，沒有他們，哪會有現在的「審美日本系列」呢！

　　當然，真正要感謝的，是為《日本物哀》及整套「審美日本系列」叢書做出決定性貢獻的瓦當先生；還要感謝吉林出版集團的周海莉、孫禕萌、聶文聰、曾雪梅等編輯人員付出的精力與勞動，感謝浙江大學出版社朱岳先生幫助引薦；感謝幫我校對《日本物哀》、《日本幽玄》的博士後盧茂君老師、校閱《日本意氣》的博士生韓秋韻老師，還有閱讀和關心本套叢書的讀者朋友們。

　　《日本物哀》、《日本幽玄》、《日本風雅》、《日本意氣》四本書就要出齊了，這是從四個審美關鍵詞入手對日本審美原典的翻譯。可以把這四本作為「審美日本系列」的第一輯，如果條件具備，我還想繼續編譯第二、第三輯。日本的審美文化原典是很豐富的，尤其是近現代文學家、美學家、學者談美論藝的著作很多，其中有不少已是公認的名著，很有必要一部部地系統地譯成中文。希望經過數年的努力，使「審美日本系列」成為一套有一定規模的日本審美原典名作譯叢，為我國的審美文化建設提供參照，也期待著讀者一如既往地給予寶貴的支援。

二〇一二年四月三十日

《日本古典文論選譯》古代卷、近代卷譯者總後記[1]

一

　　很久以前，我曾翻譯出版過幾種日本古今文學名著，但那都是上世紀八〇年代至九〇年代初文學翻譯熱潮中的習作，已經不值一提了。此後，我也曾著書撰文呼籲重視「翻譯文學」，做過翻譯文學方面的理論研究，卻一直沒有再動過作品翻譯的念頭。不過，系統翻譯、研究日本文論，並在此基礎進行中日文論與詩學的比較研究，卻是我多年的夙願。

　　早在一九八五年，在我攻讀碩士研究生的時候，曾協助陶德臻教授籌備開設《東方文論選》的課程，並草擬了一份《東方文論選》（包括日本文論）的選目大綱。那份由陶先生手寫的大綱，我一直珍藏至今。一九八七年我被派遣到「北京講師團」，在北京郊區的中學任教一年，曾在工作之餘譯出了若干篇日本文論的文章。一九八八年夏，我完成講師團工作重返北師大中文系後，馬上被安排獨立講授本科生基礎課。因教學工作繁重及其他研究課題接踵而至，日本文論的翻譯就一直被擱置起來。直到近幾年，我的研究選題進一步向文學理論研究傾斜，感到首先需要進行日本古典文論的系統翻譯，於是從二

1　本文原載《日本古典文論選譯・近代卷（下）》（北京市：中央編譯出版社，2012年8月）書後。

〇〇八年九月起重拾譯筆，先是將多年前的一些譯稿加以校訂修改，又新譯了許多新篇目，編為一書，名之曰《日本古典文論選譯》。

二〇〇九年下半年，我拿這部書稿申請國家社科基金後期資助項目。立項通過後，根據評審專家組的《評價意見表》及葉渭渠、王曉平等先生的建議下，用了一年多的時間加以增譯，除在古代文論部分擴大選目、增加篇幅之外，還將選目範圍向下延伸至明治時代。從學理上說，「日本古典文論」應該包括明治年間的近代文論。近代文論是古代文論向現代文論的過渡時期，又經過了近百年的積澱，已經很大程度地經典化、古典化了。基於這種認識，我將《日本古典文論選譯》分為古代和近代兩部分，到二〇一〇年十一月完成了兩卷本的翻譯，並呈交學校有關部門申請結項，心情一時倍感輕鬆。當時我在草擬的「譯者後記」中這樣寫道：

　　此次編譯完成日本古代文論、近代文論共兩卷，共計一百餘萬字，耗時兩年，其中酸甜苦辣，難以盡述。總之，實現了多年夙願，確實有如釋重負之感，並為自己放了一個月的長假。二〇一〇年十一月初全書基本完成後，便開始出門遠遊，輾轉西安的陝西師範大學和西北大學、長沙的湖南大學、永州的湖南科技學院、廣州的廣東外語外貿大學和華南師範大學等六所大學，應邀做了六場學術講演、主持了兩場座談，其間遊山玩水；接著又應邀去韓國，從韓國西北部的仁川，到中南部大田市的韓國科學技術院、大邱市的啟明大學，參加學術活動並做講演，最後遊覽了最南端的濟州島，返回北京，就這樣借此釋放了「小功告成」的心情。……

可是，當我從外地返回後，被校財經處告知，該項研究經費大部分未使用，結項表格中的「經費使用情況」一欄沒法填寫，按規定難

以結項，一時不知如何是好。但很快決定再延期一年，進一步擴大選譯篇目。老實說，我原本沒打算在翻譯上花費這麼長時間，但後來隨著翻譯的進行，越來越感到這項工作的重要價值，心想既然攬下了這個活兒，就應該把它做得更大一些，選目更全面些，以便在今後若干年內不需要麻煩別人再幹同樣的事情，為此多花一些時間精力也值，於是申請延期。算起來，從二〇〇八年八月到二〇一一年十一月，我連續做了三年又三個月的翻譯。在延期的這一年時間裡，古代卷和近代卷共增譯了約五十萬字，大體上把我認為最有翻譯價值的篇目譯出來了。就這樣，《日本古典文論選譯》連續三次擴大規模，從初稿的一卷本四十五萬字，到二稿的兩卷本一百萬字，再到終稿四卷本一百六多萬字，逐漸成為一部有較大規模的、囊括日本古代文論之精華的選譯本。當然，日本古典文論的文獻極為豐富，即便是如此大的規模，也只能算是一個容量有限的選譯本而已。

　　在編譯《日本古典文論選譯》的過程中，我還以日本傳統文論與美學的三大關鍵詞——「物哀」（もののあわれ）、「幽玄」（ゆうげん）、「寂」（さび）與「意氣」（いき）——為中心，譯出了日本學者本居宣長、能勢朝次、大西克禮、九鬼周造等的相關主題的研究著作，並把一部分已經翻譯出來的日本文論原典作為延伸閱讀的材料附錄於書後，編譯出了「審美日本系列」譯叢四種——《日本物哀》、《日本幽玄》、《日本風雅》和《日本意氣》，作為《日本古典文論選譯》的前期成果。其中前三種已由吉林出版集團於二〇一〇年十月、二〇一一年六月、二〇一二年五月陸續出版發行。三本書設計新穎、裝幀精美，分別首印五千冊，據說賣得不錯。這表明我國不少高品位的讀者對日本古典文論的翻譯出版是有期待的，他們的求知閱讀也開始延伸到了很有閱讀難度的日本文論原典，這使我備受鼓舞。

二

　　《日本古典文論選譯》古代卷中的各篇，原文均用日本古語（文言文）寫成，日本古語與現代的差異，要大於古漢語與現代漢語之間的差異，而且不同時代的日本古語，詞彙與句法都有不同。日本古典文論中的一部分篇目近年來已由日本學者譯成了現代日語（主要見於小學館《日本古典文學全集》第 87 卷、88 卷），但大部分篇目沒有現代語譯，甚至有的文獻（如金春禪竹的能樂論等）連起碼的注釋本也沒找到。而《近代卷》中的許多篇目處在古代日語向現代日語的演變時期，文白交混、文體雜亂，總之翻譯難度也相當大，每每痛感「自討苦吃」。然而另一方面，做任何事情都是「因難見巧」（錢鍾書《談藝錄》語），輕而易舉、人人能為的事情，往往沒有太大價值，做起來也沒勁；正因為難度大，才有挑戰，才有意思，才有意義，才會由「自討苦吃」而又感到「自得其樂」。

　　在翻譯過程中，我深深體會到，日本古典文論在文體上是有特殊性的，大部分篇目既是一種理論形態，也是一種創作形態，因而對它的翻譯既有理論著作翻譯的性質，也有文學作品翻譯的特點。

　　從文學翻譯的角度看，日本文論中常常有大量的和歌、連歌、俳句的例句，這樣的日本獨特的文學樣式幾乎是「不可譯」的。怎樣把和歌、俳句的形式特徵在漢譯中大體保存下來，又怎樣將日本獨特的藝術韻味傳達出來，前人做了若干嘗試，但迄今為止仍未在我國的日本文學翻譯界形成共識。我認為，不能像以前的許多譯文那樣將這些日本獨特的詩歌體裁譯成中國古詩體。儘管這樣做或許不符合一般中國讀者對「詩歌」的閱讀期待；翻譯尤其是詩歌翻譯，要得其神似，必先得其形似，而形似更難。對於和歌、俳句的翻譯而言，應保留原作的「五七」調，保留其不對稱的詩型，進而保留其「幽玄」「物哀」與「寂」的基本審美趣味和總體風格。這是我在日本文論及日本

古典和歌、俳句翻譯中的基本追求。當然，我這樣翻譯是否恰當，尚待時間和讀者的檢驗。為便於讀者檢驗，我在腳注中附錄了和歌、俳句的原文，懂日文的讀者可以隨時參照原文，並加以對讀和品味。

　　從理論著作翻譯的角度看，「文論」既然是「文論」，理論性、學術性就是其根本屬性，它的翻譯方法與小說詩歌等虛構性作品的翻譯也應有所不同。在學術理論著作的翻譯中不能提倡所謂「創造性叛逆」，因為「創造性的叛逆」往往會成為「破壞性的叛逆」，對原作和讀者都是不負責任的。但是，另一方面，學術理論著作的翻譯必然需要包含著譯者的理解與闡釋。由於時代與語言上的種種原因，日本古代文論在語言運用方面，總體上是依賴「以心傳心」，表達過於簡單、也過於曖昧。而我們的譯文是給現代讀者看的，應該追求清晰、準確、明白，而不是含糊、曖昧甚至不知所云。為做到這一點，除個別特殊的篇目和段落外，我的譯文不使用文言，而是使用典雅簡潔的現代漢語。因為我覺得古漢語本質上是一種詩性的語言，不是一種科學精確的語言，假如使用文言翻譯，就很容易使得原文的意義顯得含混不清，讓讀者感到一頭霧水，其結果就像嚴復所言「譯猶不譯也」。因而，譯文必須使用現代漢語，在翻譯的過程中就必然需要對本來過於簡單的原文加以適當的闡釋，日本古典文論翻譯的「創造性」就在這裡。當然，這種「創造性」不是隨意添油加醋，而是一定要符合原作的思維邏輯和語言邏輯。這裡既包括形式邏輯，也包括文氣、情感等內在邏輯。凡是理論性文章，必有一種合理性的邏輯思路、一種上下貫通的文氣在，我們讀原文若覺得文章不合邏輯，文氣不通，很可能是沒有讀懂；譯文譯出來不合邏輯、文氣不暢，很可能是譯錯了。以前我在進行日本文學漢譯史研究、從事譯本評價的時候，發現一些譯文不合邏輯，就去查對原文，結果發現大多數屬於錯譯（極少數是原作本身有問題），這也是我發現錯譯的一個小小的「竅門」。因此，對於言簡意賅、以心傳心的日本古典文論，以現代

漢語加以清晰的翻譯表述，就要在翻譯中包含適度的、合乎原文邏輯的闡釋，這是現代翻譯的必然要求，也是現代讀者的必然要求。實際上，在我國現當代翻譯史上，兩千多年前的古希臘的文獻都是用現代漢語的翻譯的；兩三千年前的印度大史詩，也是用現代漢語翻譯的。何況一千年、乃至幾百年前的日本文論，完全應該用現代漢語來翻譯。這是一種「徹底的」翻譯，可使我們拉近與外國的古人的距離。我相信語體的文、白之間的轉換不會損害原文的風格，只能有助於我們與古人的交流、有助於我們對古文的理解。

　　理論文章的翻譯與文學作品的翻譯一樣，同樣要求「信達雅」。嚴復先生的「信達雅」本來是就學術著作《天演論》的翻譯而提出來的，可見學術文獻的翻譯與文學翻譯一樣，既是科學活動，也是藝術活動，學術著作的翻譯也仍然要求「雅」，要求「美」。不過，人們在小說詩歌等虛構性作品的翻譯或閱讀中感受到美，是自然的，也是較為容易的；而一個譯者在翻譯學術著作理論著作時也能夠伴隨著美感運動，一個讀者在閱讀學術文章時也同樣能感受到美，恐怕就不是那麼輕易可以做到的了。在翻譯過程中，揣摩語義、斟字酌句、掂量用詞，猶如與高手對弈，既要你來我往、亦步亦趨，又要出招應對、若合符節，追求的是譯文與原文的貌合神似，目的是讓中國人讀者讀到本色道地的中文，又能從中感覺出一絲日本味。這是我所追求的理想境界。但由於學養不精不透，所謂「理想境界」恐怕就是「可想而不可及」的境界了。更不必說譯文中難以避免的錯誤，只好期待方家高明指教了。

三

　　在《日本古典文論選譯》翻譯的過程中，我得到了日本文學翻譯與研究的老前輩葉渭渠、唐月梅夫婦和著名日本文學研究家王曉平、

孟慶樞、林少華、比較文學與文藝理論家曹順慶等先生，還有八十高齡的臺灣著名學者、評論家、翻譯家陳鵬仁先生的支持與幫助。在項目申請時，葉、唐兩先生、孟慶樞先生曾給我寫了推薦信或推薦詞，王曉平先生積極努力促成該項目立項，並鼓勵我說：「你又做了一件大事！」陳鵬仁先生得知我系統翻譯日本古典文論後，在給我的電郵中兩次鼓勵道：「你在這方面的成績，真是了不起！」他在為我編譯的《日本風雅》所寫的推薦詞中說：「無論從中國大陸，還是從臺灣及港澳地區來看，王向遠教授都是用漢語大規模系統地譯介日本古典文論的第一人。對他所從事的這一困難重重而又富有學術文化之價值的工作，讀者將會銘記。」林少華先生聽說我的翻譯日本古典文論，也對我說了同樣的話，他說當年他讀研究生的時候，也曾在和歌論的翻譯與研究方面下過工夫，但由於後來因為「碰上了村上春樹」就只好放棄了，他在為我翻譯的《日本幽玄》所寫的推薦詞中，肯定了日本古典文論翻譯的價值，並使用「孤獨而艱辛」這一字眼來形容我的翻譯過程，實乃知人之言！

在項目進行的過程中，當時已身患重疾的葉渭渠先生幾次通過電話和電郵加以鼓勵，並希望項目完成後，交《東方文化集成》叢書出版。二〇一〇年六月十八日，葉先生大病出院後，給了我一封信，其中這樣寫道：

向遠兄：你好！這次患病，承蒙你派出茂君、文靜、德瑋三位，作為家屬在急救室外二十四小時輪流值守，茂君並多次代表你來醫院探視，還有你在校的學生紛紛來信慰問讓我獲得了極大的慰藉。對於你的這種關愛和深情厚誼，用語言是難以表達感激之情之一二的。由於出院後身體屏弱，未能及時去函致謝，謙甚！目前日漸康復中，每天可以工作二、三小時了。正在修訂《日本文藝三講》，出版後將送上請雅正。

　　（中略）祝《日本古典文論選譯》進展順利。同時聽北大《東
　　方文化集成》編輯部說，有個別學者的項目結項後，本來規定
　　在特定出版社出版，但也有爭取改由「集成」出版的。我們十
　　分盼望這部宏大的尊譯完成後，也能如願收入「集成」出版，
　　為季〔羨林〕先生創建的東方學增光。（下略）

　　葉先生殷切期待，成為我翻譯工作的一大動力，時常想像著譯稿
完成後，親手交給葉先生，請他指教。不料，到了十二月中旬，先生
卻因心臟病再次突發而溘然長逝。此後不久，許金龍等先生為《作
家》雜誌開辦一個緬懷葉先生的專欄，並向我約稿，但當時我難過得
不知該從何說起，沒有及時寫出文章，錯過了刊期，深感遺憾。不
過，我想，如今《日本古典文論選譯》終於完成，可以告慰於一直關
心此項工作的葉先生了。只是由於國家後期資助項目的出版管理更趨
嚴格，因而未能列入《東方文化集成》出版，但願今後有機會彌補這
一遺憾。
　　本項目的完成，不僅有前輩的關心支援，也有學生、同事們的參
與與協助。我將《近代卷》中的若干篇目（約占《近代卷》三分之一
的篇幅）交給學生、同事們承擔初譯，具體篇目是（以目錄編排先後
為序）：柴紅梅（小室信介、佚名、尾崎行雄、矢野龍溪、大西操山
各一篇，末廣鐵腸、坂崎紫瀾各兩篇，北村透谷《厭世詩人與女
性》、《萬物之聲與詩人》）；鄭文全（與謝野寬《亡國之音》、正岡子
規《文學的本分》、《致歌人書》及《俳諧大要》的前半部分，森鷗外
除《〈早稻田文學〉沒理想》之外的諸篇）；張劍（二葉亭四迷《我的
「言文一致」的由來》、《我的翻譯標準》）；李文靜（石橋忍月、德富
蘆花各一篇，田岡嶺雲《寫實主義的根本謬誤》）；沈德瑋（高山樗牛
諸篇）；史瑞雪（田山花袋諸篇）；曹昛（島村抱月諸篇）；盧茂君
（夏目漱石《〈文學論〉序》、《文學談》、《我的〈草枕〉》、《寫生

文》、《高濱虛子〈雞冠花〉序》）。這些初譯稿交給我後，我再加以校對、修改、潤色並定稿，因而譯文中若仍存在錯譯等問題，也應主要由我負責。此外，我的博士、碩士生薛英傑、李妍青、木島星華、王昇遠、郭雪妮、周冰心、祝然、葉怡雯、陳婧等同學，在查找資料、校注、通讀譯稿等方面，對我都有所協助。中央編譯出版社的編輯為本書付出了不少心血和勞動。對上述各位的參與和協助，在此一併表示感謝。

　　《日本古典文論選譯》做完之後，我仍覺得有未盡之處，就是覺得應該將日本現當代文論也加以編譯，再有一部《日本現代文論選譯》出來，才算圓滿。但是日本現代文論的篇目大多數都在版權保護期內，要一一獲得翻譯許可，恐怕很是麻煩。若日本相關機構和部門能夠考慮到此乃純學術的、非盈利的中日文化交流事業，而能促成版權問題的解決，則可以在不久的將來付諸實施。

王向遠

二〇一一年十一月十五日

翻譯的快感

——《日本古代詩學匯譯》譯者後記[1]

　　翻譯是一件苦差事，要照著既定的鼓點起舞，要按照紙上的樂譜演奏，因而與一般的創作比較起來，不夠瀟灑，不夠自主，不夠自由。故而有人說翻譯是在替處女作「媒婆」，有人說翻譯是為新娘作嫁衣，有人說翻譯是把自家腦袋租借給了別人。既然是這樣，除非迫不得已，有誰願意去做翻譯呢？

　　近來外出參與「翻譯史高層論壇」時，和一位老翻譯家朋友談起了翻譯的甘苦。我告訴他：自己剛剛譯完了什麼，接著還要繼續翻譯什麼。他聽完後，說道：「翻譯這事兒，容易上癮啊！譯完這個還想譯那個，譯完那個，還想再譯那個，沒完沒了……。」我聽罷，知道他也是在夫子自道。但想想自己，豈不是已經上了翻譯的「癮」嗎？剛剛出版一百六十萬字的《日本古典文論選譯》（古代卷、近代卷），現在又在《古代卷》的基礎上進一步增譯，做出了兩卷本的《日本古典詩學匯譯》；《日本審美系列》四卷出版後，又譯出了的夏目漱石的《文學論》，還跟出版社策畫《日本文學原典譯叢》，準備把沒有漢譯本的日本文學與文論的第一流的原典名著陸續翻譯出版。

　　然而凡有翻譯經驗的人，誰都知道翻譯是個複雜、細緻、繁難、單調、累人的活兒。每天伏案埋頭，按既定的字數，一字字琢磨、一句句推敲，為查找一個生詞典故，而翻遍好幾種辭書；為確定一個譯詞而搔首撓頭，旬日躊躇。一天下來，腰酸背痛，眼花眼澀，有時甚

1　本文原載《日本古代詩學匯譯》（北京市：昆侖出版社，2012年）下卷，書後。

至產生生理上的排斥反應，噁心欲吐。數年如一日地幹這種活兒，豈不是自我摧殘嗎？又何況，翻譯這些沒多少人會讀的、非常小眾的古典文學與美學文獻，既不能讓出版社賺錢，也不能讓自己賺稿費；既不能吸引大眾讀者眼球，也不能讓自己出名，這究竟是為了什麼呢？

想來想去，雖然如此，到底還是因為在翻譯中體會到了「快感」的緣故。

「快感」這物，聽上去似乎有點形而下，乃至很有點肉體，然而它卻是人的一切行為的原初推動力。好像古希臘哲學中有個「快樂主義」流派就持這樣的主張，實在不無道理。「快感」是無法形容、說不清楚的，但你可以隨時體會到它，感覺到它是否存在，而自己的情緒和狀態也在很大程度上被它左右著。做沒有「快感」的事，也許是人生最大的痛苦、最大的不幸了；反過來說，做事體會到了快感，則是最大的幸福。孔子曰：「好之者不如樂之者也」，說的差不多就是「越伴隨快感，越能把事情辦好」這個道理吧。

翻譯的快感，首先來自文化人的文化責任感，一種挑戰、應戰的誘惑。一個有悠久歷史文化傳統的民族，一個與我們有密切關聯的國家，在成百上千年裡創作的、蘊含著民族文化奧秘的文本，擺在我們面前已經很久、很久了，我們有沒有勇氣和能力解讀它？要不要把它們翻譯出來？這是一種無聲的挑戰，也是無聲的誘惑。我在譯著《日本意氣》（吉林出版集團，2012 年）的「譯後記」中，寫過這樣一段話，在此還想再引述一下——

　　　　每當完成一部譯作，把外國的有價值的書譯成自己母語的時候，相信不少譯者都會產生一種「據為己有」的快慰；每當寫出一篇譯本序言或學術論文，對外國人與外國書「說三道四」的時候，就會有一種「人為魚肉，我為刀俎」的大快朵頤的甘美與酣暢。是的，在相當長的一段歷史時期裡，我們曾經缺乏

那種隨心所欲地譯介出版外國書、評說外國事的能力與「餘
裕」，我們只能被別人說，而自己卻不能說別人。活著的無
語，如同活著的死亡。相反的，一直以來，對中國書與中國
事，那些歐美人、日本人卻譯介的很多、評說的很多。歸根結
柢，翻譯外國書，評論和研究外國問題，其實就是一種文化
力、思想力的投射。當一個民族沉默寡言、只能任外國人說來
道去的時候，他們就只好來做這個世界的隨從，甚至奴隸了。
當一個民族能以語言和思想把握世界的時候，就能做這個世界
的主人。如此說來。翻譯外國書、研究外國事，其作用和意義
不可謂不大。

　　這話也許說得過於堂皇一點了，但這確實是我對翻譯之價值的切
身感受。就中國與日本而言，在過去相當長的一段時期內，日本人大
規模地翻譯中國、研究中國、談論中國，而中國卻沒有這樣的能力。
最近三十年來，情況發生了變化，中國也有能力、有「餘裕」大規模
地持續翻譯日本、研究日本、談論日本了。在這方面，我們的努力正
在與日本相抗衡。而這個過程中，雙方的國力、軟實力的消長變化，
也自然而然明顯地反映出來。翻譯日本、研究日本，所帶給我們的，
自然也是一種前所未有的自豪感和快感。
　　翻譯的快感，不僅來自一種文化迎戰的責任感，也來自譯者對自
我價值的實現、對自我獨特性的確認。當意識到自己所翻譯的東西別
人很少願意翻譯、很少能夠翻譯，或自以為由自己來譯最合適時候；
當意識到自己所翻譯的這些東西是經典名著而不是通俗讀物，只有少
部分精英讀者願意讀、只有少部分精英讀者能夠讀懂的時候；當你想
到將有一些讀者因為讀這些書，而進入精英閱讀的層面的時候，你怎
能不會產生一種精神上的優越感、一種自我實現的快感呢？有人也許
因為翻譯了暢銷書，賺了不少版稅而有快感；而我卻相反，喜歡為小

眾的中高端讀者寫書和譯書，為能脫離廣大俗眾而沾沾自喜。為此哪怕賠本、倒貼也罷。

回想起來，年輕的時候，之所以身在中文系，卻較少單純研究中文方面的東西，似乎也與這種想法和趣味有關。那時我就覺得：中文的東西誰都看得懂，與其嚼飯哺人、做別人也能做的活兒，不如找那些絕大多數人看不懂的東西，去看、去翻譯、去研究，才覺得有意思。於是我努力學習日本古語，硬啃那些連日本人都不願讀、大都需要借助現代日語譯本才能讀懂的古典文學，並在二十多年前嘗試著翻譯出版了井原西鶴的小說集。現在看來，以這種理由選擇專業方向，確實有點幼稚、過於感性了。但是沒有辦法，快感便是一種感性，靠道理是難以說明的。後來一直不間斷地死啃日本古文和日本古典文學，興味漸濃，這六、七年間，在繁重的學術研究與寫作之餘，終於忍不住一再染指翻譯，自然也是翻譯的快感在驅動。

翻譯的快感，表現在翻譯過程中，就是對艱澀原文的咀嚼和體味。在兩種不同語言、兩種異質文化對陣對壘的時候，更能充分感受到閱讀與理解的誘惑，感受到用母語加以傳達的快樂。我體會，翻譯日本古典的時候，尤其如此。日本古典作品大多用日本古語寫成，而日本古語與現代日語的差異，比古漢語與現代漢語的差異還要大，且不同時期的文體不同，語法和詞彙系統差別也比較大，加上日語表達本身的曖昧，很不好懂，對中國譯者而言，翻譯難度很大。此前我國的日本古典文學譯本，許多是以日本古典作品的現代日語譯本作底本的，因而譯文與原文相比，便出現了「膨脹」與「增殖」的現象。嚴格地說，這就不是忠實原作、將原文平行移動到譯文中的那種「迻譯」，而是添油加醋，變成了解釋性、闡發性的「釋譯」了。「釋譯」有時候是迫不得已的，但應該盡量減少。直接面對古典原作的「迻譯」，在「平移」的過程中固然很不平滑、很澀，但是卻也因此增加了翻譯的快感。日本美學中有一個重要概念，叫作「澀味」（渋み），

除了漢語中的「澀味」的意思之外，還有高雅、脫俗之意。也許是因為「澀味」在許多人的味覺體驗中，不是一種好味道，但能夠接受「澀味」並從中體會到美味、美感時，就能獲得高雅、脫俗之美；而相比之下，只喜歡「甘味」（甘み）的，便很通俗、很一般了。不妨說，通俗的、與我們沒有時代阻隔和文化落差的文本是「甘味」的，困難的文本是帶有濃厚「澀味」的。比起「甘味」的文本來，那些「澀味」的文本翻譯，似乎更能給譯者帶來挑戰，翻譯這樣的文本，會使譯者如同在從未涉足的凹凸不平、崎嶇陡峭的山路上長時間行走。這樣走下來，雖然腳痛腿酸，卻能使人將這段行走，長久地刻在記憶裡。

　　翻譯的快感，是對翻譯過程的享受，是為了翻譯而翻譯，正如為了學術而學術、為了藝術而藝術一樣，是一種審美化的境界。現在我們是為了能夠出版而翻譯，而我們的前輩翻譯家們，許多人曾在出版無望的情況下，為翻譯而翻譯。「文革」期間，季羨林先生翻譯印度古代史詩《羅摩衍那》的時候，根本沒有想到能夠出版，他只覺得像這樣的名著中國應該有人來譯，於是就翻譯了，這是單純地對翻譯過程的享受。楊烈先生自述，「文革」期間對《古今集》、《萬葉集》的翻譯，使他在最寂寞、最壓抑的時候感到了充實和快慰；豐子愷先生譯完日本古典名著《源氏物語》還沒來得及出版時，「文革」便爆發了，當時豐先生的女兒為譯作不能出版而歎息時，豐先生卻很坦然，表示自己把《源氏物語》翻譯出來，就感到很滿足了。……

　　翻譯的快感，終究還是來自對翻譯本身的愛。

王向遠

二〇一三年八月三十一日

井原西鶴《浮世草子》譯者後記[1]

　　無論是從翻譯，還是從研究的角度來說，我跟井原西鶴是很有緣分的。

　　一九八七年五月，我的碩士論文《井原西鶴市井小說初論》在陶德臻教授、何乃英教授的指導下完成並提交答辯。中國社會科學院研究員、中國日本文學研究會會長李芒先生作為答辯委員會主席主持了我的答辯。那年北師大中文系只有十四名應屆碩士生畢業答辯，比較文學與世界文學專業只有我和黃師姐兩名畢業生，因此論文答辯被重視的程度，不亞於如今的博士論文答辯，至今仍清楚記得。李芒先生很贊同我將翻譯與研究結合起來，認為這是一條可靠的穩健的路子。

　　我原本不是日語專業的科班出身，但在中學時代就開始學習日語了。因為從小喜歡舞文弄墨，對文字之美有感覺，大學讀的是中文系，但也持續進修日語。記得在大四最後一學期，我用了大部分時光集中精力學習日本古語。為了學習古語，我找了當時還沒有譯本的井原西鶴的作品作為精讀書目。這為後來閱讀日本古典文學原典、為翻譯井原西鶴的作品，打下了一點基礎。

　　作為文學史常識，那時我也知道，日本學者通常把古典文學分為古代、中古、近世三個階段。屬於古代的平安王朝貴族文學有其代表作《源氏物語》，屬於中古的鎌倉時代武士文學的代表作是《平家物語》，屬於近世的江戶時代的町人（市井）文學的代表作是井原西鶴的小說。一九八〇年代初期，《源氏物語》、《平家物語》都陸續出版

1　本文原載《浮世草子》（上海市：上海譯文出版社，2016年），書後。

了中文譯本，但作為日本古典小說第三個高峰的井原西鶴作品卻遲遲未見翻譯出版。我覺得這個翻譯空白不能久留，便開始利用課餘時間翻譯井原西鶴。直到一九八六年，譯稿初稿基本完成，並聯繫了我最崇信的上海譯文出版社，希望能在那裡出版。

　　我把我的譯稿和自薦信寄給了譯文社。不久，該社的日本文學編輯、翻譯家吳樹文先生回信了，意思是說：井原西鶴在日本古典文學史上是第一流的大家，確實很重要，中國應該有譯本，但是他的「好色」究竟「好」到什麼程度，我們以前沒看過，不好說，現在看來可以出版，而且你的譯文文筆很「老辣」，譯文社可以考慮出版。……現在吳先生的原信不知藏在何處了，但我至今仍記得他用了「老辣」一詞來評價我的譯文，使我不由得小吃了一驚。因為當時為我才二十三、四歲，感覺自己離「老辣」的境界相去甚遠。我相信吳先生的話首先是對我的鼓勵，於是更來了幹勁兒，在研究生宿舍裡夜以繼日，埋頭翻譯，終因伏案久坐，在一九八六年春夏之交忽然得了腰椎間盤突出症（這種病稱，是後來才弄明白的），但是仍然忍著病痛，堅持每天譯出額定的字數，終於按計畫完成，並在一九八七年初交稿。後來吳先生似乎離開了譯文社去了日本，拙譯一直到一九九〇年九月才得以出版。不過，就當時來說，三、四年的出版週期也算是較為正常的速度了。

　　我當時譯出的篇目是《五個癡情女子的故事》（即《好色五人女》）、《一個蕩婦的自述》（即《好色一代女》），《日本致富經》（即《日本永代藏》）、《處事費心機》（即《世間胸算用》）四部作品。前兩部屬於「好色物」，後兩部屬於「町人物」。說起「好色物」，最重要的當屬西鶴的成名作《好色一代男》，照理說應該首先翻譯它才對。但一九八〇年代中期，改革開放剛剛幾年，人們（包括我本人）的思想觀念還都比較保守禁錮，我讀完《好色一代男》，發現通篇表現「好色」，不知道怎樣為我的翻譯尋找意義和理由，最終覺得還是

不譯為好，免得好不容易辛辛苦苦譯出來，到時候卻被冠之以「黃色小說」而被扼殺。實際上，在漢語的語感上，「好色」一詞簡直比「黃色」還要黃，當時全國正一波波地進行著所謂「清除資產階級精神污染」運動，假如「好色」被作為「資產階級精神污染」來處理，那也是有口難辯。為了避免這樣的運命，對於決定譯出的《好色一代女》、《好色五人女》，在標題的翻譯上未用「迻譯」而是採用「創譯」的方法，把「好色」二字去掉了。社會時代與文化環境有時會決定翻譯的策略，對於這一點我是有所體驗的。

　　井原西鶴的作品，在十七世紀的日本，算是市井通俗小說之屬，當年的市井之徒都可以輕易讀懂。但這種文本到了近三百年後的今天，卻變得非常不好懂了。其實，對於我們外國人來說，越是當年人家普通百姓能讀的作品，也就越難懂，再跨越幾百年後，將更加難懂。例如從前日本、朝鮮的文人對中國古詩和秦漢唐宋風格的古文，一般都能夠讀懂，但對中國的「三言二拍」等通俗白話小說，大部分人卻不知所云了。西鶴的作品之於我們中國讀者，大體也是如此。市井民間的語言大都非常生活化、乃至方言化，加上西鶴的作品，特別是《好色一代男》等早期作品，在語言上受他此前的俳諧創作的影響很大，特點是有時候表達極其簡略，通常本來應該用十句話可以表達的，他就壓縮為一句乃至半句話，有時甚至像俳諧那樣用名詞來結尾，等於是半截話。很多時候在敘事時缺乏主語，需要聯繫上下文加以揣度。若沒有對當時的語言及文化語境的熟知，理解起來非常困難。幸而現代日本學者都對原文做了詳細的注解乃至翻譯為現代日語，可為我們提供理解上的參照。

　　翻譯井原西鶴這樣困難的作品，對於當年作為碩士生的我來說，簡直就是一種蠻勇，知其不可為而為之。覺得一件事情，若太容易做，若誰來做都可以做，或者誰都可能會想到要做，那就沒有意思了，就缺乏吸引力了。就是憑著這樣的執拗的想法，斗膽翻譯了井原

西鶴。斗膽翻譯了，當然也要付出代價。如今重讀近三十年前的譯文，發現有許多地方譯得不到位，一些地方不幸譯錯了，白紙黑字，難以挽回，不勝羞赧。其實，對當時的我來說，是絕對沒有試圖「叛逆」原文的。相反，我一開始就力圖忠實原文，但水平所限，實際上我沒有做到。即便是在今天，我也難以保證自己的譯文不會出錯。我知道有翻譯理論家提出了「翻譯總是創造性的叛逆」的說法，但是，我卻不覺得自己的那些「叛逆」是「創造性的」，相反，倒可以說全是「破壞性」的。就連把《好色一代男》譯成《一代風流漢》，把《好色一代女》譯成《一個蕩婦的自述》之類，在翻譯方法上可以歸為我後來提出的「創譯」這一範疇，但現在看來也沒有體現多少「創造性」，因為把至關重要的「一代男」、「一代女」這樣的核心詞丟棄了，還不如原樣迻譯為好。

最近十年來，我展開了對翻譯文學理論的研究，同時為了將理論與實踐結合起來，我又逐漸把翻譯重拾起來。我一直希望把以前翻譯的西鶴的四部作品再複譯一遍，以彌補我早期翻譯的缺憾。同時也想把握以前未譯過的《好色一代男》和《好色二代男》兩種作品再翻譯出來。於是就有了《浮世草子》這一選題。

關於此次新譯的《好色一代男》和《好色二代男》兩種作品，有必要稍作說明。

此前，《好色一代男》至少出現了兩種中文譯本。我想，假如已有的譯本已經很好了，我就沒有必要再複譯了，於是對著原文，對有關譯本通讀了一遍。覺得譯文總體上流暢可讀，但仍有許多地方邏輯不通、表意不清，顯然譯錯了。尤其是發行量較大的山東文藝出版社一九九四年出版的譯本，前半部分幾乎每隔一兩頁、兩三頁就可發現一處錯譯，還有少量漏譯。此外，譯者似乎主要是根據現代日語的譯文來翻譯的，因而在漢譯中增加了許多原文中並沒有的詞句，這些詞句是現代日語的譯者為了前後文的聯貫性而加上去的，而在漢語的語

境中，其實完全可以不加，加上了反而累贅。可見翻譯時現代日語的譯文只能做理解上的參考，而不能成為底本。鑒於這樣的判斷，對於《好色一代男》，我決定還是要動手加以複譯。說到「複譯」或「重譯」，在林林總總的翻譯書中很是常見的，尤其是名著的複譯本實在不少，但更多的複譯似乎是出於商業上的考量，其中不乏偽譯或盜譯。實際上，「複譯」之所以出必要的和合理的，就是複譯本一定要有所超越，要盡可能去掉已有譯本的硬傷，此外再考慮形成自己的譯文風格，以起到更新譯本的作用。我的《好色一代男》複譯，就是出於這樣的考慮。但是究竟是否真正做到了這一點，還有待讀者和方家的驗證。

　　至於《好色二代男》（原文另題《諸艷大鑒》），迄今為止一直沒有漢譯本，這是一部十分重要的作品，也是西鶴作品中篇幅最長的作品。各種日本文學史著作都會提到它或評述它。而且，在「好色」文學、「好色」美學及「色道」的理解與研究方面，《好色二代男》比《好色一代男》更為典型，更不可或缺。但是，《好色二代男》一直未見中文譯本，在這裡的首次翻譯出版，有著相當的意義和價值。

　　《浮世草子》是我的日本古典文學翻譯系列計畫的一種，得到了上海譯文出版社及責編姚東敏女士的寶貴支持。東敏女士是日本文學科班出身，也有日本文學翻譯的直接的成功體驗，對日本文學及其翻譯出版有著相當的見識與決斷。在今天高度市場化的環境下，東敏首先考慮的是作品本身的持久價值。她對一時難以暢銷的日本經典作家作品的重視，給了我的翻譯以最有力的支援和支持。我想我的翻譯工作要首先對得起她，然後才能對得起各位讀者。

王向遠

二〇一四年八月十八日於北京

卓爾不群，歷久彌新

——重讀、重釋、重譯夏目漱石的《文學論》[1]

　　二十世紀以來的一百年間，在全世界範圍內，由於知識的體系化、專門化、課程化的強烈需求，文學概論、文學原理之類的書層出不窮。但毋庸諱言，這類書的大部分，要麼著眼於知識普及，要嘛作為教材用於教學，因而在觀點和材料上往往流于祖述，缺乏創新。而且越到了晚近，特別是在當今，這類書雖然越寫越厚，越寫越玄，卻常常缺乏創意，不禁令人發出今不如昔之歎。實際上，就人文成果而言，創新與成果出現的時間先後，兩者之間並沒有必然的聯繫。新出的書，未必新，而許多年前出版的卻也未必舊。這是我們不能不承認的。

　　舊書不舊，這裡可以舉出日本近代文豪夏目漱石（1867-1916）的《文學論》，該書是作者一九〇三至一九〇五年在東京大學的講稿，一九〇七年整理出版，到現在剛好一百年了。然而只要讀者此前有過《文學概論》、《文學原理》之類的書籍閱讀或課程學習的經驗，那麼讀一讀《文學論》，就一定會感到驚訝，會沒想到夏目漱石是這樣論述文學，這樣叫人耳目一「新」！例如全書第一編第一章開門見山地說：

　　一般而論，文學內容，若要用一個公式來表示，就是（F＋

1　本文原載王向遠譯《文學論》（上海市：上海譯文出版社，2016年）卷首；又載《南京師範大學文學院學報》2014年第1期。

f）。其中，F 表示焦點印象或觀念，f 則表示與 F 相伴隨的情緒。這樣一來，上述公式就意味著印象或觀念亦即認識因素的 F 和情緒因素的 f，兩者之間的結合。[2]

　　據研究者推斷，上述定義中的「F」可能來自英文的 Focus 或者 Focal point（焦點），也有人認為來自 Fact（事實），而「f」可能來自 feeling（感情）。漱石之所以把 F＋f 放在括弧裡，寫成（F＋f），是強調兩者是不可分的，表示只有兩者的交互作用而成為一個整體時，它們才能成為「文學的內容」。在漱石看來，人們的各種語言表達，固然都是表現「焦點意識」F 的，但僅僅表現 F，還不成其為文學。他認為，我們平常所經驗的印象和觀念，大體上可以分為三種：一是有 F 而無 f，即有知性的要素，而缺少情緒的要素，例如數學、物理學的公式定律僅僅作用於我們的智力，而不能喚起我們的情緒；二是伴隨著 F 而發生 f，例如我們對於花兒、星星等的觀念；三是只有 f，而找不出與其相當的 F，例如莫名其妙、沒有緣由地感到恐懼之類。漱石認為，以上三種情況，可成為文學內容的是第二種，即（F＋f）的形式，至於第三種情況，文學作品中也有描寫和表現，但實際上是 F 的省略，經讀者加以想像和補充之後，也可以歸為（F＋f）而成為文學內容。

　　雖然我們大部分人都會接觸文學，但要說出文學是什麼，要給文學下一個定義並不那麼容易。世上關於文學的定義五花八門，各有各的角度與立場，而夏目漱石的「文學就是（F＋f）」這一定義，明確指出文學就是「認識的因素」（又稱「知性的要素」）和「情緒的因素」兩者的結合，這大概算是最簡約的文學定義了吧。

2　夏目漱石：《文學論》，收入《漱石全集‧第九卷》（東京：岩波書店，1966年）。

　　在漱石《文學論》的定義中，有幾個關鍵詞或詞組，對於理解全書思路和思想尤為重要。

　　第一個關鍵詞就是所謂「文學內容」。

　　「文學內容」原文作「文學的內容」。在日語中，「的」字作為結構助詞，表示「帶有……性質」的、「具有……特徵」的意思。「文學的內容」就是「具有文學性的內容」。意即使文學成為文學的基本材料，所以有時又稱作「文學的材料」。這裡的「內容」是廣義上的，並非狹義的「內容」與「形式」二分法意義上的「內容」，而是內容與形式融為一體的「內容」，接近於我們通常所說的文學素材。但素材是需要處理的材料，內容則是處理後的成品狀態。在這裡，漱石使用的「內容」是指文學作品本身，表述為「文學的內容……就是（F＋f）」，也就是文學本身。漱石是在「文學構成論」的意義上，強調文學的「內容」即內部構成，要說明「什麼東西可以進入文學」、「什麼材料可以成為文學的材料」，因而才特地表述為「文學的內容」，而沒有直接表述為「文學」。由於「文學內容」就是文學本身，所以在《文學論》中，沒有與「文學內容」相對而言的「文學形式」。全書第四編論述文學創作的修辭方法與藝術技巧，屬於我們通常所理解的「形式」的範疇，但這一編的標題卻是「文學內容的相互關係」。依漱石的（F＋f）的文學定義，文學的形式問題也是如何處理 F 與 f 的關係問題，也就是如何處理「文學內容的相互關係」問題。這種「內容一元論」的思路，對於解決「內容」與「形式」二分法所帶來的「二元對立」的理論困境，是頗為有效的。

　　第二個關鍵詞，就是「焦點印象或觀念」，又稱「焦點意識」，漱石用 F 這個字母來表示。

　　所謂「印象或觀念」無疑是心理學概念。「印象」是客觀事物在人的大腦中留下的記憶和跡象；「觀念」也是客觀事物在人的頭腦中留下的印象，但比「印象」更有概括性，更帶有知性特點。「印象或

觀念」合在一起,稱為「意識」,而「焦點的印象或觀念」,簡言之就是「焦點意識」。漱石借鑒美國心理學家摩爾根的「意識流」理論,認為人的意識是一刻不停地起伏流動著的,「焦點意識」是意識流動起伏過程中的頂點或焦點的部分,也是最明確的部分。意識波動的「焦點」前後,都屬於「識末」,即意識的邊緣和模糊地帶。「焦點意識」F 在時間上有長有短,範圍上有大有小。漱石將其劃分為三種:一是發生於意識的一瞬間的 F,二是某個人一生中某一時期的 F,三是社會進化某一時期的 F 亦即通常所謂的「時代思潮」。在漱石《文學論》的定義中,並非所有的「印象或觀念」或「意識」都可以作為文學的內容,而只有「焦點意識」才能成為文學內容。文學家要描寫的是自己的焦點意識,反映的是那個社會時代的焦點意識,而讀者也是從自己的焦點意識出發,閱讀、理解和欣賞文學作品的。漱石的「焦點」論在一定意義上接近左翼社會學文論中的「人的本質」、「社會本質」、「時代本質」論,但意識形態語境中的「本質」論往往是一種僵硬不變的價值判斷,而「焦點」論則強調流動起伏和推移變化。漱石《文學論》的「焦點意識」這一概念及相關闡述,體現了他對文學的社會根源、心理根源的獨特理解。「焦點意識」論沒有直接把「現實社會」或「社會生活」作為文學的來源或源泉,而是直接將作為心理內容的「焦點印象或觀念」即「焦點意識」作為「文學內容」。漱石並非不承認社會生活是文學的依據和來源,但他沒有簡單地走機械的「反映論」和「決定論」的思路,而是強調文學作為精神產品,作為人的心理產物的特殊性、複雜性、能動性。由此,漱石將歐洲文論史上長期存在的社會學與心理學、唯物的與唯心的、社會存在與社會意識的二元對立的文學觀加以消泯,將兩者自然而然地融為一體。

第三個關鍵詞,就是「情緒」,用 f 來表示。

在漱石《文學論》的定義中,情緒 f 是伴隨著焦點觀念 F 的,情

緒 f 雖然是依附性的，但 f 的有無和多寡，卻決定了 F 能否成為文學材料，又在多大程度上成為文學材料。漱石所說的「情緒」，基本上是「情」、「感情」的同義詞，他把「情緒」看作是文學的決定因素。這與坪內逍遙《小說神髓》「小說主要是寫人情」、島村抱月《文學概論》中「文學內容的主要因素是『情』」的命題是基本相通的，而從社會心理學角度加以透澈闡述，則是漱石「情緒」論的特色。漱石將能夠作文學材料的 F 劃分為四種：第一種是「感覺 F」，主要存在於自然界；最能喚起人們的強烈的情緒；第二種是「人事 F」，主要存在於人類社會，包括行為善惡、悲歡離合等，若是活生生的具體的人事，也很能喚起情緒；第三種是「超自然 F」，主要是宗教信仰，能夠引起人們的強烈的、持久、神秘的情緒；第四種是「知識 F」，主要指有關人生問題的思想觀念。「知識 F」因主要訴諸概念，雖能引發情緒 f，但 f 的程度一般較弱，不太適合作為文學材料。他又指出，隨著社會歷史的發展和個人的成長，F 在不斷地增殖，而 f 也隨之不斷增殖。f 的增殖法則有三：（1）感情轉置法，是愛屋及烏、恨屋及烏似的衍生轉移；（2）感情的擴大，是伴隨著新的 F 而產生的新 f；（3）感情的固執，是 F 本身雖不存在了，f 卻遲遲不消失。漱石《文學論》對「情緒」f 的解釋，始終緊扣（F＋f）的文學定義，與對焦點意識 F 解釋密切結合在一起。這樣一來，便消除了客觀的素材 F 與主觀感情 f 的二元性，由通常所假定的對立關係，而轉為情緒 f 對意識 F 的依附關係，從而消除了情感與理智的對立，題材與素材的對立。

與這個定義相關的第四個關鍵詞，是「幻惑」。

漱石所解釋的「幻惑」接近於英文的 Illusion，但含義更加豐富，「幻惑」分為「作者的幻惑」和「讀者的幻惑」。「作者的幻惑」有詩意的浪漫的幻惑（又稱「詩趣的幻惑」）和「寫實的幻惑」。「幻惑」指作家可以將平常醜惡的、令人不快的材料，經過藝術處理後使

讀者體味到美感。在這裡，「幻惑」有「幻覺」、「錯覺」、「假像」、「藝術假像」、「文學假定」、「魔幻手法」、「審美轉化」、「點鐵成金」、「化腐朽為神奇」的意思；「讀者的幻惑」就是「直接經驗變成間接經驗的一瞬間，立刻黑白顛倒，化圓成方」，以至善惡不分、好歹不辨，有「藝術錯覺」、「審美迷誤」的意思。比如在欣賞悲劇時隔岸觀火、以欣賞他人的痛苦為快樂，享受「奢侈的悲哀」。漱石《文學論》把這些「幻惑」看成是情緒 f 的一種附屬特徵，情緒 f 本身——無論是作者的情緒、作品的情緒、還是讀者的情緒——都一定伴隨著「幻惑」。文學特徵即文學性的多寡是由情緒 f 所決定的，那麼就可以說，「幻惑」也是文學本身的特徵，甚至「文學的目的」也在於製造「幻惑」。在這一點上，文學與科學截然不同，為此，漱石專門設立了第三編「文學內容的特質」，將文學的 F 和科學 F 加以比較，特別是聯繫具體作品和事例，詳細地區分了「文學之真」和「科學之真」。既然文學及文學之真的特徵是「幻惑」，那就不要將文學等同於現實人生，不能將人生與文學直接聯繫起來。漱石指出，人生不是文學，不能將文學直接拿來應用於人生。

　　既然文學是「幻惑」，文學不同於現實人生，那麼文學鑒賞就一定要超越於現實人生，為此，漱石進一步提出了關於文學鑒賞論的概念：「去除自我」或「非人情」。所謂「去除自我」，首先是要在文學鑒賞中去除與自己的利害關係的考量，要把從自我觀念中所產生的「f」從作品所描寫的所有事物中排除出去。其次要去除的是善惡觀念和道德判斷，而只是追求「崇高」感、「滑稽」感和「純美感」。漱石把這個叫作「非人情」或「超道德」。最後是排斥知性判斷，特別是指不用現實中的「真」來要求文學之「真」，因為對文學而言，「幻惑」本身就是「真」，是「文學之真」。「幻惑」就是要求文學鑒賞者沉入藝術家所創作的藝術世界，做純審美的觀照。

　　論述了文學的「幻惑」的特徵之後，《文學論》第四編專門論述

「幻惑」的創造，為此，漱石提出了「觀念的聯想」這一術語。「幻惑」的製造依靠作者的「觀念的聯想」，從而在不同事物中建立聯繫，就是面對已有的文學材料，「要怎樣加以表現，才最能將其詩化或美化（或滑稽化）」。這就需要有具體的語言藝術及方法技巧，漱石把這個叫作「文學語法」或「文學修辭法」，並提出了如何製造文學之「幻惑」的「文學修辭法」，包括「投出修辭法」、「投入修辭法」、「以物擬物的聯想」、「滑稽的聯想」、「調和法」「對置法」、「寫實法」、「間隔法」等，共八種基本修辭方法，並以十八至十九世紀的英國文學作品加以例證。寫作《文學論》時，漱石不僅有了大量的閱讀體驗，而且有了成名作長篇小說《我是貓》及若干短篇小說的創作經驗，因此對文學創作手法或「文學修辭法」有著切身的體會和細緻的把握，因此這一部分寫得尤為細緻精到。例如，第一種方法「投出修辭法」，指的是把自己投射（Project）於外物，並以此來說明外物，就是通常所謂的「擬人法」；第二種方法「投入修辭法」，是為了使人類行為狀態的印象更加明晰，而把外物投入進去，也就是我們通常所說的「擬物」法；第三種方法「以物擬物的聯想」，照原文直譯是「與自我脫離的聯想」，意即脫離人本身，而在物與物之間進行聯想；第四種方法「滑稽的聯想」，是為了將兩個事物聯繫起來，往往不深究其間的本質聯繫，只抓住表面的一點類似便加以聯想，從而表現出滑稽的趣味。在上述四種方法中，前三種是為表現類似而將兩個事物聯繫起來，第四種是要通過類似性的聯繫，使人聯想到非類似。若把這前者加以擴展，就成為「調和法」，把後者加以延展，便成為「對置法」。

　　與上述製造「詩趣的幻惑」及相關方法不同，漱石還提出並特別論述了「寫實法」，認為寫實法要製造的是另一種幻惑，就是「寫實的幻惑」。他以簡・奧斯丁等英國文學作品為例，認為寫實法就是無論在語言使用、還是人物描寫上，都要盡可能接近現實的日常生活，

「取材淡淡然，表現也是自然而然而不用絲毫的粉飾」，目的是「喚起我們那種對於街坊鄰居一般的興趣與同情」，而不是追求浪漫和奇異，同時還要追求「藏於平淡寫實中的那種深刻」。漱石指出，那些浪漫、誇張、雕飾的「詩趣的幻惑」會讓我們「目瞪口呆」，而「寫實法」則讓我們在鏡子裡看到熟悉的日常生活，使人「目不轉睛」。「目瞪口呆與目不轉睛，效果雖不一，但其效果無疑都存在於『幻惑』中」。值得注意的，漱石僅僅把「寫實法」作為「文學修辭法」的一種，這與後來出現的各種各樣的文學概論中的「寫實主義」（後來又改譯為「現實主義」）有很大的不同。漱石的「寫實法」是與「詩趣的幻惑」相對而言的「寫實的幻惑」的表現方法，是「文學修辭法」層面上的，而不是「文學思潮」與文學流派層面上，更不是意識形態化的「主義」層面上的。

　　在上述的各種手法之外，漱石《文學論》還提出了「間隔論」。漱石認為，「間隔」也是產生「幻惑」的重要手法之一，就是如何處理作者、作品與讀者之間的距離問題，主要是一種敘事的間隔方法。例如，要在時間上縮短距離，作家所慣用的就是「歷史的現在敘述」。而漱石著重論述的是「空間縮短法」。空間縮短法就是把介乎於中間位置的作者的影子藏匿起來，使讀者和作品中的人物面對面地坐著。要做到這一點，有二種方法：一，是把讀者拉到作者旁邊，使兩者置於同一立場，這時讀者的視閾與作者的視閾合而為一，作者的耳朵與讀者的耳朵合而為一，如此，作者的存在便不足以妨礙讀者的視聽了，兩者的間隔就會縮短而減其半；二，是不把作者拉到讀者旁邊，作者自己主動地和作品中的人物融化，絲毫不露中介者的痕跡。如此，作者便成了作品中的主人翁或副主人翁，或成為作品中世界中生活的一員，讀者就可以不受作為第三者的作者的指揮與干預。

　　漱石《文學論》中的文學修辭論極有特色。他所論述的「觀念的聯想」方法，包括「投出修辭法」、「投入修辭法」、「以物擬物的聯

想」、「滑稽的聯想」、「調和法」、「對置法」，還有「寫實法」、「間隔法」，既是文學鑒賞論，也是文學創作技法論。不僅對讀者，而且對作家都有參考價值。一般文學概論、文學原理之類的書。由於執筆者的侷限，大都只能取文學批評、文學史研究這兩個角度，而漱石除了取批評家和文學史家的角度外，同時也站在作家的立場上，以批評家、文學史家、作家的三重角色，詳細闡發了文學創作的具體修辭技法，尤其對「怎麼寫」這個作家最關係的問題講得頭頭是道，條分縷析，使得《文學論》成為「寫給作家看」的書，這也是漱石的過人之處，也是《文學論》的突出特色之一。

　　《文學論》全書的前四編中，漱石圍繞了（F＋f）的文學定義，以「文學內容」（文學材料）、「焦點意識」、「情緒」、「幻惑」等關鍵詞，從文學創作與鑒賞兩個方面闡釋了他的文學構成論、文學特性論、文學修辭論。而到了最後一編（第五編），則展開了他的「文學推移論」，由文學的橫向剖析轉為文學史縱向發展演變的尋繹和描述。

　　漱石《文學論》對文學發展演變的描述，仍然緊扣（F＋f）的文學定義，提出了「焦點意識的流動」、「焦點意識的推移」、「焦點意識的競爭」、「預期」等一系列命題。他認為，焦點意識 F 是不斷流動的，一個人的成長乃至人類社會發展的過程，都表現為「焦點意識」F 的不斷流動和增殖，F 變成了 F'、F''、F'''……乃至 Fⁿ，不同的焦點意識之間的競爭，是焦點意識推移的基本動力。他認為，文學所表現的一定是 F，最能反映作家本人的焦點意識，也最能反映某一時代讀者的焦點意識。若非如此，那就必然會導致讀者的「厭倦」而由焦點意識進入「識末」，也就必然會退出文學史的舞臺而被新的文學所替代。這就是焦點意識的推移、亦即文學發展演進的根本原因。而從文學史上看，文學的推移，常常表現為一個時代的「集合 F」又稱「集合意識」的推移。漱石所謂的「集合意識」具有社會性和時代性，基

本相當於我們通常所說的「社會意識」。它大體可以分為三類，即
「模擬的意識」、「能才的意識」和「天才的意識」。「模擬的意識」以
互相模仿來維持穩定，「能才的意識」是少部分人（能才）以其機敏
而先人一步，「天才的意識」則是超前的、創造性的。文學是這三種
「集合意識」的複雜綜合的表現。文學的推移首先為「暗示」的法則
所支配，漱石所謂的「暗示」是有預示性、啟發性、啟示性的東西。
他把「暗示」分為六種或四種，是來自過去的暗示、來自現在的暗
示，或新的暗示、舊的暗示及其組合。由於接受了這些暗示的刺激和
啟發，由於作家在創作中表現出這些「暗示」，就能夠打破人們因循
守舊的「預期」，而在此之前，人們只能依靠「預期」來維持現狀。
漱石認為：「一方面我們有意欲求新之念，另一面又有懷古守舊之
心。這兩傾向同時活動，對意識的波動產生影響，那麼為這兩種傾向
所支配而出現焦點內容，在邏輯上就必須如此：不能完全是新的，也
不能完全是舊的。當試圖移於新的時候，舊的就阻抑之；欲復於舊的
時候，新的就遏制之。」因此，推移必須是「漸進的推移」。這種
「漸進的推移」中有一些表現為逆勢而動的「反動」現象（例如歐洲
文學史上的古典主義），但「反動」也是「漸進的推移」。或者說，正
是「反動」保持了推移的漸進性而不致激進和失控。同時，推移只是
人們的「趣味的推移」，因此推移並不意味著進步。

　　漱石的文學推移論正如其他論點一樣，依然是獨闢蹊徑的。他不
取社會歷史決定論，沒有把文學的發展演化直接與社會發展進程聯繫
在一起，而是把文學看成是「焦點意識推移」的表現，是「暗示」的
啟發在起作用，同時又承認「某一時代焦點意識」、「集合意識」（集
合 F）意即社會意識對文學推移起著支配作用，因而他也沒有忽視社
會時代因素。他強調「漸進推移」的原則，對新與舊、傳統與現代、
革新與繼承、激進與反動的複雜互動關係，做出了審慎穩妥的描述和
判斷。

至此，我們可以把漱石《文學論》的基本內容歸納為：

文學構成論：（F＋f）論
文學特性論：「幻惑」論
文學鑒賞論：「去除自我」、「非人情」論
文學修辭論：「觀念的聯想」及修辭八法
文學推移論：「暗示」論、「集合意識」推移論、「漸進推移」論

還可以把《文學論》基本的邏輯思路和結論概括為：

人的「焦點意識」F，必須附帶著「情緒」f，才能成為「文學
內容」或「文學材料」；「情緒」f 的附屬特徵、亦即文學的審
美特徵是「幻惑」；「幻惑」有「詩趣的幻惑」、有「寫實的幻
惑」，依靠「觀念的聯想」，分別以不同的修辭法及敘事間隔法
加以製造；焦點意識 F 不斷流動、競爭，導致「集合 F」即社
會時代的「集合意識」的推移變化，由此導致文學的推移，這
種推移表現為「漸進」的特徵。

現在看來，這些基本結論，對於大多數專門的文藝理論研究者而
言，已經成為共識或者通識，但即便如此，這部充滿文學家敏銳感覺
和哲學家睿智的《文學論》，仍然給人以新鮮感，對我們有相當的啟
發。更值得我們注意的，是《文學論》的特有的概念使用和「論法」
（表述方式），以及獨特的立場與姿態。

首先，《文學論》不同於此前相關著作的「主義」視角，而取
「全義」的視閾，突破了特定思潮流派、特定時代語境的束縛，全方
位、多角度看待文學。在歐洲各國，各個時代的文學批評與文學研
究，往往與特定的哲學觀點（例如唯物論、唯心論）聯繫在一起，又

與特定的文學思潮、流派結合在一起，大多數則是代表某一思潮流派發言，例如古典主義、浪漫主義、寫實主義、自然主義等，這就免不了受既定的唯物、唯心的哲學立場、特定的思潮流派、特定「主義」的視閾偏限。在日本，比漱石《文學論》早二十年問世的坪內逍遙的《小說神髓》是站在啟蒙主義、寫實主義的立場寫出的文學理論著作，而漱石的《文學論》作為學院派的純學術著作，則採取了更為超越的立場。構成《文學論》理論出發點的（F＋f）的文學定義，以「社會心理學」的方法，將社會學與心理學結合起來，將理智因素與情感因素結合起來，以此彌合了唯物與唯心的分野，既承認「焦點意識」的社會性與時代性，又不取社會物質決定論。在此前提下，對不同的文學思潮和流派、對各種「主義」的文學都一視同仁，採取了更為包容的態度。對於古典主義、浪漫主義、寫實主義存在的必然性、必要性和偏限性，都做了客觀公正的分析判斷，而對於當時在甚囂塵上的自然主義，也採取了旁觀的、冷靜分析的態度。對眾所信奉的進化論，也從文學的角度表示了質疑，指出新的未必是好的，推移也不意味著進步。

第二，將英國式的文本批評和德國式的邏輯思辨結合起來。漱石《文學論》的一個顯著特點，是追求體系性與思辨性，全書形成了較為嚴密的邏輯構架，並使用公式、圖示、數位計量等現代科學方法，試圖超越此前的印象式、鑒賞式的文學批評，將文學理論加以科學化，體現出了建立「文學科學」或「文藝學」的企圖。與近代德國的黑格爾、法國的丹納為代表的哲學家、美學家、文論家的美學建構是一致的。但另一方面，《文學論》又沒有像德國美學或文藝學那樣走純粹思辨的路子，而是以大量的具體作品文本為例證加以解剖。所有的概念、觀點和結論都落實在細緻的文本分析的基礎上，而不做抽象的、架空的論斷。因為漱石當時授課的對象是英文學科的學生，他大量援引英國經典作家作品的原文，如喬叟、莎士比亞、彌爾頓、蒲

柏、斯威夫特、愛迪生、華茲華斯、柯勒律治、拜倫、雪萊、丁尼
生、白朗寧、馬修‧阿諾德、簡‧奧斯丁、勃朗特、狄更斯、薩克
雷、司各特、哈代、吉卜林、拉斯金等，還有古希臘、法國等其他歐
洲文學，有時也援引中國古代文學和日本古典文學，每個概念、觀點
和結論都有具體作品的印證，都是從大量的作品實例分析中概括出
來的。而且，漱石對文本的分析常常能夠細化深入到語言字詞的層
面，進行細緻的語法、修辭分析，這已經帶有後來英美「新批評」
的色彩。

　　第三，全面體現了橫跨東西的世界文學視野，運用了比較文學的
觀念與方法。

　　漱石專攻英語和英國文學，對以英國文學為首的西洋文學頗為了
解。同時，正如他在《文學論》的自序中所說，他「少時好讀漢籍，
學時雖短，但於冥冥之中也從『左國史漢』裡隱約感悟出了文學究竟
是什麼。」他在中國文學與英國文學的對照中，深有感觸地說：「我
在漢學方面雖然並沒有那麼深厚的根底，但自信能夠充分玩味。我在
英語知識方面雖然不能夠說深厚，但自認為不劣於漢學。學習用功的
程度大致同等，而好惡的差別卻如此之大，不能不歸於兩者的性質不
同。換言之，漢學中的所謂文學與英語中的所謂文學，最終是不能劃
歸為同一定義之下的不同種類的東西。」作為一個日本學者，其學貫
東西的修養，站在日本文化及文學的立場上，一邊玩味著中國古典文
學，一邊審視著英國文學及西洋文學，形成了橫跨東西的世界文學視
野與比較文學的觀念方法，這一點集中體現在他同時期的另一部著作
《文學評論》（原題《十八實際英國文學研究》，該書漢譯本由廈門國
際書社 1928 年出版）中，在《文學論》的研究和撰寫中也有廣泛運
用。《文學論》對西洋文學、中國文學、日本文學的作家作品，常常
自然而然、信手拈來地加以比較，而且還在文學與藝術（例如繪畫）
之間，文學與哲學、美學、心理學之間進行跨學科、超文學的比較。

可以說，漱石是日本最早一批踐行比較文學觀念與方法的先行者，在
日本比較文學史上也占重要位置。

　　由於具備了這些特點，《文學論》在二十世紀初年之前的歐洲與
日本的同類著述中顯得出類拔萃。就在日本而言，此前成體系的著作
只有坪內逍遙的《小說神髓》，該書一八六六年出版，比《文學論》
早近二十年。《小說神髓》是站在提倡寫實主義的立場上具有啟蒙與
普及色彩的小冊子，面對一直以來的「勸善懲惡」的傳統文學觀念，
《小說神髓》提出「寫人情」的文學主張，而夏目漱石的《文學論》
則是試圖建立科學的文學論體系，以求知益智為目的，是超越流派的
純學術的、學院派的著作。在西方，十九世紀德國的黑格爾寫出了體
系化的《美學》、康德寫出了《判斷力批判》，法國人丹納寫出了《藝
術哲學》，但這些著作都是作為哲學和美學，而不是按「文學理論」、
「文學原理」的思路來構思寫作的。至於英國，正如日本現代學者福
原麟太郎在一九六五年出版的《文學和文明》一書中所言：像《文學
論》這樣的科學的演繹的文學理論，在英國是沒有的。因為英國人的
文論主要是對具體作家作品的鑒賞和批評，對於什麼是美，文學何以
給人以快樂之類的抽象問題不感興趣。假如當時英國人寫出了類似的
著作，相信專門去研究英國文學的夏目漱石就只有拜讀借鑒，而不會
再做重複研究了。日本的德國文學研究研究家、評論家小宮豐隆也認
為：「歷史地看，假定在此之前英國、德國等國也出了若干《文學論》，
但像漱石《文學論》這樣客觀地、科學地，特別是動態（dynamic）
地對文藝加以研究的著作，可以說不只是日本沒有，西洋在那時候也
沒有。」[3]現在我們可以肯定地說：漱石的《文學論》是世界範圍內
第一部超越「主義」和流派的、用「社會心理學」方法寫成的自成體
系的文學概論著作。

3　小宮豐隆：《文學論解說》，收入《漱石全集第九卷》（東京：岩波書店，1966年）。

　　誠然，由於《文學論》的學院派風格，難以為非專業讀者所讀懂，因而限制了它在一般讀者中的閱讀傳播，影響力遠不及坪內逍遙的《小說神髓》。特別是漱石寫完《文學論》講稿後，由學術理論研究轉向了小說創作，當出版商要求他拿出來出版時，他沒有更多的時間來修訂，便委託一位年輕的大學生中村芳太郎代為校閱整理，包括編輯目錄、劃分章節。這種事情讓學生來做，實在是很不靠譜的，自然也留下了一些遺憾，尤其在章節劃分上明顯有不合理之處，目錄部分的有些標題、用詞，對內容的概括提煉不到位，全書各章節字數也不平衡，繁簡粗細不一、部分段落的論述有些滯澀，這一切，都明顯帶有漱石在序言中所說的「未定稿」的痕跡。

　　儘管如此，瑕不掩瑜，如今人們都會承認，《文學論》是獨具一格、卓爾不群、出類拔萃的。大凡名著，蓋因兩個因素而得名，一是因讀者多而有名，二是有獨創性、不可替代，因而得名。前者的判斷標準是接受人數的多寡，後者的判斷標準是學術貢獻。漱石的《文學論》依賴於後者。隨著時間的推移，《文學論》歷久彌新，其價值越來越被有識之士所認識。據何少賢先生《日本現代文學巨匠夏目漱石》一書的研究介紹，德國文學研究家、評論家登張竹風在《文學論》甫一出版的時候，就寫了〈評漱石君的《文學論》〉一文，認為，《文學論》在理論的全面性和周密性上，實屬「破天荒」的著作。川端康成在一九二五年發表的〈文學理論家〉一文中說：「在明治四〇年代，根據心理學美學撰寫了出色的文學概論的夏目漱石，可以說出類拔萃的。……然而在夏目漱石以後，我們已經找不到一本值得信賴的文學概論，這樣說毫不誇張」。現代著名學者吉田精一在一九七五年出版的《近代文藝評論史・明治篇》中，認為「在思想的深刻性上，日本作家和文學家中無人能與漱石相比」，《文學論》是「整

個明治和大正時代唯一的、最高的、獨創的」。[4] 如今，日本的夏目漱石研究正如中國研究魯迅一樣，成為一門顯學；而夏目漱石的著作，多年來在日本讀者「愛讀書」的調查中，常常位居榜首。他的《文學論》一般讀者可能不太能讀懂，但許多學習者和研究者對此書都興致勃勃，出版了不少研究《文學論》的成果。

在我國，夏目漱石《文學論》的價值也早就被發現和認可了，《文學論》中的觀點也對中國現代文論有所影響。據方長安《選擇・接受・轉化》一書的研究，成仿吾在一九二二至一九二三年間發表的《詩之防禦戰》等一系列理論批評文章，「對五四以來文學中的出現的哲學化、概念化和庸俗的寫實傾向，作了批評，提出了自己的救治方案。而如果將他們與夏目漱石的《文學論》相對照，便可發現其諸多立論與《文學論》相同，而這種相同，從基本概念、觀點、論述方式等角度看，絕非跨文化語境的巧合，實屬直接借用的結果」[5]。一九三一年，由上海神州國光社出版了張我軍翻譯的《文學論》，周作人還為那個譯本寫了一篇短序加以推薦，說了讀文學書好比喝茶，漱石的《文學論》則屬於「茶的化學」[6]。張我軍是有成就的文學家、翻譯家，翻譯態度基本上是認真的，他的譯本對於推動漱石《文學論》在中國的傳播起了一定作用。但由於種種原因，該譯本出現了大面積的錯譯，至於不準確的翻譯就更多了。由於作者對原文的理解常常不能到位，只能死譯、硬譯，涉及古典文學引文的地方，甚至故意跳過去，漏譯。加上現代漢語的變遷，那個譯本現在看來已經老化不堪，大部分段落已經莫知所云，不忍卒讀了。但是，在新譯本沒有出

4　何少賢：《日本近代文學巨匠夏目漱石》（北京市：中國社會出版社，1998年），頁196-201。

5　方長安：《選擇・接受・轉化——晚清至二十世紀三〇年代初中國文學流變與日本文學關係》（武漢市：武漢大學出版社，2003年），頁115。

6　周作人：〈張我軍《文學論》序〉（上海市：神州國光社，1931年），頁3。

版之前，不懂日文的讀者只能讀這個中譯本；懂日文的固然可以、也應該讀日文原作，但原作從內容到表述都相當艱澀難懂，若非老練的讀者，真正讀懂日文原作恐怕也不容易。因此，就顯得很有必要加以重譯。現在，筆者的《文學論》譯本已經完成，並將交付出版。相信對於當代中國讀者特別是文學理論研究者來說，漱石的《文學論》是很值得細讀、值得玩味、值得借鑒，值得研究的。如果意識到我們的文學理論長期存在的意識形態的權力話語的干擾、「主義」的僵硬立場、陳陳相因的思路框架等需有所改變，那麼漱石的《文學論》的參考價值、啟發意義將會更大。

夏目漱石《文學論》譯者後記[1]

　　人生苦短。一個人的著作、譯作，都是拿寶貴的生命時光換來的。寫什麼，譯什麼，都要考慮是否值得，是否浪費生命，而絕不是隨意為之。不知別人是否也這樣認為，反正我的看法一貫如此。

　　翻譯夏目漱石的長達三十五萬言的《文學論》，需要耗費許多的時日。而且這書是很陽春白雪的、很精英的、很學院派的，完全無法走「群眾路線」。譯出來既不會賺什麼錢，也不會吸引很多人的眼球，但是我還是自以為值得。

　　翻譯《文學論》，首先是因為我對其作者夏目漱石，心儀已久。早就知道他在不長的四十九年的生命中，在更短的十幾年的創作生涯中，以其病弱的身體、過人的勤奮、旺盛的思想力與創造力，寫出了等身的著作，取得了他人無法超越的成就，成為日本近現代文學的第一人、日本近代文化的代表人物；知道他一生都自覺以自由派的學者與作家身分處世立身，堅持「讀自由的書，說自由的話，做自由的事」。他為了這些「自由」，毅然辭去了東京大學的教職，當了自由撰稿人；為了不受政治的束縛，他曾嚴正「固辭」了日本文部省授予他的名譽博士學位。他一生追求「餘裕」的精神境界，守護「則天去私」的人生信條，內不媚權貴、不從俗眾；外不媚洋人、不趕西潮，始終特立獨行，甚至不怕被人看作「狂人」或「神經病」。我每每感歎像漱石這種人，在日本不多，在中國就更罕見了。

1　本文原載王向遠譯《文學論》（上海市：上海譯文出版社，2016年）書後。

　　對於漱石的作品，我大學時代就愛讀，但當時喜歡的主要是《我是貓》、《哥兒》、《草枕》、《心》等小說。至於他的理論著作，則幾乎沒有涉及。近年來因為編譯《日本古典文論選譯‧近代卷》，才開始系統閱讀漱石的文論，竟有「重新發現漱石」的感覺，更覺得他實在是了不起的思想家和文論家。特別是《文學論》，學貫東西，博大精深，新見迭出。過了一百年，如今看上去仍然卓爾不群，真可謂歷久彌新。

　　夏目漱石在序言中稱《文學論》是「有閑文字」。相信讀者拿到這本書，不管是粗讀還是細讀，都會相信這不是作者的謙詞或自嘲，它確屬「有閑文字」無疑。像這類《文學原理》、《文學概論》之類的書，世上有很多，但屬「有閑文字」的少。有的在特定歷史時期擔當了社會啟蒙之責，不是「有閑文字」而是「幫忙文字」；有的是為弘揚某種思想與主義而寫，立意宣傳教化；有的是為做教科書使用，對學生而言，需要記誦考試，也不是「有閑文字」。只有如漱石《文學論》者，才算得上是「有閑文字」。雖然它當初也被用作大學課程的講稿，但據說效果不佳。可以想像，像這種慢條斯理的節奏，旁徵博引、細緻入微以至於繁瑣的例舉分析，在當時剛剛「文明開化」、匆匆忙忙、熙熙攘攘、追名逐利的日本，如何能引起年輕學生們的興趣呢？說到底，《文學論》只適合那些真正想要弄懂「文學是什麼」的人，在很有「餘裕」的悠閒心境下慢慢去讀，才能讀進去，才能讀出滋味來。

　　讀進去了，你就會發現，在《文學論》中，面對文學，漱石就像一個數學家，丈量文學的長長短短、計算其比例尺寸；像個化學家，化驗文學的構成成分；像個物理學家，研究文學的存在方式、運動變化的軌跡；又像個心理學家，對作家與作品做心理分析；更是個美學家和藝術鑒賞家，津津有味地指點著哪裡美、哪裡不美。然而這一切，都只是為了文學而文學，為了求知而求知，此外沒有別的功利目

的。既不是為自己所信奉的某種「主義」張目，也不是為了言志載道、移風化俗、療救國民精神，更不是出於遵命或聽命，而只是為了說明「文學是什麼」。想一想，這樣的著作，即便在一貫注重文學理論的中國，究竟有多少呢？恰恰是因為這一點，《文學論》的價值直到今天也無可替代。讀夏目漱石的《文學論》，才能真正明白「文學是什麼」，而不是僅僅是明白「文學被認為是什麼」、「文學能做什麼」、「文學做了什麼」。所以近些年來，《文學論》被許多人重新認識。無論是在日本、還是在中國和歐美，許多人常常提到它，研究《文學論》的文章日見增多，相關的碩士、博士論文也陸續出現了。

實際上，在我國，漱石文論及《文學論》的價值早就被發現和認可了，並且早有了譯本，那就是一九三一年由上海神州國光社出版的張我軍先生的譯本。一貫讚賞夏目漱石「餘裕」（也就是「有閑」的意思）主張的周作人，還為那個譯本寫了一篇短序加以推薦，說了「讀文學書好像喝茶，講文學原理的書則是茶的研究」之類的話，把《文學論》比作「茶的化學」，就等於把讀《文學論》比作「喝茶」，真是一語中的，點出了「有閑文字」的本質，也點出了文學鑒賞的本質。譯者張我軍是有成就的文學家、翻譯家，翻譯態度基本上是認真的。但由於種種原因，該譯本出現了大面積的錯譯，至於不準確的翻譯就更多了。由於作者對原文的理解常常不能到位，只能死譯、硬譯，涉及古典文學引文的地方，甚至故意跳過去，漏譯。加上現代漢語的變遷，那個譯本現在看起來已經老化不堪，大部分段落已經莫知所云，不忍卒讀。但是，在新譯本沒有出版之前，不懂日文的讀者只能讀這個中譯本；懂日文的固然可以、也應該讀日文原作，但原作從內容到表述都相當艱澀難懂，若非老練的讀者，真正讀懂日文原作恐怕也不容易。

由於上述的種種原因，我下定決心重譯《文學論》。

　　和以往其他作品不同，《文學論》大部分的翻譯工作，是在特殊時間、特殊環境下，忙裡偷「閑」地進行的。

　　兩年前（2011 年）的七月份，一向以身體健壯自許的父親，忽然被查出肺癌，而且到了中晚期。此後在家鄉山東臨沂陸續進行化療、手術和放療，許多時間需要家人陪護，到了最後幾個月，則需要二十四小時輪流守護。為此，兩年間我曾多次往返北京與臨沂之間。離開北京，離開我的書房，我無法進行正常的研究寫作。做翻譯的話，只要帶上電腦和原作就可以了。於是，在醫院裡，或在醫院附近的酒店裡，或在父母的家中，在和弟弟、妹妹等陪護照料父親之餘，翻譯《文學論》。在那些日子裡，看著病榻上的父親被癌細胞折磨得日見消瘦、直到骨瘦如柴，看到他那絕望而又渴望求生的眼神，慢慢明白雖已用盡所有的治療手段，卻最終回天乏術，憂心、悲傷、無奈之情無以言表，只有坐下來翻譯《文學論》的時候，才能使自己的情緒與注意力暫時移開。直到今年六月二十四日父親去世，在料理喪事、陪伴母親小住期間，我也依然帶著電腦。《文學論》的大部分就是在這種情況下翻譯出來的。

　　現在，《文學論》的翻譯終於完稿了。七月二十八日到了山東老家的祖墳地，為父親上了五七墳，然後回到了北京的書齋，對譯稿做了最後的整理，並寫出了譯本序。在這段時間裡，我腦海裡經常控制不住地、不斷地浮現出父親的音容，以致不能進行以往那種深度思考。在這種情況下，翻譯就成為最適合我做的工作了。我在心裡早已默默地把這本譯稿獻給了我的父親，因為它見證了我跟父親在一起的最後一段時光；我也想把譯稿獻給我的母親，感謝她對我的無微不至的疼愛。前段時間辦完父親喪事、在臨沂家裡小住的時候，八十多歲的母親忍著悲傷，每天為我做可口的飯菜，要我待在房間裡安心工作。其實，她並不知道我在電腦上敲打些什麼，但她歷來相信，兒子坐在書桌前做的事情肯定是重要的。

　　當然，最終，《文學論》到底還是屬於讀者朋友的。我要對讀者說：對漱石的《文學論》的翻譯，我用心了，盡力了。但無奈能力有限，譯得如何？還請您判斷，並不吝批評指正。

　　　　　　　　　　　　　　　　　　　　　　二〇一三年八月十日

大西克禮《物哀‧幽玄‧寂》譯者後記[1]

　　本書是日本著名美學家大西克禮在中國翻譯出版的第一部作品專輯。此前，我已經將《「幽玄」論》和《風雅論——「寂」的研究》兩書譯出，並分別編入了《日本幽玄》、《日本風雅》這兩本以「幽玄」與「風雅之寂」為關鍵詞的多人合集中。此次我又將他的《物哀論》首次譯出，與上述兩書合在一起，編成《幽玄‧物哀‧寂》，至此，大西克禮的美學三部作得以合璧，也為讀者購讀提供了方便。

　　就翻譯出版而言，多年來在中國所翻譯出版的書，特別是學術理論方面的書，絕大多數是歐美（西方）人的著作。至於文藝理論和美學方面，歐美人的著作在中國幾乎是一統天下。這顯然是一種失衡的文化生態。實際上，包括日本、印度等在內的東方各國不僅在古代就有悠久豐厚的文論與美學遺產，而且近現代以來這方面的成果也極其豐碩。例如我在本書「譯本序」中提到的那些日本學者的著作，絕大部分都沒有譯成中文出版，這是需要翻譯家和出版家予以注意和重視的。我認為，無論從翻譯、出版還是讀者閱讀接受的角度來看，都需要逐漸取得「兩種文本」（作品文本與理論文本）、「兩方學術」（東方學術與西方學術）之間的充分互補與平衡，而不是顧此失彼，或重此輕彼。能夠做到這一點的讀者，才是真正的地球人和現代人；能夠做到這一點的國家，才是世界上真正的「文化強國」。

1　本文原載《物哀‧幽玄‧寂》（上海市：上海譯文出版社，2017年），書後。

　　我在卷首的「譯本序」中曾經說過，大西克禮是日本學院派美學的代表人物，在日本現代美學史上是十分重要的人物。然而此人的作品長期在我國長期未得到譯介。近來讀到日本學者神林恒道的《美學事始——近代日本美學的誕生》（講談社 2006 年；中文譯本由楊冰譯出，武漢大學出版社 2011 年）一書，作者在〈自序〉中有這樣一段話：

> 從森鷗外介紹哈特曼美學開始，日本的「美學」逐漸發展成「日本」美學，比如說，繼大冢保治之後擔任東京帝國大學美學課程的大西克禮，他的《風雅論——「寂」的研究》就是最早探討日本固有審美意識的傑作。但是令人費解的是，國外對日本文化及藝術的關注卻不在專業的美學研究者的著作上，也就是說他們關注的都是一些「非美學」的美學，比如說西田幾多郎、鈴木大拙、和辻哲郎、久松真一等人的藝術論及文化論。

　　這種「令人費解」的情況，在中國的日本美學與文論譯介中也長期存在，比如今道友信的《東方美學》、《關於美》等書在中國翻譯出版較早，而中國似乎有不少讀者認為那是日本現代美學研究的代表作，實際上那只是普及性的美學讀物而已。現在我們把大西克禮的書翻譯過來，既可以讓神林恒道先生免除「費解」，也可以使中國讀者得以窺知日本現代美學研究的獨特風貌。既然是「美學」而不是通俗性讀物，大西克禮的書就不是那麼容易讀，但正因如此，也頗有慢讀與玩味的價值。我把他的三種代表作書翻譯出來，首先是讓自己慢讀和玩味，然後再與讀者們分享。在我的心目中，這本書是為希望坐得下來、沉得下去的讀者而準備的。書中談的是日本之美，也是東方之美、人類之美，能在這樣貌似枯燥的美學理論著作中獲得閱讀快感的

讀者，方可臻於最高的審美境界。

　　最後需要交代的是，原作中的少量注釋都是文內注（用括弧隨文
注出），而沒有腳注。本書的腳注全部都是譯者所加。考慮到本書並
非通俗讀物，注釋以「少量」和「必要」為宜。書中的〈「物哀」
論〉一篇由我的博士生、曾在大連外國語大學日語專業任教的祝然老
師細心校讀，在此表示感謝。

　　　　　　　　　　　　　　　　　二〇一一年十二月三十一日

蔣芳《巴爾扎克在中國》序[1]

　　首先要向讀者交代：我不是蔣芳這個課題的研究專家，蔣芳之所以邀我寫序，是因為我曾經是蔣芳的老師，蔣芳曾經是我的學生。

　　但蔣芳不是我一般的學生。

　　二十多年前，蔣芳就讀的湖南湘潭師範學院與北京師範大學有合作關係，一九八八年，我被派遣去給他們的本科班講授外國文學基礎課。蔣芳就在那個班上。因為他那時是班幹部，對我有所協助，故而對他留有一定印象。約七、八年後，我又被派遣到湖南第三師範學校授課，在校園裡與在那裡任教的蔣芳不期而遇。又過了幾年後，蔣芳所在的學校與相鄰的衡陽師範學院合併，本科畢業的蔣芳，也由一名中專老師成為一名大學老師，他似乎感到了學歷與學養方面的壓力，於是以進修教師的身分來到了北師大，跟我學習比較文學，共一年時間。

　　蔣芳是一個勤奮、謙遜、求知欲很強、上進心很強、悟性也很強的人。進修僅僅一年，聽比較文學課僅僅半年，他就由一個此前不知「比較文學」為何物的人，而漸漸登堂入室。就在聽我講比較文學課的過程中，他萌發了對「巴爾扎克在中國的譯介與傳播」進行研究的念頭。那時我在課上講「傳播研究」，提出「傳播研究」與「影響分析」屬於兩種不同的研究方法，「傳播研究」作為以文獻實證為主的文學交流史研究，它不同於以文本的審美分析為主的「影響分析」，認為運用「傳播研究」的理念與方法，將中外文學交流史的史實客觀

1　本文原載《巴爾扎克在中國》（北京市：中國社會科學出版社，2009年）卷首。

地發掘並呈現出來，即便在理論上沒有什麼建構與建樹，其本身也具有相當的學術價值。我又提出，「翻譯文學」是中國現代文學的一個特殊組成部分，應該將「翻譯文學」作為比較文學研究的一個重要領域加以重視。蔣芳曾對我說過，他是受到了我提出的「傳播研究法」及「翻譯文學」論的啟示，才確定了「巴爾扎克在中國」這樣一個研究課題的。以我的理解，所謂「學生」就是能對老師的學術觀點與學術思想予以真正的理解與共鳴，從這個意義上，我把蔣芳視為自己的嚴格意義上的「學生」，如同那些跟我攻讀碩士、博士學位的同學的一樣。

　　《巴爾扎克在中國》這樣一個研究課題，一看就與法文、法國文學密切相關，一般認為由通曉法文的學者來承擔最為合適。然而，中國通曉法文的人不少，此前卻沒有一個法文專家對巴爾扎克在中國的譯介與傳播這樣一個重要課題做出系統翔實的研究。蔣芳不懂法文，卻「不知天高地厚」（蔣芳語）地承擔起了這樣的一個課題。因為這個課題太重要，太值得研究了。可以想像，不懂法文的蔣芳，必然會在研究中遇到一些困難，也必然會有某些侷限。看得出，蔣芳在做這一課題的時候，不免有點戰戰兢兢，如履薄冰，這使他在研究過程中加倍小心與謹慎。這樣的體驗，我本人也有。七、八年前，我承擔並撰寫教育部「十五」博士點基金項目《東方各國文學在中國——譯介與研究史述論》一書的時候，雖然不可能掌握「東方各國」語言，但我仍須論述和評價我國的東方各國的譯介與研究的成敗得失，甚至不得不斗膽對季羨林先生等大家說三道四。「說三道四」固然是作者的自由與權力，然而更需要出自作者的良知與良識，需要負起學術的責任。蔣芳不懂法文，也不是法國文學專家，但他最後拿出的這部題為《巴爾扎克在中國》的成果，從比較文學的「傳播研究」的方法論角度看，已經將巴爾扎克在中國的譯介與傳播的過程、途徑、方式、效果等，全面地呈現與描述出來了；從「翻譯文學」的研究理念來看，

蔣芳的這個課題以翻譯家及其中文譯本為研究對象，已經將相關的翻譯家、研究家的貢獻、特點及歷史地位做了盡可能公正的評騭。學術研究的主要目的與宗旨，是製造知識，是將知識加以系統化。蔣芳的這本書將散亂的文獻轉換為系統的知識，向讀者呈現了一個重要的知識領域，這樣的著作是很有用的──對學習法國文學的人有用，對於學習中法關係史的人有用，對學習比較文學的人有用，對學習中國翻譯文學的人也有用。一本書對讀者有用，而且可靠，就是好書。因此可以說，在這個課題的研究中，蔣芳取得了成功。而這一成功主要不是取決於外文的修養，而是取決於比較文學研究方法與學術規範的自覺運用、取決於相關中文文獻的全面收集與整理、取決於對翻譯文本的解讀與對翻譯家的理解。沒有這些，法文學得再好也做不了這樣的課題；有了這些，不懂法文也可以做到這樣的程度。

　　做到蔣芳的這種程度，實際上很不容易。因為這一工作的「勞動含量」很大。經濟學認為，一件商品的價值，取決於它的「勞動含量」的大小。同理，一部學術著作的價值，其「勞動含量」的大小也是重要的決定因素。以文獻資料為主的實證性研究，需要花費大量體力勞動，需要做大量調查研究，有人戲言這些著作和論文主要是用「腿」寫出來的。我認為，用「腿」寫出來的論文，往往更加珍貴。理工科的試驗科學，一天到晚在外頭跑材料，在實驗室盯著機器做試驗，豈不主要就是體力勞動嗎？常見一些人文學科的學者，尤其是研究文學的人，因偷懶不願跑腿進行文獻查閱與調研，只靠幾部理論書加上作品文本，在書桌上縱橫馳騁，這樣寫出來的東西就免不了玄言虛語，也就缺乏學術價值。蔣芳的這部《巴爾扎克在中國》，作為以文獻史料為基礎的實證性的「傳播研究」，沒有多少高深的理論，寫得樸實且又扎實，然而內行的讀者一看就知道他跑了多少腿，付出了多大的勞動。蔣芳曾在與我的通信中，謙稱自己學養不足，該書是用「蠻辦法」做出來的。所謂「蠻辦法」，在我看來，就是不取巧、不

敷衍，以「蠻」出「文」，以「笨」見「精」。這樣寫出來的書，讀者可以信用。

　　蔣芳的這部著作，在某些細部肯定還存在這樣那樣的不足乃至錯漏，但無論如何，我都為蔣芳做出的成績感到高興與自豪。以他那樣的不管是碩士博士什麼「士」都不是的人，以他所處的那樣一個相對偏遠的地方與相對較小的大學，卻能不斷地發表論文，並寫出這樣厚重的著作，足令那些身居名校、卻優哉遊哉無所作為的少數博士教授們感到汗顏。包括我在內，也覺得在這方面需要向蔣芳學習。最後，作為蔣芳的老師，在蔣芳取得階段性成果的時候，我只想再次提醒他：無論是什麼層次的大學，都應該是做學問的地方，「校園政治」並非不能參與，但大學裡最需要的，是要有更多的人老老實實、踏踏實實地教書做學問。你有了一個好的開端，應該再接再厲。

　　是為序。

二〇〇九年五月

關立丹《武士道與日本近現代文學》序[1]

　　關立丹老師是日語專家，從本科到碩士階段都是學習日語專業的，此後一直在日語系任教，已經當了數年的副教授並兼日文系主任。二〇〇二年，她報考了我的博士研究生，來北師大中文系攻讀中日比較文學的博士學位。記得她的入學考試的日語一百分試卷成績是九十六分，這給我留下了深刻印象。博士生的外語考題並不那麼容易，然而對她來說那肯定不難。因為她是日語專家。

　　外語學科的老師們，是以教授語言為主的。為了教好語言，不得不涉及語言表現最為豐富複雜的文學作品；為了講授文學作品，不得不掌握文學批評與文本解讀及闡釋的基本要領；為了熟悉作家的創作，不得不做一點文學史的研究；為了弄通文學史，不得不涉獵與文學史相關的歷史文化。而一旦悟到這一步，就會感到原來外語學科從語言習得的角度學習的那些東西，遠遠不夠用了。我在與立丹老師及其他外語學科出身的碩士、博士生乃至博士後研究人員聊天交流的時候，發現很多同學都有這樣的感受。

　　外語學習的本質途徑就是「模仿」。對於對象國的言語、語言，無論是口頭的，還是書面的，模仿得越像就越好。於是，外語專業的本科與研究生階段的論文，就要求用外文來寫。中國人用外語來寫文章，卻須使人從語言使用本身看不出是中國人寫的，這是語言模仿的

最高的境界。譬如，中國人寫的日文，就要像是出自日本人之手。而要做到這一點，連思維方式都要好好「模仿」日本人。這樣的「模仿」的時間一長，甚至多多少少都會帶上語言對象國的那麼一點點氣質和作派。然而一個人一旦當了大學教師，想做研究者或學者，「模仿」的階段就該超越了。模仿固然很難，超越模仿更不容易。在學術上一味「模仿」外國人沒有出路，到了一定的階段必須超越。作為一個中國學者，只有實現了這樣的超越，才能自覺強化作為一個中國人的主體性，才能找到自己的文化根基與立足點。

　　我想，立丹老師早就明白了這一道理，所以她才克服種種困難，不願走輕車熟路，勇敢地跨越了學科，從外語學科來到中文學科。早在報考之前，她在完成北京語言大學日文系教學與管理的繁重事務之餘，經常抽空跑到北師大，到我的課堂上，和學生們坐在一起，從中外文學史，到文學理論、學科理論，如饑似渴地「補」中文系的課。又經過數年的學位課程學習，從而實現了從日語學科，到中文及文學學科的跨越。這一跨越是成功的，成功的最終標誌，就是眼前這部題為《武士道與日本近現代文學》的博士論文。

　　《武士道與日本近現代文學》固然屬於日本文學史上的課題，但又不是文學通史性的研究，而是「專題」性的研究。竊以為，無論在日本文學史研究領域，還是在中國文學史研究領域，那種通史性的研究，或者變相的斷代史、階段史的縱向梳理性的研究，作為學位論文都很難寫出新意，而「專題研究」則有著廣闊的創新的空間，甚至可以填補學術上的空白。像《武士道與日本近現代文學》這樣的專題，在日本現有的研究成果未見其有，此前中國學者也沒寫過。誠然，日本研究武士道的書數不勝數，研究日本近現代文學史的書汗牛充棟，研究森鷗外、夏目漱石、芥川龍之介、吉川英治、司馬遼太郎等作家的著作俯拾皆是，但從「日本文學與武士道」這樣的視角切入日本近現代文學史及作家作品研究的，卻很罕見。

　　《武士道與日本近現代文學》這個選題又帶有很強的「問題意識」，那就是研究「武士道」與日本文學的關係。明確的問題意識，可以避免把論文寫成作家評論與作品賞析。常常看到國內一些日本文學的學位論文，也模仿日本人寫論文的流行模式，把研究論文寫成了作家評傳與作品評論。那樣的題目容易寫，但不容易寫好，因為它們沒有「問題意識」的凝聚點與尖銳度，也就缺乏學位論文應有的理論價值與學術含量。立丹的這個《武士道與日本近現代文學》選題，以其鮮明的「問題意識」，從文學與武士道的關係切入，將日本人耳熟能詳，中國人也不陌生的森鷗外、夏目漱石、芥川龍之介、吉川英治、司馬遼太郎等著名作家，呈現出了人們所不熟悉的另一面。誠然，材料大都是從日本收集來的，文本也是日本人的。然而，這些都是為立丹的研究服務的。她的這一研究呈現出了作為中國學者的別樣的文化立場與理論視角，不僅形成了一種新的知識建構，也顯示了比較文學專業學位論文的優勢和特色。從比較文學方法論上看，這一研究沒有侷限於日本文學之內，而是將日本的武士道文學與中國的武俠文學、歐洲的騎士文學等做了或明或暗的比較，儘管未能展開，但在方法取向上，是值得稱許的。

　　《武士道與日本近現代文學》這個題目看上去很緊湊很凝聚，卻也很大、很複雜，立丹為此花去了至少三年的時光與精力。無奈，涉及到的作家作品與文學現象極為豐富，在有限的時間內難以駕馭。在查閱研讀了大量文本資料後，立丹決定收縮範圍，於是添了一個副標題——「以乃木希典與宮本武藏為中心」，對正標題做了範圍上的限定，以便更有利於操作，也更加文對其題。不過，當時選擇和設定這個課題，其基本宗旨是運用比較文學的方法，在世界文學的背景下，將日本近現代文學與武士道的關係做全面、系統的分析、評述與研究，特別是研究那些為一般的日本文學通史所忽略的、以武士為主人公、從不同側面表現武士道思想的那些「大眾文學」作家的相關作

品，從中管窺那些作品所反映的日本作家乃至日本人的精神世界，認
識「武士道」在現代日本人精神構造中的位置與作用。從這個角度
看，立丹在這部論文中所做的研究，還只是階段性的，當然同時又是
開拓性的。我期望，立丹今後能夠在此基礎上，將「武士道與日本近
現代文學」乃至「武士道與日本文學」這樣的課題進一步做下去。也
希望這部著作的出版，能為關心這一知識領域的讀者，提供一個有益
的參考文本。

二〇〇九年六月

劉舸《他者之鏡：中國當代文學中的日本》序[1]

　　二〇〇一年起，我擔任北師大比較文學與世界文學專業「東方文學與中日比較文學」方向的博士研究生指導工作，如今已經有十多個年頭。在這十幾年中，帶的博士生大約已經有二十幾名，獲得學位後，他們幾乎都在大學及研究院所從事專業的研究與教學。劉舸是我頭幾年帶出的學生之一。記得她是二〇〇二年從湘潭大學應屆碩士畢業後直接考入北師大來的，三年後獲得博士學位，然後到湖南大學文學院任教。算起來，劉舸畢業後已經有六、七年，在我的學生們常常自稱的「王門弟子」中，她可以稱得上是師姐了。六、七年時間固然不算太長，也不能說短。有好多事情慢慢淡忘，但也有一些卻一直忘不掉。比如，當年劉舸與她的博士同學阮紅鶯，常常一起到我這裡聊天，或者一起吃飯，那情景至今仍然記得。兩位身材同樣嬌小，又不乏幹練、爽利和巾幗氣的女生，看上去彷彿一對姐妹。劉舸是典型的帶有湘女特色的女高音，阮紅鶯則是帶有外國人（越南）口音的女中音，搭配起來有一種特殊的樂感。

　　但我不能忘卻的，除了劉舸那歡快的聲音，還有她那充滿陽光的表情。三年中，我所看到的劉舸始終是樂觀的、開朗的、無憂無慮的。然而，實際上，那時她卻承擔了一個而二十四、五歲女生、一個獨生女難以承擔的困難和壓力——作為退休職工的父母都患上了重

---

1 本文原載《他者之鏡：中國當代文學中的日本》（長沙市：湖南大學出版社，2012年）卷首。

症，沒有醫療保險，數次的住院、數次的手術。……我記得當時劉舸曾數次跟我請假，常常在電話中說：爸爸又得住院了，或媽媽又要做手術了，我要回家安排安排……聽上去，那聲音平靜而堅毅。但是，當我逐漸了解一些具體情況後，我明白了那時劉舸所面對的困難、需要承受的壓力有多麼大！但無論如何，劉舸把所有的困難都克服了，把所有的難關都闖過去了。我所聽到的，依舊是她那歡快的、陽光的聲音，我所看到的，依舊是那樂觀的表情。後來，我的學生們，無論是碩士或博士生，在學期間遇到大大小小各種各樣的困難的，真不少見。面對無奈與無助，學生們的讀書生活常常會受到影響。每當這種時候，我就想起了劉舸，我會把劉舸的事情講給他（她）們聽，我會說：你們的困難和壓力再大，比劉舸師姐當年遇到的困難還大嗎？

在那樣的情況下，劉舸的學業並沒有受到太大影響。在短短的三年中，如期完成了博士論文，如期答辯，並獲得博士學位。當然，這除了她的艱苦努力之外，更得益於她的天賦聰穎。記得華東師大的錢谷融教授曾說過：導師帶學生，是「來料加工」，關鍵是要看來的是塊什麼「料」。我對錢先生的這一說法很共鳴。劉舸無疑是塊好料，悟性很強，幹活麻利，有效率。雖然她的本科、碩士在讀的並不是特別的名校，當年招生的時候，我最終還是選擇了她。這除了她的碩士導師黎躍進教授的力薦，還有她在碩士階段發表的十幾篇文章給我留下的印象。那些文章學術價值與思想含量的多寡又當別論，但起碼證明了她是會寫文章的，而且筆桿子是硬的。

筆桿子硬不硬，最終要體現在博士論文上。而博士論文的價值大小，首先在選題。我常跟學生說：選題有兩種，一種是好寫的，但寫不好；一種不好寫的，但可以寫好。所謂「好寫的」，是說這個題目別人都寫了很多了，語料（材料）多的是，不太費勁就可以寫出很多的字數來，但是要有新意就難了，要有全面的創新就更難了，所以說「寫不好」；所謂「不好寫的」，就是指該選題別人很少研究或沒有研

究，材料是原始性的，收集整理材料需要付出大量艱苦的勞動，寫起來耗時費力，但這樣的題目一旦寫成，就具有填補空白的性質，就會為讀者展示出一個新的知識領域，就會提出作者新鮮的思想見解。出版成書，就是一個新的知識產品。

以這樣的觀點來衡量，我覺得劉舸的《他者之境：中國當代文學中的日本》是那種「不好寫」的題目，但是她最終「寫好」了。近二、三十年來，中國的學問研究發展很快，在今天看來，這樣的題目不算太新鮮了，但是十年前，這樣的題目無論在選題的填補空白性、還是選題的角度和方法論上，都是頗為新穎的。無論是中國還是日本，這樣的系統的學術著作都沒人寫過。不必說，「中國當代文學中的日本」這個題目很大，它所涉及的各類文獻可謂汗牛充棟，是需要「大題大作」、寫成大部頭的。然而，劉舸的這部書篇幅並不大，我想這也許主要不是因為材料的收集和掌握不夠，而是為了凸現博士論文的「論」，為了不把博士論文寫成「史」，而把許多具體的材料割愛了，因而從細節上、細緻性上看，尚有許多未盡之處，但這也是難以苛求的。從學術史上看，某領域中最初的幾部著作，題目都很大。例如，在中國文學史研究領域，一百多年前那些冠以「中國文學史」字樣的著作，今天看來題目都太大了，但篇幅常常只有十幾萬字。在今天，這樣的「中國文學史」，恐怕中文系普通本科生都能寫出來，但在那時候，卻是極為不容易的。一個學術領域尚處在拓荒階段的時候，需要從無到有，先把總體的知識建構做出來，然後逐漸地將研究分支化和細化，這是一條必然的和正確的路徑。我想，劉舸的這部書在總體知識建構方面很好地達到了這一要求，但她不可能畢其功於一役（任何人都不可能），這也為今後研究的深化和拓展，提供了餘地和可能。我覺得，在這個領域中，今後完全可以寫出更多的文章和著作。這幾年，我讓新入學的擅長日語的博士生們系統研究「日本文學與北京」、「日本文學與大連」、「日本文學與西安」、「日本文學與天

津」、「日本文學與哈爾濱」這樣的題目，有的已經完成，有的正在進行中。這些都是對於以中國城市空間為中心的日本「涉外文學」的研究，也可以說是在劉䶮研究的延長線上延伸出來的，或者說是在其「背面」上進行的（劉䶮研究的主要是中國文學，而這些題目所研究的則是日本文學）。這樣的題目日本人沒有做過，但我們中國人要做。這樣一來，中日文學關係的研究就會逐漸地被細緻化、深化，「小題大做」成為可能。

　　為一本書寫「序言」，需要對這本書做出學術價值判斷嗎？照理說是需要的。以上我寫下的這些話，也難免價值判斷的成分和色彩。但我作為劉䶮的博士論文的指導教授，我不打算將本書的序言寫成一篇書評。至於論文寫得怎樣，我想最有發言權的，還是那些內行的讀者；最有判斷力的，還是時間和未來。不過相關的事實也必須提到，就是劉䶮在這方面的研究，已經得到了相當程度的認可。據我所知，前些年，劉䶮在這部博士論文基礎上申報的國家及教育部的社科基金研究項目都先後被批准立項了。這應該是對她的研究最有力、最硬性的肯定。可以說，這部博士論文及相關的項目研究，為劉䶮的學術道路鋪墊了很好的基礎。以劉䶮的聰慧和努力，只要能夠堅持將精力集中於學問，只要再進一步細緻，只要沉潛下去，不斷開拓新的研究領域，就能不斷地寫出新的、更好的作品來。這是可以相信和期待的。

　　現在劉䶮的這部論著就要出版，作為導師，我有責任對論文選題寫作的前後背景向讀者略作交代，這既是劉䶮對我的託付，也是為讀者提供一點參考。故冠序文於上。

二○一二年二月十五日
於北京・回龍觀

王春景《R‧K‧納拉揚研究的小說與印度社會》序[1]

　　同一本書的不同的讀者，我想可以分為三類：第一類，是專門研究這方面問題的，可稱為「專家」；第二類，雖然沒有專門研究這個問題，但他的研究領域與此相同或接近，是內行的人，可稱作「行家」；第三類，是以學習為目的的普通讀者，即看書的人，可稱為「看家」。

　　對春景博士的這本研究 R‧K‧納拉揚的博士論文來說，我算哪一類人呢？不用說，我不是「行家」，更不是「專家」，而只是一個「看家」而已。當然，「看家」因「看」書的目的、心態、角度、方法、粗細的不同而有種種差異。我看春景的這本書，既有作為同道的期待與關注，也有作為老師的那種欣慰與滿足。

　　我說「作為老師」，是因為春景在北師大中文系念本科的時候我教過她，然而她的碩士和博士都不是跟我讀的。後來，她又跟隨天津師大文學院孟昭毅教授讀研究生並獲得碩士學位、參加工作後，曾來母校跟我做訪學一年，不久又報考了我的博士生，只因當年名額限制而未能錄取，接著她上了北大。對於此事，我心裡一直覺得對不起她並感到後悔。然而，天性豁達和包容的春景卻給了我充分的理解，沒有一絲怨言，並且始終把我看作老師。她在北大獲得博士學位後，又將學位論文沉澱、潤色了幾年，現在要拿出來公開出版的時候，我有

1　本文原載《R‧K‧納拉揚研究的小說與印度社會》（石家莊市：河北教育出版社，2010年）卷首。

機會為她寫這篇序文，並借此得以表達我的心情——目睹她不斷成長的那種喜悅。十幾年來，春景懷著對學術的追求與熱愛，不斷讀書上進，讀完碩士又讀博士且當了副教授，成為一個學科的骨幹和年輕帶頭人……她在學術上作出的這一切努力，在這部博士論文中也得到了集中體現。

春景選這樣一個題目作博士論文，同時寫出了這樣一部著作，很不容易。做學問的人都知道，要找到填補空白的有價值的選題，絕非輕而易舉。R・K・納拉揚是誰？相信在中國的學術界、讀書界，知道的人肯定非常有限。雖然這位印度作家在印度、美國、歐洲都有相當影響，但中國知道他的人應該不太多。雖然二十多年前他的長篇小說《嚮導》（中文譯本《男嚮導的奇遇》）就被譯成中文出版，但在林林總總的文學譯著中，又有多少人注意到了《嚮導》呢？雖然早在二十多年前我國就有人寫過文章介紹過 R・K・納拉揚，後來也有個別著作在有關章節中講到 R・K・納拉揚，但那些都不是系統深入的研究。因此，在漢語文化語境中，對 R・K・納拉揚及其與印度社會文化的關係加以系統的研究，是填補學術空白的一項選題。為了做好這個課題，春景閱讀了 R・K・納拉揚的幾乎所有英文原作，研讀了英美世界相關的研究成果，還專程去印度參加過相關的學術會議並收集資料，最終完成的這部博士論文，首次將 R・K・納拉揚的文學世界呈現給中國讀者，給中國讀者提供了關於 R・K・納拉揚、關於 R・K・納拉揚與印度社會文化的系統知識，並站在中國學者、中國文化的立場上，對 R・K・納拉揚的文學做了系統的評論與闡釋，這些都是開創性的工作。這種工作好比是中國的鋼鐵公司從外國挖掘並運來鐵礦石，用中國的技術、中國的高爐練成鋼鐵，並用它在中國建起高樓大廈。在這個過程中，外國的材料需要經過輸入、轉換與轉化，需要將外國材料外國對象與中國視角、漢語語境相融合，這樣的研究過程實際上是一個異文化理解、異文化闡釋、異文化吸收消化的過程，

是比較文化、比較文學的複雜的操作過程。換言之，春景博士的這本博士論文，研究的對象雖然是一個印度作家，需要從印度等其他國家收集文獻材料，需要參考外國現有的研究成果，但論文體現的卻是中國人的視角、中國學者的眼光。對中國讀者而言，春景的這本書所提供的系統知識更是新鮮的和填補空白的。

當然，就文學研究而言，並不是所有的外國作家，所有沒有研究的問題都值得研究，那麼，一個外國作家值不值得用一部專著、用一部博士論文去研究呢？這就需要運用學術判斷力加以判斷了。偉大的作家是民族、時代、社會、文化的一種符號、一個標本，所以值得研究。換言之，一個作家及其作品是否值得研究，是由這個作家在多大程度上凝聚和體現了該民族的歷史文化來決定的。R‧K‧納拉揚值得研究，也許就在於 R‧K‧納拉揚的創作更為有效地凝聚、包容、體現了印度社會與印度歷史文化。事實上，春景的這部博士論文也正是從「R‧K‧納拉揚與印度社會文化」這個角度切入的，這是文學與社會學、文化學相結合的視角。這樣一來，對 R‧K‧納拉揚及其作品的解讀與分析，就是對印度社會文化的解讀與分析。

以細緻的文學文本解析的方式，讓讀者了解、理解印度社會文化，這一點對中國讀者而言是特別需要的。印度是中國的鄰國，兩國有著幾千年的文化交流，然而由於種種原因，對於中國讀者來說，印度在當今世界各主要民族國家中，仍然是最隔膜、最不容易理解的國家。兩國的國民性格在許多重要的方面形成了對照：印度人信仰宗教，中國人信奉實利；印度人耽於觀念與幻象，中國人講究現實；印度人注重來世，中國人注重今生；印度人在風俗習慣上更多依從於傳統與迷信，中國人在風俗習慣大多依照常識與理性；印度人的物質欲望容易滿足，中國人對物質不懈追求；印度的普通百姓多服從等級秩序安於現狀，中國人自古以來都不相信「王侯將相寧有種」而富有革命性，如此等等。近二、三十年來，兩國先後實行市場經濟改革後，

經濟發展都很快，相互接觸和了解也有所增多，在這一背景下，印度有許多人喜歡跟中國攀比、較勁，加上一九六二年邊境戰爭以及至今未解決的邊界爭端，兩國的相互了解和理解一直沒有達到應有的程度。在這種情況下，中、印兩國學者為加深相互了解做出了不懈努力。例如一九九八年尼赫魯大學華裔教授譚中先生主編了大型文集《跨越喜瑪拉雅鴻溝——印度試圖了解中國》，二○○六年北京大學張敏秋先生也主編並出版了大型文集《跨越喜瑪拉雅障礙——中國尋求了解印度》，此外我國近三十年來還出版了上百種關於印度研究的著作，然而儘管如此，直到今天，對絕大多數中國人來說，不僅沒有去過印度的中國人對印度大都是一頭霧水，去過印度的人也大多感到困惑。《印度筆記》的作者葛寧先生在遊歷完南北印度之後，在該書「後記」中寫道：「今日印度到底是一個什麼樣的國家呢？老實說，我沒有弄清楚，甚至常常被弄糊塗了。」作家余秋雨看見恆河上到處漂浮的殘缺不全的死屍，河邊焚屍場令人窒息的骯髒與惡臭，還有在漂浮的死屍旁邊安然沐浴、洗漱甚至捧飲河水的印度男女老少，他震驚了，愕然、憤然地寫出《我拒絕說它美麗》……

　　印度到底是一個什麼樣的國家？跑到印度實地考察當然有益於加深對印度的感受和了解，然而了解一個人乃至一個國家，不僅要知其「面」，還要知其「心」。從這個角度看，春景的這部論著，其價值不僅僅在於向中國讀者系統介紹、評述一位印度作家，更在於通過這位作家，我們可以更深入地了解印度、了解印度社會、了解印度的歷史文化、了解印度人的國民性格與心理特徵。這是我看了這部論著的最大收穫和感受，相信諸位讀者也會有同樣的收穫和感受。

　　我說過，我不是印度文學及 R・K・納拉揚研究的「專家」和「行家」，但作為「看家」，我可以肯定地說，這是一部相當有分量的書。大凡一個好的、有開創性、獨創性的研究課題，「專家」只有一個，那就是作者本人，所以我可以說，春景博士是中國獨一無二的

R・K・納拉揚研究的「專家」。我相信，只要春景繼續努力，她還會
在其他很多課題上成為「專家」。

　　是為序。

二〇一〇年七月二十二日

於北京回龍觀

陳春香《南社文人與日本》序[1]

　　《南社文人與日本》這是作者在博士論文的基礎上完成的一部書，也是教育部哲學社會科學後期資助項目，現在就要由商務印書館出版了，作者陳春香教授讓我來作個序。我是個南社研究的外行人，本來是沒有資格作序的。但我作為當初博士論文的指導教師，作為《南社文人與日本》最早的讀者，對本書及其作者都很熟悉，承作者雅意，占用序言的寶貴位置，向讀者做一簡單介紹，兼談我的一點感受。

　　回顧我十幾年來所指導的博士論文中，《南社文人與日本》最讓我最「省事」的論文之一。當然，作為指導教師，對博士生及其論文寫作，費力操心都是應該的。但對春香的這篇論文，我實在並沒費多少心力。先說選題，對博士論文寫作而言，「寫什麼」比「怎麼寫」往往更令人躊躇不決，是否找到好的、有價值的選題，是論文成敗的關鍵。《南社文人與日本》這個選題最初是春香自己提出的，這個選題甫一提出，就與我一拍即合，因為它的學術價值與重要性是不難判斷的。此前的先行研究，無論是南社研究，還是中日近代文學關係研究，對南社與日本的關係固然有所涉及，但系統、全面、深入的研究成果卻一直付之闕如，因而很有必要填補這一空白。

　　在論文的寫作過程中，春香教授也是一板一眼、穩步推進，從來沒有讓我站在旁邊著急捏汗。在整個過程中，相關的研究成果陸續發

---

[1]　本文原載《南社文人與日本》（北京市：商務印書館，2013年）卷首。

表，也讓我很是放心。當然，這是我在旁觀者角度上的觀察。實際上
她在寫作過程中所付出的辛苦與努力，恐怕是一般三十來歲的年輕博
士生所不能比的。在她這個年齡，上有老、下有小，內有家、外有
校，一邊攻讀學位，一邊自己還要承擔所在學校的課程、並指導著碩
士研究生，事情多，壓力大是可以想像的。在北師大文學院攻讀博士
的三年多時間裡，她要經常在北京與太原之間奔波。但更多的時間，
她是待在各大圖書館裡讀書，查找材料。她曾多次跟我說過：北京各
圖書館的關於南社的材料，她基本上都翻遍了。細心的讀者可以看
出，《南社文人與日本》之所以在眾多的南社研究成果中獨樹一幟，
首先是依賴於對相關材料的全面收集和使用。這既是腦力勞動，也是
繁重的體力勞動。在寫作過程中，春香教授還利用去日本訪學的機
會，在日本收集相關材料。可以說，《南社文人與日本》在史料的收
集和利用上是十分充分的，共參考了近三百種中日文文獻，這就保證
了論文的學術質量，也為讀者提供了在其他書籍、文章中所見不到的
文獻信息。如田桐的《扶桑詩話》是筆者跑遍北京從國家圖書館古籍
部查到的，之前很少被人注意到；葉楚傖的《蒙邊鳴篥記》、郁曼陀
的《靜遠堂詩抄》、《東京雜事詩》、《覺民》月刊等文獻過去也很少有
人進行研究；日文本的吉田松陰的《幽室文稿》及相關文獻、景梅九
回憶錄《罪案》的日譯本《留日回顧》等，在過去的研究中也幾乎無
有人涉及。

　　從全書的定稿來看，作者以比較文學與比較文化的視角，把南社
放到近代中日關係的大背景下，有系統、有重點地考察了南社作家的
文學活動、政治文化活動與日本明治維新時期的文學潮流、社會文化
思潮之間的關係。全書分「緒論」、「蘇曼殊與日本」、「高旭與日
本」、「馬君武與日本」、「郁曼陀與日本」、「南社其他作家與日本」、
「南社的國粹主義與日本」、「南社作家的國民性批判與日本」和「餘
論」九個部分，盡可能地將南社與日本相關聯的問題涵蓋並予以廓

清。作者既注意考察南社主要作家與日本文人的交往及接受日本明治時期文化思潮影響的情況，也注意考察他們經由日本接受西方思想、西方文學影響的情況，將實證性的「傳播研究」方法和文分析的「影響分析」方法結合起來，將文學研究與文化研究結合起來，探討了蘇曼殊、高旭、馬君武、郁曼陀、陳去病、柳亞子、田桐、葉楚傖等南社文人的文化活動與日本的關聯；梳理了與南社人有密切關係的清末國粹主義思潮和國民性批判思潮與日本的關係，並提出了一系列新的觀點與看法。本書使南社研究這一老課題得以更新、得以深化。其中，作者對過去沒有或很少有人研究的高旭、郁曼陀、田桐、葉楚傖、景梅九等南社文人及其文學活動做了開創性的研究，如對葉楚傖小說《蒙邊鳴築記》抗日內容的研究；對蘇曼殊、柳亞子、馬君武等過去學術界有較多研究的南社文人則從中日文學與文化關係的新角度探討了他們的政治、文學活動與日本的關係，發現其新的意義與價值，如對馬君武在近代外國文學翻譯介紹方面作用的研究；對於清末的一些社會思潮和文學思潮也結合當時的世界文化語境和中國社會現實做出了新的闡釋，如對國粹主義思潮中日本影響因素的研究。該書為南社研究打開了一個新的視窗，具有創新意義和填補空缺的價值，對中國近現代文學的研究也具有一定的啟示作用。

　　顯而易見，春香教授具有很強的創新意識，她在寫作初期就深刻意識到了博士論文貴在創新。因此，《南社文人與日本》並不是對南社所有成員與日本之關係的全面考察與研究，而是要在材料的挖掘、問題的發現、事實的考證等方面盡量填補以往研究的空白與盲點。而對以往研究成果較多的問題，作者也不是要總結歸納既有成果，而是要發表自己從新的角度研究獲得的新發現和新見解。大約是基於這種考慮，書中對個別與日本有深刻關係的南社文人（如李叔同）基本上沒有涉及，這當然不是作者的疏漏，主要原因恐怕還是作者是感到難以超越已有的研究成果，所以寧可略而不論，也不做一般化的綜述。

我想，這樣做是值得推崇的，這也應該是該書與當下一些「專著」的不同之處。

　　總之，《南社文人與日本》是國內第一部從比較文學角度研究南社的專著，凝聚了作者近八年來的心血。本來這本書早就成稿了，但春香教授一直置於案頭，加以沉澱、打磨和修改，直到現在才拿出來出版。春香就是這樣一個不慌不忙、不急功近利的、井井有條的人，是一個不為外物紛擾、純粹做學問的人。在當今中國高度行政化的大學裡，這樣的埋頭學問的人被即便被邊緣化也罷，他們實為真正的大學精神的守護者，我引為同道，並希望讀者朋友能在她的著作中，讀出那種為發掘事實、為探討真理、為學術創新而孜孜以求、一絲不苟的精神與態度。

二〇一三年四月二十一日

柴紅梅《二十世紀日本文學與大連》序[1]

　　《二十世紀日本文學與大連》是柴紅梅博士的博士論文修訂稿，一般而言，在即將公開出版的時候，作為指導教師，有義務向讀者交代一下論文選題寫作的相關情況，對於紅梅這本書也是如此，或者可以說更是如此。

　　要問為什麼寫「日本文學與大連」這樣的題目，最直接的原因是因為紅梅是大連人，又在大連外國語大學任教，與「大連」有緣；她在本科階段學的是學日語專業，這就跟「日本」有關，碩士、博士學的是中國現代文學與中日比較文學，又跟「比較文學」相連。總之，對於中日比較文學研究而言，紅梅可謂天時地利人和，做「日本文學與大連」這樣的題目，是十分適合的。

　　但這些理由畢竟都是外部的、表面的。內在的理由，遠非幾句話可以說清。但也不妨在這裡多說幾句。

　　無論日本的日本文學研究，還是中國的日本文學研究，在選題上，一直以來大都是「作家作品論」這樣的類型大行其道，例如某某是研究夏目漱石的，某某是研究《我是貓》的，如此之類。老實說，這樣的選題模式，主要是在十九世紀歐洲浪漫主義文學及文學理論的產物，現如今已經很老套了。這樣的題目，要麼流於作家生平資料的羅列、要嘛只是文本的批評賞析，缺乏深度，難出創見，難有思想含

1　本文原載《二十世紀日本文學與大連》（北京市：人民出版社，2015年）卷首。

量。因為缺乏問題意識，嚴格說這不能算是選「題」，而只是選擇了一個研究對象而已。

選「題」很難，因為要發現問題，分析問題，然後才能確定是否選擇它、研究它。而選擇研究對象則相對容易得多，因為無需發現問題，只需要找出要研究它的理由即可。而要說理由，無非是說你喜歡這個對象，或者你熟悉它，覺得值得研究，如此而已。實際上，喜歡不喜歡，可以成為文學欣賞的理由，不可以成為文學研究的理由。有些問題很難叫人「喜歡」，卻值得我們去研究。熟悉不熟悉，也不是文學研究的理由，熟悉的東西往往是已經弄懂、弄清的東西了。研究熟悉的東西，走輕車熟路，就不免流於重複，炒剩飯不會有新鮮味道。

這樣說來，「問題」意識就顯得格外重要了。

所謂「問題意識」是什麼呢？一是知識層面上的，一是理論層面上的。以「日本文學與大連」這個選題為例，在知識層面上，我們要問：大連與日本文學有什麼關係？以大連為背景、為舞臺，或者描寫大連的日本作家作品有哪些？提出了這樣的問題之後，為尋求解答，就去查閱相關研究成果，發現日本作家作品與大連之間果真具有深刻複雜的聯繫，而迄今為止並沒有人將這方面的知識加以系統的整理與呈現，換言之，無論是中國還是在日本，都沒有這方面的知識生產。於是，這就產生了要研究的這個問題的動機與衝動。接下來的理論問題是理論層面上的：縱使對於「日本文學與大連」這個課題，日本學者或中國學者雖然少，但也做了一些先行研究，那麼你發現在這些研究中，因為學術方法上的原因、文化立場上的不同，或者歷史觀與歷史認識上的差異，還有一些問題沒有說清，甚至存在偏差與錯誤，這就需要進一步在分析作品、甄別史料的基礎上，加以論證、辨析與澄清，就是要在理論上提出新的見解。按照這樣的選題思路來說，《二十世紀日本文學與大連》這個題目，在知識與理論兩個層面，都有「問題」在，都是很值得加以深入全面的研究與探討。而迄今為止，

除了日本學者在所謂「滿洲文學」的研究中涉及大連之外，好像還沒有一本專門著作，系統研究大連與日本文學的關係。因此，紅梅的這部著作無疑填補了一個重要的空白。

《二十世紀日本文學與大連》，是從「大連」這個特殊的「都市空間」這個層面切入的。一直以來，特別是近世以來，「都市」與「文學」產生了極為深刻的聯繫，都市既是作家文學活動的舞臺，也是文學作品描寫的對象。古代都市，如長安、洛陽、開封、南京等，是中外文化交流的空間與平臺。而到了近現代，特殊的歷史條件下，一些都市，例如上海、北京、天津、青島、哈爾濱等，成為列強殖民之所在，那裡有著東洋西洋的光怪陸離，更有中國的沉痛屈辱的歷史記憶。研究日本文學與中國都市之關係，可以從日本文學的中國都市題材中，發掘其史學價值、發現其文化價值，彌補傳統史料描寫記載的不足，促使文學與史學的互溶互滲。同時，矯正一般文學史只記載和分析所謂「名家名作」的偏頗與不足，將那些用純文藝學的角度看可以忽略、而用文化學的眼光看卻頗為重要的作品，納入文學研究及文學史研究的視野，因而也有重要的文藝學與美學的價值。

就二十世紀日本文學與中國的關係而言，都市更是一個重要的扭結點。正是因為看到了這一點，日本的一些學者早在二十世紀下半期開始就陸續寫出了大量的關於日本文學與上海的著作與文章。然而奇怪的是，除了上海之外，日本文學與中國其他城市的關係卻一直未見有人加以觀照與研究。

鑒於此，最近這些年來，我指導幾位日語專業出身的有這方面研究興趣的博士生，以中國的重要都市為單元，確定了一系列博士論文的選題，紅梅的這部《日本文學與大連》是個開頭，接著還有王昇遠博士的《日本文學與北京》、郭雪妮博士的《日本文學與長安》、李煒博士的《日本文學與天津》、祝然博士的《日本文學與哈爾濱》，均已順利通過答辯並獲得博士學位。還有一位碩士生蘇筱的《日本文學與

洛陽》也正在寫作中。事實似乎已經證明，這個選題系列是可行的。
所以當聽說一位教授朋友私下評論說：「……王向遠帶著他的博士
生，一人占領一座城市」云云，我理解是對我們的肯定與鼓勵。

　　關於紅梅的這部專著的學術水平，作為導師不想做過多的評價，
因為讀者會有自己的判斷。在此，我想強調的是《二十世紀日本文學
與大連》從二十世紀日本文學與曾經的日本殖民地都市大連的關係研
究入手，穿越時光的隧道，深入解讀了中國東北殖民地都市大連的文
化空間中的二十世紀日本文學，挖掘出許多極為珍貴的史料，揭開了
塵封在歷史彼岸裡的記憶，探究了那些能夠反映日本近現代文學、抑
或說具有二十世紀日本文學本質屬性的文學，為讀者徐徐展現出將近
一個世紀前的殖民地都市空間中摩登與落後，浮華與破落，富貴與貧
賤，美麗與醜惡等矛盾交織糾葛的真實畫卷，還原出二十世紀日本文
學的真正面貌與原初形態，並通過對以大連為舞臺和背景創作的日本
現代主義詩歌、偵探小說、返遷體驗文學等的研究，揭示了殖民地都
市的現代性和殖民性的雙重屬性，多視角地剖析了戰前、戰時、戰
後，生活在殖民地都市中的日本人複雜的心路歷程，對戰爭與殖民罪
惡進行了深刻地批判。

　　其次，這部著作緊緊圍繞近代城市化進程中的殖民地都市大連與
二十世紀日本文學的密切關係，不僅把日本文學置放於大的歷史背景
中，進行縱向的精神辨析與歷史把握，而且將其納入大連這座都市空
間和聲光電化世界之中，從眾多方面，全景的筆觸構建了一個言語的
大連都市，展現了一個多維、立體的大連，挖掘出日本作家文學創作
和大連記憶的情感基礎與這座城市割捨不斷的精神聯繫，揭示了日本
作家的孕育與成長的風土根基。與此同時，還特別強調指出在燈紅酒
綠、光怪陸離的現代摩登背後中國人的生活處境和悲慘命運，透視出
繁華背後的壓迫、剝削、死亡和痛苦，這無疑也是日本作家作品批判
意識的來源。不僅如此，作者深入解析、叩問日本作家個人的情感體

驗和痛苦記憶與民族罪惡的歷史反省糾纏在一起的精神苦痛和多重複
雜的心理表現，將其與日本帝國主義的侵略歷史和殖民統治緊密相
連，使這一時空中產生的日本文學呈現出更加複雜、深刻與沉重的一
面，這一充滿「心靈辯證法」的挖掘，無疑深化了這一領域的研究。

　　我只是想說，由於在選題上是開拓性的，難度大，紅梅付出了艱
辛的勞動，甚至也付出了健康的代價，箇中辛苦，實是一言難盡。但
是，付出的辛苦和代價也有了相應的報償。這些年來，紅梅在這個選
題範圍內發表了一系列有價值、有好評的論文，申請到了國家社科基
金項目、教育部人文社科規劃基金等項目，晉升了教授，也擔當了
《東北亞外語研究》的主編，又成為了大連外大的博士生導師。作為
當年的紅梅的指導教師，作為紅梅不斷成長進步的見證人，我感到高
興和欣慰，並常常以紅梅作為向她的師弟師妹們鼓勁勵志的好例。我
只希望紅梅今後也繼續保持高度的學術熱情，繼續開闢新的研究領
域，做出新的成績來。

二〇一五年一月三十一日

李群《近代中國文學史觀的發生與日本影響》序[1]

　　李群博士的博士論文《近代中國文學史觀的發生與日本影響》，聽說將在湖南大學出版社出版，半年多前就希望我做個序。給博士論文作序，是導師的責任和義務之一，我當然答應，但不料竟然拖了半年多，期間李群也催過好幾次，說等您這篇序發來就可以開印了，但我仍然一次次拖延，沒有寫出來。要擱在以前，我是從來不欠文債的，凡人家約的稿，寧可提前，從不拖後。但這幾年我越來越做不到了。除了自己制定的硬性的寫作計畫外，橫插過來的事情有點多了，有時真不知道該做哪件好。聽說老家有一個伯母，家裡一旦來了婚喪嫁娶的事情，她便索性躺在床上，用被子從頭到腳裹起來，推說頭疼或腳疼，等人家把事情做完之後再起床。當年我母親是把這個當笑話講給我聽的。現在想來，這位伯母也算是「大愚若智」，事情太多了，乾脆什麼也不做，難怪九十四歲高壽。然而我輩到底是不可效法的。自己該做的，早晚該做。

　　前幾天，《日語學習與研究》編輯部打電話來，提醒我盡快寫二〇一五年度中國的日本文學研究述評文章，於是我今天放下其他事情，決定動手準備。首先是把相關專著從網上買回家讀。一看學生事前給我查好的二〇一五年度日本文學研究論著目錄，李群的《近代中國文學史觀的發生與日本影響》已經出版了。於是我趕緊去上網去

---

[1]　本文原載《近代中國文學史觀的發生與日本影響》（長沙市：湖南大學出版社，2016年）卷首。

買，各賣家卻都顯示無貨。我發短信給李群，說：「你的書網上不好賣啊，能否盡速快遞我一本，我正在應邀寫上年度的日本文學研究述評，未能作序，也借這個機會評一評你，彌補一下。」李群馬上回復說：「書還沒印出來，一直等您的序呢！……」

到了這時候，我還能再拖嗎？不能了。

李群就是這樣。他是湖北人，性情質樸耿直，也是急性子，但是他沒有太催我，而是默默地等。致使本該二〇一五年問世的書，拖延到二〇一六年才得降生。看來他對於我，除了理解，似乎還是理解。畢竟，從碩士研究生到博士研究生，他在北師大跟我讀書長達六年，彼此相當默契了。那六年間，他是我的好助手，裡裡外外幫了我不少忙。我說的「裡裡外外」的「裡」，其中包括在我太忙的時候，有時讓他幫我去小學把我女兒接回家來，如此之類。在這樣的密切接觸中，我對李群也有了足夠的了解。由於客觀的主觀的種種原因，他有他的牽累和侷限，但也有他的優勢；他耿直質樸，有時說話不會拐彎，但與人為善，絕不巧言令色；他本科的基礎或許不是太好，但他刻苦努力，後來居上；他作為中文專業出身從事中日比較文學，日語基礎不牢，但他努力學習和進步，終於那能夠利用中文和日文材料寫出了一系列文章，其中包括〈近代中國「悲劇」觀的引入、形成與日本影響〉、〈近代「中國文學史」的誕生、寫作與日本之關係研究〉、〈近代復古主義思潮下的中日文學史寫作〉、〈早期中國文學史寫作中的日本影響因素〉、〈從整理國故看胡適與日本漢學〉等文，並在《文學評論叢刊》、《社會科學輯刊》等重要刊物上發表。這十年來，李群心無旁騖，一心撲在教學與研究中，申請到了教育部項目，又申請到了國家社科基金項目，還在學校的青年教師講課比賽中，拿到了名列前茅的名次和成績。對這一切，我為他高興、欣慰，也感到滿意。

現在，作為李群學術成果的階段性、標誌性成果的博士論文，經過多年的修訂和打磨就要出版了。該書寫得怎麼樣，讀者會有判斷。

我想說的是，這個選題及其架構，是我和李群多次討論才確立下來
了，選題的難度是大的，學術價值也是大的，整個寫作過程是嚴肅、
嚴謹的。論文寫作和答辯得到了東北師範大學孟慶樞教授、清華大學
王中忱教授、北京大學于榮勝教授、北京社會科學院文學所張泉研究
員、北京第二外國語學院邱鳴教授等學者們的一致好評。可以說，李
群的這本書以專著的形式填補了學術研究的一處空白。全書從「文學
史」這學術研究的範式與關鍵詞入手，揭示了中日文學、中日學術文
化之間的深刻聯繫，有助於讀者從一個特殊的側面了解近代中國學術
轉型的具體過程，是一部有著自己特殊視角的近代中日學術關係史、
中日比較文學史論著作。從方法論上看，不僅採用比較文學的「傳播
研究法」、「影響分析法」和「平行貫通法」等研究方法，還運用發生
學的方法對近代文學史觀與日本的關係進行了溯源性的研究。當然，
也有需要進一步完善的地方，有些問題還可以適當延伸完善，例如，
對中國文學展開通史性的研究最早發生在近代歐洲，後轉道日本之途
進入中國，並由此帶上了日本近代學術的烙印。那麼，西方、日本的
中國文學史研究方式，這兩種不同形態的學術資源對早期中國文學史
家的影響程度，及其影響產生的差異和效果，有待進一步闡明。不
過，來日方長，相信李群的研究今後還會進一步深化。

　　因為我這篇遲到的序，而由羊年拖延到猴年才出生的《近代中國
文學史觀的發生與日本影響》，會在新的一年給李群的帶來新的起點。

王昇遠《文化殖民與都市空間》序[1]

　　王昇遠博士的博士論文即將由三聯書店出版發行，遵昇遠囑咐，也按慣例，我作為博士論文的指導教師，當以序言的方式向讀者做一些必要的介紹和交代。

　　我與昇遠的相識於二〇〇五年。那時我正在日本任教，到假期方可回國。一次，在即將離京回日的前兩天，我接到一通來自上海的電話，對方自稱是上海交通大學日語系的碩士生王昇遠，表示想跟我讀書，並打算為此到京與我面談。電話交流中，我在這個二十多歲的年輕人身上感受到了旺盛的求知欲和蓬勃的進取心。在北京見面聊天時，我覺得他在表達上的成熟程度，真不像是二十剛出頭的年齡。而且與一般日語專業學生較為封閉的狀態明顯不同，他對日語、日本文學乃至比較文學的學術狀況也相當了解，對學術信息的捕捉也十分敏感，對不少社會問題有著自己的思考和判斷，顯然是塊做學術的好料。道別時我將自己的著述贈他一套，並勉勵他朝著學者的方向發展。三年後的二〇〇八年九月，昇遠考進北京師範大學文學院，進入我的門下，開始在職攻讀中日比較文學的博士學位。

　　對於博士生的選題，我多年來的做法是先看看研究生自己選什麼題，因為這能反映出他此前的基礎、興趣和想法，如果覺得不太理想，也不急於否定。而是在課上課下加以引導或誘導。昇遠入學前後多次跟我表示，他想要完成東北師大他的恩師徐冰教授多年前交給他

1　本文原載《文化殖民與都市空間：侵華戰爭時期日本文化人的「北京體驗」》（北京市：生活・讀書・新知三聯書店，2016年）卷首。

的「任務」，即研究中國的日語教育史，想在這方面做博士論文。說
自己對這個課題已經並做了較長時間的準備，如果在基礎上寫下去，
想必較為順手。我也覺得這個選題有價值，但又覺得博士生論文的選
題應該是以「論」為之，「史」只可做「論」的依託，而且我們的專
業是中日比較文學，要凸顯中國背景，還需要要有「文學」在，日語
教育史方面的選題較難體現這一點。對此我和昇遠也多次交談交流
過，昇遠也以為然。我們也曾探討在日語教育史相關的領域轉換一下
選題，例如研究「漢奸文學」、「附逆文學」也很有意思，但又意識到
這個問題會受多方面因素牽制，恐怕難以展開不受干擾的研究。在這
期間，昇遠一面聽中文系的相關課程，一邊在北京各大圖書館收集日
語教育史方面的資料，並陸續在 CSSCI 源刊上發表了三篇相關論
文。那時，我正在為上屆博士生設計「日本文學中的中國都市」系列
研究的選題，發現關於「日本文學與上海」方面的成果甚多，奇怪的
是北京之於日本人及日本文學是極其重要的存在，而「日本文學與北
京」的研究卻一直還是空白。有一天我和昇遠相約一起去逛書店，途
中在車上談及這個問題，我問昇遠對這個選題是否有興趣，詎料與昇
遠一拍即合，足見他對選題的理解是很敏銳的。那時昇遠已經到了博
二，猛然轉到這個題目上，時間上看已經不早了，但我相信憑昇遠的
能力和努力，是完全沒有問題的。

　　正如我所期望的，就在此後的三年中，昇遠全力以赴，又有板有
眼地推進著研究，一篇篇發表單篇論文。到答辯時，在重要學術期刊
上發表的相關論文已經有了十幾篇。對於不到三十歲的年輕博士生而
言，這是少見的，也是很不容易的。

　　昇遠的博士論文從都市空間視角切入，處理的是以日本侵華戰爭
時期為中心的近代日本文化人「北京體驗」的問題，這是文學的選
題，當然也是歷史學的論題。在緒論中，作者便開宗明義地言明其歷
史認識和學術志向：

作為研究者，不想被作為論題的「北京」所壓倒，而只是希圖將其作為一種表述媒介，以日本作家的「北京體驗」為時代標本或曰橫斷面，揭示近代以降中日日漸交惡、最終激烈交手的時期，日本知識界複雜、交錯、糾纏的中國認識及戰爭認識。而對「內在複雜性」的追問、對其中多元交雜的混沌狀態之呈現，毋寧說，其用意正在於對抗中日兩國一般日本文學史、文化史、思想史論述中「一言以蔽之」的「通約暴力」所帶來的遮蔽、斬經斷絡與絕對化傾向，及其背後急於為歷史建立清晰「秩序」的進化論邏輯。

如此看來，昇遠似乎不滿足於構築起一面有關日本文學之北京書寫的「知識之牆」，在他那裡，北京不僅被對象化了，更被方法化了。作者旨在以「北京」為觀察裝置，透視、還原近現代日本歷史、中日關係史本有的複雜、曖昧、糾葛與多面，以對抗線性文學史論述導致的文學研究之貧困。在我看來，中國的日本近代文學研究的一個很大的問題便是在不少研究者筆下，文學作品淪為政治意識形態、國民性等空洞理論的奴隸，文學史淪為政治史、社會史的注腳，不少研究所呈現出的不是歷史之「本然」，而是結論先行的「使然」或「想當然」。幾個政治領袖、知識精英的中國觀、戰爭觀是否就能代表一個時代的主流，以某一種或幾種概念工具是否便能把握戰爭時期中日關係史的脈動，我對此是頗有疑問的。葛兆光的《中國思想史》毋寧說正是在精英思想、經典思想的對立面建立起在各歷史時期具有強大支配功能的一般民眾思想史之論述體系——後者，才是歷史長河的幹流。在緒論中，昇遠又指出：

> 我願將「作品—作家—流派—文學史」的關係比作「勳章—乘客—輪船—江河」。而我們的日本文學史教育與日本文學研究

> 往往是讓我們記住了巨大的輪船、優雅的乘客和耀眼的勳章，
> 卻未能讓人看到承載著這一切的江河。在單純的作家論、作品
> 論之外，以北京人力車夫、北京天橋等為切入點的諸章節便試
> 圖從一個個小的視角切入，意在呈現、討論日本「近代」江河
> 的蜿蜒流轉。

在這裡，作者的文學史觀已很明晰了，他要呈現的是不僅有「勳
章」、「乘客」，還有超越這一切的「江河」。

　　昇遠曾開玩笑說，有人善將三文魚做得美味，有人可把土豆絲炒
得可口，而他的博士論文則試圖把兩者都做得好吃。按我的理解，所
謂「三文魚」當然是指涉自身即有重要文學史地位的經典作家、經典
作品，書稿第六、七、八章處理的原本就備受關注的阿部知二、佐藤
春夫等文學重鎮即為此屬；「土豆絲」應該是那些文學史的「邊角
料」或被慣常的歷史書寫所壓抑、遮蔽的個體抑或群體，書稿的第
四、五兩章提供的便是兩種土豆絲菜品。這種雅俗並舉、巨細相容的
策略背後顯然是作者的匠心所在。

　　這種歷史觀、文學史觀不僅支配了昇遠的「問題意識」生成機制
以及這個看起來並不規整的框架結構，更決定了他文獻的搜求方針、
甄選眼光和解讀策略。以近年來中日比較文學研究領域成果迭出的日
本人的中國觀／中國紀行、中國人的日本觀／日本紀行之類研究為
例，相關論著大都提供了豐富的材料，但整體看來多可視作因對象不
同而做出的平行「位移」，因為透過近似的觀察／認識裝置只能看到
似曾相識的風景，研究者的「主體性」便湮沒在這些文獻中。昇遠認
為，近現代中日文學、文化關係相關問題若只侷限在學界盛行的中日
二元分析框架中闡釋，常會因格局過小而流於淺層觀察，難以觸及根
本，「中→中」、「日→日」模式下的自我表象、「中⇌日」模式下的
「單向注視」乃至「雙向對視」都缺乏闡釋力和理論生產性。必須在

中日彼此的相互性視點之外導入多極間的視點，將複數的對象與伸向
自己的鏡中相互反射出的自我與他者的形象集結起來，方可使「問
題」從一個小的切口進入並得以充分展開，從而推及某種超越中日的
普遍性。而多極間視點的發現及其引入機制、闡釋框架的再創正是難
點所在，也是這篇博士論文的鮮明特點。事實上，在這一點上昇遠的
嘗試是多樣化的。

　　在書稿的第五章中，作者做了大量的文獻考索工作，不僅從浩如
煙海的中日近現代文學（廣義意義）文本以及黑格爾的《歷史哲
學》、福澤諭吉的《文明略概略》等哲學、思想文本中擷取出「人力
車夫」相關表述，並借助譯本搜求到不少近代以降西洋人士對中、日
兩國人力車夫的相關評論、創作，通過對「中→中」、「日→日」、
「西→西」的自我表象以及「中→日」、「日→中」、「西→日」、「西
→中」的多面性文學鏡像之梳理、細讀，釐清了近代以降人力車從西
洋越界東亞後在中日兩國的歷史境遇，以及人力車夫跌宕、淒慘的命
運。然而，作者不滿足於「把故事講好」，圖窮匕見，據此所討論的
近代歷史脈動中東亞近代性的明暗以及「同情的國界」等理論問題才
暴露了他的理論野心。顯然，「人力車（夫）」只是他的一種透視工具
而已。同樣，第四章中通過對日本文化人北京天橋體驗的討論思考西
洋「文明」觀在近代東亞的境遇亦可作如是觀，實證研究的文獻功底
和理論思辨得到了較好的融匯。

　　昇遠對多極間視點的追尋和引入還體現在他對戰爭時期周作人附
逆問題的研究上。儘管周作人研究成果層出不窮，但一旦當事涉戰時
道德問題、身分認同問題與民族主義情緒等複雜糾葛下「親日派」、
附逆文人相關問題之討論，或受民族主義情緒桎梏，因人廢言，將其
釘死在歷史恥辱柱上；或臆測揣摩、顧左右而言他。坦率地說，中國
現代文學研究者、日本文學與文化研究者「非不為也，實不能也」的
無奈中，有語言、材料的問題，更有視野的問題。關於此中病弊，我

想昇遠說到了點子上：

> 迄今為止，中國現代文學研究界對北京淪陷時期周作人的理解
> 與論述過多地依賴當事人周作人的個人敘述、戰時京外人士或
> 戰爭勝利後還京者隔閡不小的揣度與追憶。輕信當事人的自我
> 表白乃至辯白則難以與研究對象拉開距離，倚重「不在場」者
> 道聽塗說的評論更難免導向隔閡、成見的陷阱；即便以上視角
> 二合一，也總難免有偏狹之弊，因為缺乏了原本「在場」的、
> 必要的「第三維」——戰時日本人的觀察與評論及戰後日本相
> 關當事人的回憶等。

　　他甚至借用了卞之琳的那句「你（日本人）站在橋上看風景（周
作人），看風景的人（昇遠）在樓上看你（日本人）」（《斷章》）來解
釋自己與木山英雄因立足點之不同和所看到的「風景」差異，這是一
個精當的比方。他所關注的被表述的、鏡像化的周作人，確乎是未曾
被整體對象化的、周作人研究中始終被忽視、實則又必不可少的觀照
維度。通過基於這一維度透視到的實像與虛像之解析，他不僅看到了
戰時作為周作人的參照物而被復活、「被歪曲的魯迅」表象背後的政
治動機，還通過對周作人文學日譯本的鉤沉索隱和文本細讀，發現了
周作人「親日派」形象形成機制與文學譯介之間的深度關聯，這顯然
為知堂研究或以周作人為代表的附逆文人、「親日派」研究、戰時中
日文學文化關係研究等開闢了新的論域、提供了新的視角與可能。在
二〇一三年第一期《外國文學評論》雜誌的編後記，編者高度評價了
昇遠等幾位學者的「敘事能力」，文中指出「所謂論文寫作的『敘
事』能力，是指以幾個層面或者幾條線索的並置、呼應、交叉、重疊
展現一種歷史的縱深，它實際與個人的歷史空間想像力有關」，這一
評價我認為是比較客觀、恰當的。

　　再來看看他是如何處理三文魚的。眾所周知，文獻研究是日本學界的長項，甚至在我們所熟悉的中國現當代文學研究領域，他們也經常提示出新的文獻、檔案，讓我們自愧弗如。據我所知，昇遠在視野、觀念和方法上的一些新思路恰恰是建立在對新材料充分發掘的基礎之上的；有些時候，情況是反過來的——他對新材料的發現正是新的視野和觀念推動的。例如，他曾指出，在中國侵華時期日本人的惡貫滿盈幾乎人盡皆知，但要問惡人究竟做過哪般惡事，除了抗戰雷劇提供的極不可靠的信息，大多語焉不詳，在各種口號盛行的當下中國，「抗日」和「反日」常常只是充斥著民族主義情緒的空洞口號，其對象常是模糊不清的，學術界的情狀似無二致。而中國學者在新史料的發掘與闡釋上的用功不勤，不僅將導致日本文學史、思想史論述的不可靠，更將使本民族的巨大歷史創痛被徹底掩蓋直至遺忘。而面對講求數據、史料的日本學界，要與之分庭抗禮、辨明是非，就不能拾人牙慧、亦步亦趨，我們必須用新材料說話，以其人之道還治其人之身。如此看來，昇遠對那些為逃避戰爭責任追究而被有意銷毀、諱飾的重要作品之考古發掘不僅有著重構「全黑時代」的日本文學史、思想史探徑布石的學術動機，更有著「拒絕遺忘」之歷史自覺，這種歷史使命感在「八〇後」一代學者中顯得尤為可貴。他說：

　　　　在某些特定的歷史語境下，在日本文學視域中不願重提的「往
　　事」，置換到中國的研究視野，便不得不提——學者的立場應
　　該是「拒絕遺忘」。當然，所謂「拒絕遺忘」，首先是基於對被
　　忽視、被遮蔽文學作品的考古發掘與再評價，以此作為在材
　　料、視野、觀念與方法上發現反思日本近代文學史、思想史相
　　關論述的契機，甚至以此為基礎，在現實層面上，通過其涉華
　　活動、創作的全面呈現、冷靜辨析，走向對日本文化人涉華戰
　　爭責任的追究。

　　書稿第七章和第八章處理的是日本著名作家、漢學家佐藤春夫戰時的涉華活動與創作。在翻檢了中日權威學者編寫的各種佐藤春夫詞條、年譜和傳記之後，他發現一九三八年佐藤的「北京之行」及其相關創作幾乎被文學史「有意」地遺忘了。他廣泛查閱了保田與重郎、佐藤春夫、周作人、錢稻孫、竹內好等同時期的相關作品，清晰地復原了此次行程之經緯，並通過對佐藤北京題材詩歌與小說的解讀，釐清了這位「國策文學」作家在侵華戰爭時期向法西斯當局獻媚、甘心為其效勞的投機趨時行徑，重估了其在戰時日本文學史、中日關係史上的意義，在有力、有效地批判了日本學術界的「不可靠文學史論述」之同時，也立場鮮明地批判了張承志等為加害國尊者諱的傾向。

　　通過對這位漢學家的個案研究，昇遠在嚴紹璗先生的「國際中國學」研究對象「四層面說」之外提出了「第五層面」，即「海外中國學家（漢學家）是如何以其涉華活動和創作直接或間接地介入、影響了中國政治、經濟、文化諸領域的發展乃至其母國對華關係的進程。」這是一個可喜的理論發現。

　　由個案研究對既有理論或學術史定見提出疑問，並在此基礎上拓展了其邊界與可能，提出新的理論概括，這種學術思路也呈現在昇遠博士論文的其他各章節。書稿第九章通過上世紀三、四〇年代長期活躍在北京的村上知行有關北京文人的論述，對薩義德「東方主義」的東亞適用度提出質疑，進而提出「東方內部的東方主義」這一新的理論形態。第六章通過對阿部知二之長篇小說《北京》的詳盡解讀，對戰時阿部知二文學的「人道主義」、「理智主義」提出了質疑和批判，並令人信服地歸結出其「行動主義」文學的實質。

　　昇遠的這部書稿全文三十萬字。這些年來，博士論文越寫越厚，水分越來越多，三十萬字者也不少見。為擠除「水分」、經受學界同仁的審視，作者將所有章節都投稿發表。七年間，這本著作所有的章節都已通過在《外國文學評論》、《外國文學研究》、《中國比較文學》

等重要學術期刊上的發表，而受到了學界同仁的關注。現在又以一部專著的形式出版發行，可以說是此前他的研究的總成。

　　我和昇遠相識十多年了，一直目睹昇遠的刻苦努力和快速成長，目睹他從一個碩士生、博士生、青年教師，到以三十二歲的「低齡」晉升為教授乃至日本文學的博士生導師，我感到高興和欣慰。對他而言，今後的路還很長很長。作為他的導師、他的朋友，惟望他持之以恆，戒驕戒躁，腳踏實地做一個「掃地僧」，如此，則未來尤為可期也。

　　是為序。

　　　　　　　　　　　　　　　　　　二〇一六年二月二十二日

黃玲《跨越中的邊界》序[1]

　　黃玲博士在博士論文基礎上修改完成的著作——《跨越中的邊界：中越跨境民族文學比較研究》——就要出版了，希望我寫一篇序文。我不是黃玲的導師，按說沒有資格寫序。但她的導師、也是我的大學校友韋建國先生，幾年前還沒有看到黃玲畢業就因病不幸離世。黃玲的另一位導師李強（黎羌）先生也是我的好友，加上我曾經主持過黃玲的論文答辯會，對她的論文本身比較熟悉，因而寫序也是義不容辭。不過，這些年來我雖說大力倡導東方學、東方文學及東方比較文學，但研究領域涉足有限，黃玲的論題是中越文學民間文學的關聯研究與比較研究，對此我只是略有所知，至多算是一個半外行。我曾在十幾年前曾指導一位越南籍博士生阮紅鶯，完成了中越古代文學關係研究的博士論文，但即便如此，也只能說對這方面的研究有興趣、很關注而已。由於眾所周知的原因，中越文學關係的研究為數很少，成果不多。黃玲的這部書，我已經關注了好幾年，光收到她不同時期的初稿，就有三、四份了。現在，眼看黃玲的大作即將付梓，作者又給了我寫序的機會，使我得以表達對這部著作即將問世的欣喜祝賀之情，同時也想談談我對作者及著作的印象與感受，對讀者也算是個引介。

　　我與黃玲的相識是二〇〇八年秋，在陝西師範大學召開的中國東方文學研究會第十二屆年會上。當時的黃玲作為博士生積極參與會

1　本文原載《跨越中的邊界——中越跨境民族文學比較研究》（北京市：人民出版社，2016年）卷首。

務，後來黃玲在北大訪學期間，以及我在北大、北師大的一些講學活動的場合，也見黃玲在場。她也曾來我北京的書齋做過客。在我的印象中，黃玲是個文靜內斂、說話辦事有板有眼，極為認真的人，也是一個對學術有熱愛、有追求的人。

2011年5月，我作為畢業答辯委員會的主席，主持了黃玲的博士畢業論文答辯。黃玲的博士論文選題新穎，視野開闊，材料扎實，論述深入，閱後感覺是近幾年所評審的比較文學博士論文中不可多得的優秀之作，於是很樂意答應邀請，去西安主持論文答辯。在答辯過程中，我有意繞開了一般學生都會精心準備的問題，而從另外的角度提出問題，這時答辯者都不免緊張，但黃玲仍然是從容不迫，一板一眼，談了自己的思考，也談了自己的研究中的困惑和今後的打算，足見她並沒有止於應付畢業，也不怵於思想交鋒，而是謙遜地請教、坦誠地探討，給答辯委員會留下了很好的印象。

獲得博士學位後，黃玲回到自己的家鄉百色任教。與京滬西安比較起來，百色地方偏遠，大學不大，學術氣氛如何、能否人盡其才，我曾有所擔心，也跟她分析過利弊。但一想到她的研究領域是中越文化關係，就覺得利大於弊。記得我跟她說過：周圍學術氣氛濃不濃，你可以不管它，但小氣氛要靠你自己去營造；百色本來就是中越跨境民族的居住地，從中越文學、文化關聯與比較這個學術領域而言，在百色工作生活是得天獨厚，要好好利用中越民間文學的沃土，展開田野作業，不是從文字到文字，而是從鄉土到文字，這是社會學、民俗學與民間文學的方法優勢。看來，這幾年，黃玲真正做到了揚長避短，在百色學院嶄露頭角。又去廈門大學做了博士後，研習民俗學社會學，將學院派的學術方法用於跨境民族民間文學的研究，真是居一隅而不偏，盡得地利之便。她已經在她那裡、在實際教學與研究的過程中漸漸成長起來、成熟起來了。又主管學報編務，做了副教授，還陸續獲得了一系列科研基金項目立項，包括教育部人文社科基金青年項目《跨境民族文學與中越民族文學交流》、中國博士後科學基金項

目《文化記憶與文化實踐：中越宋珍故事比較研究》、國家社科基金一般項目《文化人類學視域下越南民族文學與中國多民族文化研究》，爭取到這些項目立項，實屬不容易，難能可貴。在這個過程中，《跨越中的邊界：中越跨境民族文學比較研究》一書也不斷修改完善。

《跨越中的邊界》一書立足中越「跨境民族文學」這一獨特的研究對象，來透視中越兩國的文化歷史，凸顯越南民族文學與中國多民族文化的深層與多維的聯繫。在研究過程中，黃玲博士深入到中越邊境村落進行田野調查，對異文化加以體認、理解與尊重，廣泛收集地方民間文獻資料，將文獻考據與田野調查互用互證，以宏觀比較文學的視野，去追溯和反思中越文學與文化的歷史淵源與發展脈絡，將文學研究與國家歷史、民族命運與人類未來結合起來進行互文性的分析論述，挖掘出中越民族文化交流的許多有價值的新材料，提出了中越跨境民族文學的內涵與範疇、養育機制與文化生態、越南民族文學的民族敘事與民族化進程等新概念與新見解，不僅觀照了越南民族的文學敘事與文化心理，也以此為「借鏡」反觀中國民族的歷史文化。總的看來，該書理論深厚、視野廣闊、方法多元、材料扎實、立論新穎、論證深入，彰顯出強烈的人文關懷、反思精神與創新思維；在民間文學研究、中越文學關係研究乃至東方比較文學研究中，都是一部值得研讀的、扎實的著作。

黃玲博士這一代年輕學者，做學問的環境越來越好、條件越來越優裕了。在今後國家「一帶一路」宏大戰略背景下，對中越民族文學、文化的研究，不僅具有重要的學術價值，也有重要的社會文化價值。相信黃玲博士會再接再勵，大有可為，總有一天，她會成為這個領域第一流的學者。

二〇一五年十一月六日

田雁《漢譯日文圖書總書目：1719-2011》序言[1]

　　田雁先生的《漢譯日文圖書總書目：1719-2011》就要出版了，我很榮幸能有機會在這部大作的卷首寫上幾句話。

　　多年來，我國學界十分注意文獻書目的整理，陸續出版了多種相關著作。在漢譯日文書目的輯錄方面，也有相關數種著作出版。但是現在看來，有的出版較早，不逮晚近，如譚汝謙編、香港中文大學一九八〇年出版的《中國譯日本書綜合目錄》；有的由於學科門類限制，不能全面覆蓋各個學科門類，如王向遠著《日本文學漢譯史》所附〈二十世紀中國的日本文學譯本目錄〉。更有的書則不知什麼原因，錯漏百出，乃至錯漏千出萬出，不足徵信，如中國人事出版社一九九五年出版的《中國日本學文獻總目錄》。而田雁先生的《漢譯日文圖書總書目》則從一七一九年編起，直至當下，收錄範圍近三百年，廣為搜羅，查漏補缺，所得書目二五三六六種，堪稱漢譯日文書目集大成，規模空前，厥功甚偉。

　　田雁先生是文獻目錄與出版史研究的專家，對日本的出版史及與中國出版文化的關聯做了專門的研究。他在漢譯日文書目文獻的收集整理與校勘方面也顯示了可靠的專業素養。《漢譯日文圖書總書目》在書目收羅的竭澤而漁的齊全性、信息資料的可靠性、編纂編排的科學性與適用性方面，可謂畢其功於一役，足資讀者信賴與利用。中日

1　本文原載《漢譯日文圖書總書目：1719-2011》（北京市：社會科學文獻出版社，
　　2015年）卷首。

文化交流史研究者，中日比較文學與比較文化研究者、翻譯學、譯介學、譯文學研究者，圖書館學及出版學研究者，乃至許多對中日問題有興趣的讀者，都希望能有這樣一部書目文獻工具書置於左右，隨手翻檢查閱。

　　也許有人認為，在今天的數字化時代，檢索文獻信息十分方便了，像書目索引這類的工具書就不那麼重要了。其實恰恰相反。在沒有專門工具書的情況下，只靠電子主題詞的海查檢索，倒是快捷方便了，但缺點則是會有不可避免的、莫名其妙的遺漏，只能大致了解情況，不可據憑。鑒於這樣的觀察和想法，我本人在近幾年也拿出相當的時間和精力編纂《中國比較文學論文索引》、《中國比較文學年鑒》等工具書，並以此輸送電子媒介。同樣的，現在只有出版像《漢譯日文圖書總書目》這樣的文獻目錄的紙質本，並使其成為電子檢索的母本，才能使電子檢索在快捷性之外，也有周密性與可靠性。

　　看到這二萬五千多種書目，我有歎為觀止之感。近三百年來、特別是近一百多年來尤其是最近四十多年來，中國的翻譯家們對日文圖書譯介的用心與勤勉、出版者的努力與效率、廣大讀者關注與閱讀的熱情，還有我國作為一個文化大國的巨大包容性與翻譯大國的開闊的胸襟，都可以從這洋洋大觀的書目中體會和感知。人說文化大國必定是翻譯大國，翻譯大國必定是文化大國，誠哉斯言！這些譯書，表明近現代中國不僅面對中國以西的「西洋」，也面對中國以東的「東洋」；不只是被動地迎拒外來文化，更是積極主動地從異域採擷。他山之石，可以攻玉，漢譯日文書為三百年來中日文化交流的廣度與深度留下了最確實的證明，對我國的文化建設所起的作用，值得高度估價和充分評價。而且，翻譯本身既是知識文化的引進，也必然含有譯者乃至讀者的許多創造性的解釋、轉換、轉化與消化吸收，譯文也構成了我們自己的文化遺產的一部分。因此，編出這兩萬五千多種書目，也就等於為我國三百年來翻譯文化及其遺產列出了一份清單。

　　《漢譯日文圖書總書目》卷帙浩繁，涉及多學科門類的書目，需要廣徵博採，耗時費力，工作量巨大，辛苦了編者一人，方便了千萬讀者。我作為讀者之一，在此對編者田雁先生表示由衷敬意和謝意，並對本書的出版發行表示祝賀。

　　　　　　　　　　　　　　　　　　二〇一五年四月十五日

李煒《都市鏡像：近代日本文學中的天津書寫》序[1]

　　大約在十年前，我開始鼓勵擅長日語的博士生們圍繞中國城市空間進行日本「涉外文學」的研究，具體選題有《日本文學與北京》、《日本文學與大連》、《日本文學與西安》、《日本文學與天津》、《日本文學與哈爾濱》等。記過幾屆博士生的努力，上述選題均先後落實，並且都有了可喜的成果。獲得博士學位後，專著的出版、國家社科基金等的立項捷報相繼傳來，這些都是對「日本文學與中國都市」系列選題的最有力的肯定。眼前這部《都市鏡像：近代日本文學與天津》，就是李煒博士在其博士論文《日本文學中的天津書寫及其殖民生態》的基礎上修改而成的。

　　我常跟學生說，選題有兩種：一種是好寫的但寫不好；一種是不好寫的但可以寫好。所謂「好寫的」，指類似題目的先行研究較多，材料豐富，可以輕鬆地寫出很多字數，卻很難寫出新意，要想有全面的創新更是難上加難，所以說「寫不好」；所謂「不好寫的」，是指該選題別人很少研究或無人研究，材料是原始性的，收集整理材料需要付出大量艱苦的勞動，寫起來費時耗力。但這樣的題目一旦寫成，作者便能提出新鮮的思想見解，在學術界將具有填補空白的性質，如若出版成書就是一個嶄新的知識產品，能為讀者展示新的知識領域。所以說可以「寫好」。

1　本文原載《都市鏡像：近代日本文學中的天津書寫》（天津市：天津古籍出版社，2016年）卷首。

　　以這樣的觀點來衡量，李煒的博士論文選題就是那種「不好寫」的題目。她在論文寫作的過程中，首先面臨的困難是可供參考的先行研究少之又少，與日本文學中的「上海書寫」、「北京書寫」等相關研究碩果纍纍的情況截然不同，日本文學中的「天津書寫」研究僅有三四篇論文。其次面臨的困難是「天津書寫」原始資料難以搜尋。天津這座城市，雖然因擁有「天子之渡口」的特殊位置而被譽為「帝京之咽喉」，雖然因占有重要的經濟地位被稱為「華北第一商埠」，雖然因便利的交通位置成為來華日本遊人的必經之地，卻不是日本文學中的「寵兒」。以天津為舞臺的日本文學作品，從數量上而言，不僅無法與古城西安與都城北京相比，與同為殖民地城市的大連及哈爾濱也不可相提並論。各種厚厚薄薄的《日本文學史》著作，對此類作品大都沒有涉及和評述。因此，在動手準備的頭一年，資料的收集、尤其是文學文本的收集，進展緩慢，收效不大，甚至能不能寫下去，似乎都成了問題。其間，我與李煒多次面談交流，我對李煒說：近代天津與日本有深刻的關聯，當年日本人把天津原有的地名都改成日本式的了，按照日本人喜歡記錄與寫作的習慣，關於天津的記事、描寫肯定有，而且肯定不會少，只是收集材料的思路與方法要加以轉換，未必都從「天津」這個關鍵詞入手，未必只盯住名家名作與純文學，未必只重視單純寫天津的作品，寫華北、寫北京而旁及天津的，也要納入視野。這樣的作品所反映的不僅僅是純文學的價值，它們的歷史文化的價值，是那些純文學、純歷史著作所不可替代的……。就這樣，終於柳暗花明，洞天別開，隨著資料收集工作的推進，論文寫作也順利推進。

　　現在看來，儘管在細節上看尚有眾多未盡之處，李煒卻將這個「不好寫」的題目「寫好」了。她將研究視角擴大到報刊報導、隨軍紀行文、軍事小說、戀愛小說、遊記、散文、隨筆、回憶錄等各類文獻，挖掘出了田岡嶺雲、江見水蔭、內藤湖南、谷崎潤一郎、芥川龍

之介、金子光晴、森三千代、尾崎士郎、吉川英治、杉山平助、吉屋信子、大田洋子等多位文人的「天津書寫」，可以說對日本文學中的天津書寫進行了較為全面的歷時性研究。而要將這些長久以來被學術界「忽視」的素材重新挖掘出來並進行系統整理的艱辛可想而知。

此書是李煒在博士論文的基礎上修改而成，卻並不等同於博士論文。如果將其博士論文比喻成「毛坯房」，這部著作則堪稱「精裝修」。博士畢業後，李煒又對論文進行了精心修改，堅守「小題大做」及「深挖細究」的原則，在原有論文的基礎上進行了更加深入的論述及分析，並將修改後的章節作為單篇論文發表在各類期刊上。陸續發表的論文包括《論金子光晴筆下的天津》（載《東北亞外語研究》）、《天津旅行與「支那趣味」——論谷崎潤一郎、芥川龍之介的文學表現與文化立場》（載《山東社會科學》），《選擇性失憶：論大田洋子的〈櫻之國〉》（載《日本問題研究》）、《尋求「棄作」中的「記憶」——以森三千代的《曙街》為中心》（載《外國文學評論》）等。可以說，博士論文的絕大部分內容章節都已經以單篇論文的形式公開發表了，因此，在這種主要情況下，作為一部專著出版，可以說是水到渠成的事情了。

當初李煒在我這裡攻讀博士學位，我一開始就告訴她：你是在職攻讀，三年也行，四年也行，甚至五年也行，前提是一定要把論文寫好再畢業答辯，不必著急。然而，事實上，她沒有著急，當然也不是慢慢騰騰完全不著急。不管怎樣，她只用了三年，就做到了上述的一切。在這三年裡，作為主婦的她有必須做的家務，作為老師的她有必須做的教務。當然最重要的，是作為博士生，她必須來修上課、必須用大量時間來寫論文。而這一切，她都做得很好。即便不是從容不迫，也是有板有眼的。這除了她的用功，還有她的基礎。在此前，李煒寫文章並不多，但她作為一個有成績的翻譯家，翻譯出版了各類日文作品達上百萬字。我曾說過，對於閱讀與接受而言，沒有比動手翻

譯更有效了，翻譯是研究的基礎，一個人若能經由百萬字以上的翻
譯，既能錘鍊中文，又能提高外文，更能鍛煉思維。李煒成功的經
驗，就證明了這一點。

　　本來，我跟李煒說，出書也不必著急，等相關章節全都以論文方
式發出來，再出書不遲。但現在正好趕上了一個好機會，天津的問津
書院正編一套關於天津研究的叢書，編者對這個選題很有興趣。能列
入對路的叢書出版，當然會有更好的效應，因此我完全贊成。這也表
明，李煒的這個選題，不僅是日本文學研究的成果，是中日文學關係
與比較文學研究的成果，而且作為近代天津研究的成果，也有獨創
性、開拓性。

二〇一六年八月十八日

於北京

關於博士生的科研及論文寫作
——在北師大博士研究生科研工作會議上的講話[1]

各位博士研究生：

研究生院要我給大家談一談我攻讀博士學位期間的科研情況，對我來說實在是勉為其難。雖然我博士早已經畢業了，但我覺得自己在科學研究、學術寫作方面仍然像個學生。所以，在這種正式場合談自己，實在有點不好意思。不過，利用這樣的機會和大家交流，我是很高興的。

我是一九八七年碩士畢業後留校任教的。在工作了七年以後，也就是一九九三年，才決定在職攻讀中國現代文學專業的博士學位。所以，和在座的大多數同學們相比，我在這方面是落後的。但是，現在看來，對我來說，晚一點讀博士也有好處，就是已經有了一定的學術積累，這對攻讀博士不是壞事。在座的大多數同學恐怕都是脫產學習，除了學習沒有別的事情。我在攻博期間，不但授課任務一點沒有減少，而且還擔任著中文系副主任的工作，主管教學，牽扯了許多精力和時間，非常緊張。在這種情況下，攻博士期間，特別是博士論文選題確定之後，每年都要發表萬字以上的學術論文七至十篇，平均四十來天就寫作一篇論文。一九九六年上半年研究生院對研究生在學期間發表在核心期刊（A/B 類）上的論文進行了第一次獎勵，據說我在全校研究生中獲得的獎金可能是最多的一個。每年都發表七至十篇

1　本文是王向遠在北師大博士研究生科研工作會議（會議地點北師大英東學術會堂）上的講話稿，摘要刊登於北京師範大學《研究生報》，1998年4月5日。

論文，這種情況一直保持到今年，但願今後仍然能夠保持這個勢頭。

在我國攻讀博士學位的時間只有三年，和其他國家比較起來，恐怕是最短的。在三年當中，既要修滿學位課程，又要寫完論文，通過答辯，時間十分緊張。而且，據說現在國家主管部門又有了新的規定，就是博士生在學期間一定有論文發表，才能准許答辯。這就向我們提出了一個要求，那就是，博士研究生不光要吃飯（讀書），而且要幹活（寫作）；不光要學習，而且要創造；不光要接受，而且要奉獻。怎麼辦？

以我個人的經驗，攻讀博士期間的科研寫作最好與博士論文的選題和寫作掛起鉤來。這兩者如果脫鉤，就要造成精力不集中，科研方向不明確，研究力度不夠大的情況。把這兩者結合起來，也就是說，你在答辯之前寫作或發表的論文，就是博士論文的某些部分或某些章節。我在博士三年間發表的論文，除了有三篇是約稿，與博士論文沒有直接關係外，其他大部分都是博士論文中的組成部分。我在一九九六年四月論文答辯的時候，論文的有關章節已經發出了二十篇左右。這樣做，起碼有這樣幾個好處：

第一，這些論文，雜誌社能否接受，能否給予發表，對你的研究是一種檢驗，也是一種挑戰。如果他的論文寫出來了，投到雜誌社，而雜誌社不採用，那可能說明他的研究質量或研究方法存在問題，應該及時尋找原因，加以調整和解決。如果一個博士生的博士論文，在答辯之前完全沒有、或很少得到發表，那麼，他的博士論文的質量恐怕就是值得懷疑的；如果雜誌社接受了，那本身就是對你的研究的一種最大的肯定，你就應該加強信心，鼓足幹勁，繼續研究下去。假如一部博士論文，在答辯之前已經有相當一部分公開發表了，而且發表的期刊的層次比較高，那就可以說，他的博士論文的質量是有保證的。

第二，論文發表以後，導師或同行就會讀到，就很容易聽取他們的意見和建議，對論文作進一步的修改和完善。當時我的論文每一發

表，我的導師郭志剛先生總是對我大加鼓勵。我每次都受到鼓舞，這成了我寫作的一個動力。有的外地的不相識的同行，還謙虛地寫信表示「請教」。這些回饋，對論文的寫作勢必會產生影響。有時候，這種影響還是決定性的。例如，我今年八月份在《北京社會科學》第三期上發表了一篇題為〈日本的侵華文學和中國的抗日文學〉的論文，這篇論文也是我的博士論文中的一節。社會反響很好。發表後不到一個月，中國國際廣播電臺就對我做了採訪，並譯成外文分兩次對全世界廣播。這促使我確定了一個新的選題，就是把《日本的侵華文學和中國的抗日文學》擴寫成一本書，現在這本書的正在寫作過程中。我本人對這本書充滿了很大的期望。計畫寫出二十五萬字以上，兩年後完成。

第三，把博士論文作為一篇篇的單篇論文先行發表，可以保證論文的獨創性，擠掉其中的「水分」。我這樣說，是因為現在的許多所謂「學術著作」，包括一些博士論文，兌的水分太多，也就是說，「借鑒」別人的太多。一本書，沒有多少話是自己說的。「博士論文」應該寫成一本書，一本專著，但是，我們為什麼不叫它「博士論著」之類的名字，而仍然稱它為「博士論文」呢？這除了習慣上的原因之外，我覺得是在強調「論文」兩個字。所謂「論文」，就不同於一般的學術性的或有學術價值的書，不管篇幅有多長，它都應該保持論文的品格，也就是說，它只交代自己的發明、發現或創見，而不要描述性的、綜述性的、鑒賞性的，甚至是拼湊的東西，它應該能夠解決學術上的疑難問題。嚴肅的學術期刊想發表的，就是這種創造性的東西。所以，我說學術期刊就像一個「篩檢程式」，把博士論文作為一篇篇的論文在學術期刊上先行發表，就可以擠掉一般著作中的「水分」，使博士論文的質量得到保障。

第四，把博士論文作為一篇篇的單篇論文先行發表，可以促使博士論文盡早出版。現在的許多出版社希望出版一些高質量的學術著

作，對於博士論文他們也是重視的。但據說現在的博士論文最終能夠出版的只有十分之一。文章先發表出去，就會有影響，出版社對博士論文的質量就會產生信任。我的博士論文還沒有寫完的時候，就有出版社來約稿了。而且不限字數，沒有任何附加條件。他們正是從我單篇論文中了解我的整篇博士論文的。

我說把攻博期間的學術寫作與博士論文結合起來，結合起來本身也許並不困難，但具體做起來就不是那麼容易了。關鍵在於選好題。什麼樣的選題能夠保證幾乎是每一章、每一節都能寫出創意，都能作為單篇論文得到發表呢？我覺得，選題的關鍵可以概括為十二個字：興趣強烈，難度較大，填補空白。

我覺得，對一個問題的強烈興趣，是由好奇心和求知欲所決定的。老實說，我做學術研究基本上是由興趣和好奇心驅使的。對於一個問題，我想弄明白，就去找書、找文章看，但現有的書籍和文章根本沒有講到，或是講到了但沒有講好，這就刺激了我的研究欲望。一旦我想研究某一個問題，我就不願受「科研課題指南」、「立項指南」之類的東西的束縛，不在乎能否獲得資助。反正文科和理工科不一樣，沒有資助，不花國家的錢，照樣可以出成果。一般地說，別人沒有研究的、空白的東西往往是難度比較大的。但對研究者來說，難度越大才越有研究的必要，難度越大也越容易出成果，越能填補空白。經常聽到有的學生在論文選題的時候，往往要反覆掂量「這個題目好寫不好寫」，不好寫就放棄了。我恰好相反，我認為論文的難度和論文的學術價值是成正比的。越不好寫的越想寫，有時候好像故意為難自己，跟自己過不去；有時候故意在試探自己的極限，就像體育比賽一樣，每次都想試試自己的極限在哪裡。我在研究某個困難的題目的時候，經常遇到這樣的情況，有時覺得這個問題簡直沒有辦法研究下去了，但正是在這種走投無路的困惑中，往往孕育著突破。因此我認為，博士論文的選題一定要有難度。每年四至六月份，我們經常會在

校園裡看到博士論文答辯的海報，我特別注意海報上的博士論文題目。老實說，有的題目一看就沒有意思，為什麼？因為過於一般，過於容易，難以解決大的學術難題。也有的題目一看就有意思，於是就想去旁聽一下。

今天時間有限，不再浪費大家的時間了。以上的話不一定對，僅供參考。最後祝願各位發表更多的文章，寫好博士論文。謝謝。

學術＋藝術＝教學基本功

——在「北京高校第三屆青年教師教學基本功比賽」總結點評大會上的講話[1]

《現代教育報》編者按：在北京教育工會組織的「北京高校第三屆青年教師教學基本功比賽」文科賽場比賽結束後，文科評委組組長王向遠教授對高校教師教學基本功的內涵做了精彩的點評。中小學教師讀一讀這個點評，相信會大有裨益。

　　我們的比賽叫作「教學基本功比賽」。所謂「教學基本功」，包含了許多方面的內容。但我認為最根本的一點，還是學術上的基本功。

　　作為一個大學教師，應該是或者應該有可能成為各自學科領域中學有所成的專家、學者，應該對學科中的某些問題、某些方面有自己獨到的研究，應該把自己的研究成果應用於教學、運用於課堂。當大學教師，難就難在這個地方；他的基本功，也體現在這個地方。但是，拿這個標準來衡量，現在有相當一部分高校教師，還只是教書先生。許多教師比較習慣於或滿足於按現有的教材、把現有的知識傳授給學生，把現成的觀點傳達給學生，而忽視了教師個人獨特的視角、獨特的思路、獨特的觀點、獨特的研究成果；忽視了自己在學術上的獨特性、探索性、啟發性、創新性。表現在教學實踐中，常見的情形

1　本文原載《現代教育報》，2001年2月28日第3版，是王向遠在「北京高校第三屆青年教師教學基本功比賽」總結點評大會（會議地點北京外交學院禮堂）上的講話稿的摘要。

是照本宣科，或變相地照本宣科，或者背書、背講義。由於講的不是
自己所研究出來、體悟出來的東西，所以缺乏激情、缺乏感染力，也
就缺乏個性。有的教師雖然口才不錯，也有授課技巧，但學術底氣不
足，往往以常識代替學術，所講內容顯得過於簡單、淺顯，缺乏學術
深度。老師的學術水平不高，就難以成為學生的表率和模範，也難以
對學生進行有效的指導。我認為，這是我國高等教育的總體水平還落
後於世界發達國家的一個重要原因。

　　所幸的是，我國改革開放以來成長起來的中青年教師，大都接受
了從本科到碩士、博士的正規的、系統的教育。我們是時代的幸運
兒，具備了前所未有的學習和成長的優越環境和條件。因此，我們沒
有理由不成為名副其實的大學教師，沒有理由不成為學問家。通過觀
摩這次教學基本功比賽，我深深感到，在我們的大學講臺上，一批大
有希望的中青年教師成長起來了。他們中，有的已經是學有所成的專
家、學者，有的顯示出了相當好的發展前景。評委們為北京的高校不
斷湧現出這樣高水平的教師，感到高興並深受鼓舞。

　　大學講臺上的一堂成功的、精彩的課，還應該是「學術性」和
「藝術性」兩方面的統一。其中，「學術性」是根本，「藝術性」是服
務於「學術性」的，沒有「學術性」，也就談不上「藝術性」。

　　所謂「藝術性」，是為學術的傳授和表達而利用的、行之有效的
方法、技巧、手段並由此而對學生形成的感染力。對大學教師來說，
沒有學問絕對不行，但光有學問也是不夠的。因此學術上的「基本
功」不是教學基本功的全部。必須認識到，學問做不好，教學肯定做
不好；但學問做好了，教學也不一定就能做好。因此，教學基本功的
另一層含義，是對課堂教學基本手段、技巧、方法、甚至表情、動作
等形體語言的科學的、恰當合理的利用。這大體屬於課堂教學技術層
面上的基本功。這些方面的基本功，體現在這次比賽的評分標準中
的，主要是多媒體教學手段的使用、板書和教態。

　　此次比賽，在多媒體的使用上，比頭兩次有很大的進步。在觀摩過程中我們深深感到，多媒體手段的運用，確實能夠增強教學效果，對理工科來說簡直不可缺少，對文科的某些學科，如經濟、法律、藝術學科，也很必要。但是，多媒體畢竟只是技術手段，運用應該合理、適當，不能濫用，或為使用而使用。例如，將講稿全部搬上銀幕（有些評委稱為「黑板搬家」），勢必會分散學生對教師講課的注意力。此外，評分標準中也強調「板書」一項。在文科教學過程中，一手漂亮瀟灑的粉筆字對學生所產生的魅力，是多媒體等其他手段不可替代的。比賽過程中，我們也發現了一些有待改進和提高的地方，除了基本功的問題之外，還有一些操作層面上的問題。如有的教師將教案寫成了論文格式，有的教師把二十分鐘的演示變成了一節課的壓縮，有的教師不慎出現了發音或書寫上的錯誤，有的教師過分「包裝」，太多的表演成分而顯得不夠本色和自然等等。

　　課堂上水平是一個不斷提高的過程。不同年齡、教齡、學術素養的教師，要通過比賽找到自己發展的目標。至於比賽結果，我想重要的不在獲獎，而在參與。凡是參與者都是贏家，都是勝利者。

青年教師教學中三個值得注意的問題

——在北師大第九屆青年教師教學基本功比賽總結頒獎會上的發言[1]

老師們：

現在我代表第九屆青年教師教學基本功比賽文科評委組，對比賽做一個簡要的評析，也順便談談我個人的感受。

今年文科組的比賽，參賽選手有二十二名。他們來自九個教學單位，都是經過各單位初賽後選拔推薦上來的。他們中年齡最大的四十多歲，年齡最小的二十八歲，教齡最長的有十五年，教齡最短的一年，他們幾乎全部都是第一次參加比賽。因此可以說，這次比賽是對近幾年來我校文科本科教學的一次集中展示和檢驗，並在很大程度上體現了近年來我校文科四十歲以下青年教師的講課水平。我和其他七名評委，在一整天的聽講中，學到了不少知識，得到了不少啟發，我本人及評委組對比賽的印象總體上是良好的。在此特向各位選手表示敬意和謝意。

我們認為，絕大部分選手都達到了這次比賽的基本要求，體現了教學中應具備的基本功。因此優點往往是共通的。由於時間有限，這

1　本文是王向遠在北師大第九屆青年教師教學基本功比賽總結頒獎會（會議地點北京師範大學英東樓學術會堂）上的發言稿。摘要發表於《北京師範大學校報·理論專版》，2003年11月28日。

裡不必多講，只講幾個比賽中表現出的有普遍性的三個問題，以供老師們和學校有關部門參考。

　　第一是講課中的個人的獨特見解與公認的科學性，兩者之間應該如何取得平衡。原則上說，大學文科課堂教學也應該和學術研究一樣，在一定的規範下，應是百花齊放，百家爭鳴。人文社會學科的教學有一定的規律、規矩和規範，但同時又應該鼓勵教師在課堂上發揮自己的獨特性、獨創性，就是普遍和個別、不變與可變的矛盾統一。教師有獨特性，學生就可以從不同的教師那裡得到不同的東西，使他們更多地受益。這是大家在理論層面上一般都能接受的觀點。但具體到教學實踐中，處理好個人的獨特見解與公認的科學性之間、個人觀點與現有的通說之間的關係，是極為困難的。在這次比賽中，許多的選手，注意到了知識上的可靠性，教風比較嚴謹，但學術個性不突出，個人風格不明顯，顯得缺乏激情，缺乏感染力，較為平淡。另一種情況則相反，個人的學術特色、個人的見解很突出，思想活躍，很有才氣、激情和感染力，很吸引人，但同時觀點不免顯得「偏激」，有時有的材料運用不夠恰當。我想，這兩種情況也許相當程度地反映了文科青年教師的教學實際。如何將這兩者統一起來、結合起來，竊以為是青年教師、乃至所有文科教師都應該思考的問題。但在這次比賽中，由於評委們對後一種情況的看法不太統一，對有關參賽老師的比賽成績的評估有所影響。但依我個人的趣味，我更推崇後者。我想，只要不是故意嘩眾取寵，只要是嚴肅思考之所得，即使「偏激」一些，即使有些知識點不太準確，也是可取的。因為這符合文科、特別是人文學科的教學的根本目標，即在傳授知識之外，更重要的還是活躍學生的思想，培養學生創造性思維的能力。

　　第二，關於教學中的學術含量問題，應該引起老師們的重視。近來在《光明日報》上看到一位大學校長的一篇文章，他說現在大學中最大的浪費是「教師講廢話」。對此我深有同感。近十年來，從我參

加一九九四年的第一屆學校和北京市的基本功比賽，到後來在北京市和學校做過幾次基本功比賽評委，又在中文系負責過教學工作，因而有機會聽了不少老師的課，大有收穫之外，深感在文科課堂上，「教師講廢話」是一個普遍的、較嚴重的問題。在此次比賽中，有老師的課在我們這些非專業的外行聽來，也是缺乏深度，流於常識。他講得固然很正確，然而卻無用。因為大都是些套話、空話、不痛不癢、蒼白無力的話，所以無用；許多話，他不說，大家也知道；如果要大家說，差不多也能說到這個水平或超過這個水平，這就是「廢話」的特徵。出現廢話過多的情況，根本是由於講課的學術含量太少造成的。我個人認為，文科專業課教學水平提高的關鍵是提高教師的科研水平。一個老師科研做得好，教學未必就好；如果科研做得不好，教學就不會好到哪裡去。高水平的教學歸根到柢是要由高水平的科研來支撐的。

　　第三，就是講課中的信息含量問題。我們在講課中，常常講的是別人的現成的材料和觀點，專業性很強的課程是如此，普及性的公共課更是如此。這些觀點和材料，學生都可以在文獻上找到，那麼為什麼還有必要辛辛苦苦跑到課堂來聽老師講呢？恐怕主要就是因為他可以在課堂上獲得更多的信息量，在一定的單位時間裡取得更高的學習效率。在這次比賽中，有的老師的課並沒有太多個人的學術見解，但仍然具有較強的吸引力，我想原因就在於他的課信息含量高。信息量高就能夠對學生造成較強的衝擊和刺激，取得好的教學效果。如歷史系王東平副教授講匈奴民族的興起，中文系康震副教授講李白的詩等，在短短二十分鐘裡凝聚和包含了那麼多的知識信息，非專業研究者所不能為。但也有的課，信息含量偏少，課堂氣氛顯得比較鬆弛甚至鬆垮，達不到應有的信息力度和密度。有的老師可能受到了教育理論界某些時髦理論的影響，過分強調以學生為中心，有意淡化老師的主導作用，老師傳達給學生的信息量很低，課堂上缺乏焦點和凝聚

力。這個作為教學試驗可以嘗試，但作為一般的課堂教學是否持久可行，是有待商榷的。

　　儘管存在上述問題，本次比賽仍不失為是一場高水平的比賽。我說的高水平是總體上的，並不是說只有一等獎獲得者才是高水平。事實上，許多二等、三等獎獲得者的課，也是高水平的。有些三等獎獲得者所具備的優點，甚至是一等獎所不具備的。我的意思是，任何評獎只是取評委意見的公約數，難以做到絕對的公平。此次評獎當然也不例外。應該說，絕大多數參賽者的高水平，造就了此次比賽的高水平。它從一個側面表明，我校文科教學沒有出現人們所擔心的「滑坡」現象。從一九九四年的第一屆開始到二〇〇一年的第六屆，我們的選手在北京高校的比賽中，文科賽場的選手所獲得的一等獎數量一直位居在京各大學之首，高於北京大學和人民大學，而且其中至少有兩次是一等獎的第一名。由此看來，我們應該對我校文科的教學科研水平抱有足夠的自信。我相信，在來年上半年將舉行的北京第七次高校教學基本功比賽中，我們的老師還將會取得優良的成績，為我們的北師大爭得榮譽。

　　謝謝大家！

我對中日文學與文化關係的研究
—— 十五年的回顧[1]

一

　　我不是日本研究和中日關係研究的專門家，但我對日本文化、日本文學抱有很大的興趣，近二十年來，為了學習與研究日本語言文學、日本文化，付出了相當的精力，自然也取得了一些成果。在我迄今為止所發表的一百篇文章中，有半數與日本有關；在已出版的十二部著作中，有四部與日本有關。因此，自己雖不敢自稱是日本與中日關係研究的專門家，但說是「研究愛好者」還是名副其實的吧。

　　我是怎樣開始學習與研究日本的呢？話還得從二十多年前說起。

　　我於一九六二年十月出生於山東省，整個小學時代中學時代的大部分是在所謂「文化大革命」時期度過的。處在那種時代環境下，那時候像我那個年齡的人，都不知道知識有什麼用，也完全沒有用功學習的動力。一九七六年，中國發生了眾所周知的巨大變動。次年，在鄧小平的決策和推動下，中國第一次恢復大學招生考試制度（文革時期是工農兵推薦上大學，入學考試被取消），但我那時是將信將疑，覺得考試不過是裝裝樣子、走走過場而已；接著一九七八年舉行了第二次考試，眼見許多並沒有「政治背景」的普通人都考上了大學，這一事實已充分證明考試原來並不是假的，而是「真的」。明白了這一點，我便很快明確了今後努力的目標——考大學。

1　原文為日文，發表於日本京都外國語大學《研究論叢》第64號（2005年4月）；日本「論說資料保存會」編輯出版《中國關係論說資料》第64號（2006年）全文採錄。

　　那時我已經是高中三年級。在父親的安排下，從老家來到了父親
工作的教育條件較為先進的臨沂市，轉入臨沂第三中學，做複習考試
的準備。我從小喜歡文學，自然打算報考文科。對於文科考生而言，
外語很重要；在外語中，英語和日語最重要，而當時山東省的對外改
革開放主要是對日本開放，因此學習日語成為熱潮。那時臨沂第一中
學有一位賴先生，據說是臺灣籍人士，在日本長大並接受教育，戰爭
時期在日本軍艦上當會計，戰後沒有回日本，而是留下來當了中學教
師，先是教數學，一九七二年中日邦交正常化以後改教日語，結果臨
沂一中便成為山東省最早在中學開設日語課的中學。當時賴先生上課
時的情景真可以用「門庭若市」來形容，他講課時教室外面的窗口上
都爬滿了聽課的學生。我就是這其中的一員。後來和賴先生熟悉了，
便常常到他家討教。於是，學習日語的興趣越來越大了。一九八四
年，我考上了曲阜師範大學。曲阜是孔子的家鄉，那所大學也因為孔
子而知名。我讀的雖然是中文系，但中文系的外語課有英語和日語兩
種語言可以選擇。我選了日語課，並且有幸碰上了一位教日語的李天
昂先生。他是一九三〇年代東京帝國大學畢業的，日語水平高。除了
聽他的課外，晚飯後我還常常陪先生散步，借機和他練習口語，從大
學四年級開始，為了能夠讀懂日本古典，我還開始學習日本古語。

　　進入大學二年級後，我決定考研究生，而選擇的研究方向則是日
本文學。為了準備考試，我拚命學習日語，系統地學習了日本歷史和
日本文學史。一九八四年，我如願以償地考上了北京師範大學中文系
「比較文學與世界文學」專業「東方文學與日本文學」方向碩士研究
生。我是首屆該方向的研究生（在全國只招收了兩名）。十年後，我
又在北京師大攻讀中國現代文學的博士學位。碩士階段學習的是外國
文學與日本文學，博士階段學習的是中國文學，使我在日本文學與中
國文學兩個方面有了一定的基礎和積累，為我此後從事中日文學的比
較研究和中日關係的研究打下了基礎。

　　我的日本文學研究是從日本文學的翻譯開始的。我決心從日本古典文學開始。一九八四年，我嘗試翻譯日本古代女作家紫式部的《紫式部日記》。為什麼要翻譯這樣困難的作品？一是那時紫式部的《源氏物語》的中文譯本剛剛出版，中國大學生及不少普通讀者都很感興趣，但對紫式部的生平了解很少，我想《紫式部日記》可以為《源氏物語》的解讀提供一些背景資料，於是不顧自己古語的淺陋，硬著頭皮、靠不斷地翻字典而終於翻譯了出來。但除翻譯出來之後，卻一直無法出版。主要原因是《紫式部日記》的大部分內容現在看來瑣碎無聊，缺乏可讀性，而且整篇作品譯出後有五萬漢字左右，作為單篇譯文發表嫌太長，作為單行本出版則又嫌太短而無法成冊。雖然譯文未能發表，但我卻從翻譯中掌握了紫式部生平與創作的一些資料，並且據此寫成了〈日本古代偉大的女作家──紫式部〉一文，一九八五年發表於《文學知識》雜誌，作為我公開發表的第一篇文章，至今令我難忘。一九八六年，我開始翻譯和研究江戶時代市井作家井原西鶴的作品，在一年多時間裡，譯出了《好色五人女》、《好色一代女》、《日本永代藏》和《世間胸算用》四部作品，合為一集，以《五個癡情女子的故事》為書名，然後向我素來憧憬的著名的上海譯文出版社投稿。該社的資深編輯、日本文學翻譯家吳樹文先生給我回信說：「井原西鶴這樣重要的作家應該翻譯出來」，並評價說「您的譯文文筆老辣」，這樣的誇獎真令我喜出望外。就這樣，幾年後（1991年），上海譯文出版社才正式出版了該書。這是我出版的第一部日本文學譯作。上海譯文出版社能夠接受一名年輕新手的譯作，我是非常感謝的。

　　後來我在一篇文章中描述了我當時熱衷日本文學翻譯的心情，這樣寫道：

　　　　從一九八五到一九八八年、一九九二到一九九三年間，在長達六、七年的時間裡，我常常對翻譯日本文學作品興致勃勃。為

了學習日本文學史，也為了借鑒別人的翻譯經驗，我大量購買、閱讀日本文學譯本。我讀譯本，讀原作，又將譯本與原作對讀，並憑自己的興趣愛好和並不完備的文學史知識，選定原作，動手翻譯，那時候既不知道別人是否在譯，也不知能否出版，憑著興趣只管開譯。後來又陸續譯出了「俳聖」松尾芭蕉的《奧州小路》、近代作家田山花袋的長篇小說《鄉村教師》、現代作家川端康成的中篇小說《睡美人》、三島由紀夫的長篇小說《假面的告白》和《午後的曳航》、太宰治的中篇小說《喪失為人資格》、谷崎潤一郎和芥川龍之介的若干中、短篇小說、當代作家村上春樹的中篇小說《一九七三年的彈球遊戲機》和長篇小說《尋羊的冒險》等，範圍從古典到當代，總字數超過了一百萬字。[2]

　　那些翻譯習作，有一半正式出版了，另一半，或跟別人「撞了車」，或版權問題不能解決而最終未能出版。由於種種的挫折，更由於後來自己在學術研究方面自覺越來越有些開竅，覺得像這樣做翻譯太浪費時間了，用同樣的時間不如做自己研究、自己寫書收穫更大些，況且翻譯是替別人說話，寫書是自己說自己的話。有了這種想法，從一九九三年後，我終於下決心放棄翻譯，而全力投入比較文學、中日文學關係及中日文化關係的研究。

二

　　一九九四年三月，我的第一部著作《東方文學史通論》由上海文藝出版社出版。這是我三年間攻讀碩士研究生、一九八七至一九八九

2　王向遠著《二十世紀中國的日本翻譯文學史・後記》（北京市：北京師範大學出版社，2001年），頁511-512。

年留學任教對大學生講授東方文學及日本文學課程的最大收穫。從總
體上從比較文學的角度看，這部書是對東方各國文學的相關性進行總
體研究的「區域文學」研究著作。眾所周知，「日本文學史」之類的
著作在日本出版了很多，可謂汗牛充棟，難以計數。但是，日本文學
在世界文學中，尤其是在東方（亞洲）文學中處在何種位置？日本古
代文學怎樣接受中國文學的影響，近代文學又怎樣影響中國、朝鮮等
周邊國家的文學？要回答這些問題，就需要將日本文學置於「東方文
學」的視野中，確定日本文學在東方文學大格局中的位置。不僅是日
本文學，要確定其他東方國家的文學（如中國、印度、阿拉伯文學
等）在整個東方文學中的地位，弄清其民族特色，都需如此。所以，
這部書實際上是東方各國文學的比較論和整體論。由於它具有世界文
學和區域文學視野，運用了比較文學方法，因而對包括日本文學在內
的東方各國文學的民族特點、發展規律、相互關係等，都做了集中的
揭示，從而嘗試著建立了東方文學史的理論體系。這部書迄今出版已
經十年來，越來越受到讀者的重視和歡迎，期間重印了三次，二〇〇
四年出版社又決定再版。近來有評論者在一篇書評文章中評價說：

> 《東方文學史通論》在學術上的創新在眾多同類書籍中是引人
> 注目的，學術創新顯然是《通論》擁有生命力的根本原因。近
> 年來許多大學的教材一撥撥走馬燈似地「更新換代」，而以個
> 人專著的身分出現的《東方文學史通論》在十年中卻越來越得
> 到讀者和同行的認同，並被許多同行用作教材或教參。這裡沒
> 有行政上的推動，也沒有經濟利益的誘惑，而完全是靠著它在
> 學術上的創新。這說明，學術創新不僅是一般學術著作的生
> 命，也應該是教材的生命；教材要保持其真正的生命力，就必
> 須在學術上有所創新。[3]

3　見《初航集──王向遠學術自述與反響》（重慶市：重慶出版社，2005年），頁218。

　　在嘗試對東方文學做了體系性的宏觀的研究之後，接下來我決定對中日現代文學的關係展開研究。一九九三年，我開始攻讀中國現代文學的博士學位，在博士論文開題報告中，我決定將《中日現代文學比較論》作為博士論文的選題。

　　眾所周知，由於中國現代文學（指的是二十世紀上半期的中國文學）與日本文學有著這樣特殊重要的關係，所以無論在中國還是在日本，中日現代文學比較研究都是學者們較為重視的一個研究領域。日本方面的中日現代文學比較研究起步比我國要早。從二十世紀初開始直到現在，一直有人在該領域辛勤耕耘。著名的研究者有竹內好、竹內實、實藤惠秀、尾崎秀樹、丸山升、小野忍、北岡正子、伊藤虎丸、村松定孝、檜山久雄、山田敬三、木山英雄、藤井省三等。我覺得，日本學者的思維優勢在於他們的良好的微觀感受力及對具體細節的關注，由於受法國影響研究學派的影響，他們重資料、重實證，力避空論，多有探幽發微之見，其嚴謹求實的學風給人留下深刻的印象。但不足之處是不少論著缺乏思辨性和理論深度。在中國，真正意義上的中日現代文學比較研究是從二十世紀八〇年代以後開始的。雖然起步晚，但研究成果相當可觀。據我主編的《中國比較文學論文索引（1980-2000）》一書的統計，上世紀八〇至九〇年代的二十年間，各學術期刊及有關論文集中公開發表的論文接近五百篇，正式出版的專門的論文集、研究專著有十幾種。如王曉平的《近代中日文學交流史稿》、劉柏青的專著《魯迅與日本文學》、劉立善的專著《日本白樺派與中國作家》、孟慶樞主編的《日本近代文藝思潮與中國現代文學》等等，都是填補空白的力作。總之，經過中日兩國學者的努力，中日現代文學比較研究作為一門學科的基礎也已經基本確立。但研究的格局還不夠完善，研究的深度和廣度還不夠，研究的視野還不夠開闊，大部分論著集中在魯迅等少數作家與日本文學的關係研究上，其他許多重要的課題無人涉及或很少涉及，因而還不能充分說明中日現

代文學之間的廣泛聯繫，特別是在通過比較發現和總結規律方面還相
當薄弱。鑒於此，我在《中日現代文學比較論》中，並沒有面面俱到
地談及中日現代比較文學的所有問題，但又不放過其中的重大基本問
題。全書分為「思潮比較論」、「流派比較論」、「文體比較論」、「創作
比較論」四章，共二十八節，大體涵蓋了中日現代文學比較研究的基
本課題和主要方面。我在前人研究得較多、較充分的一些領域，力求
獨闢蹊徑；對前人有所論及，但未能深入的課題，在材料和觀點上有
所發掘、有所深化；在前人較少研究，或完全沒有研究的領域，則盡
力開拓。本著這樣一個目標，經過三年的努力，我在中國的有關重要
學術期刊上，陸續發表了二十九篇該專題的系列論文，引起了中日比
較文學學術界的重視。在此基礎上，到一九九六年四月，我提交了一
部長達三十萬字的博士論文，並順利地通過了答辯，答辯委員會認為
這是一部該研究領域中「迄今最高水平」的著作，一九九八年，經過
修改的《中日現代文學比較論》由湖南教育出版社列入「博士論叢」
叢書，正式出版。

　　《中日現代文學比較論》重點在「論」，是以問題為中心的「各
個擊破」式的橫向結構。在這個課題的研究之後，我想應該寫一部系
統研究中國文學與日本文學關係的歷史著作。但假如籠統地描述中日
文學之間的一般的交流關係，則不免會顯得龐雜和一般化。於是我最
終決定以「翻譯文學」為切入點，系統地研究一百年間中國翻譯日本
文學的歷史，也就是中國接受、消化、評價和研究日本文學的歷史。
我這樣做並非一時的心血來潮，早在上世紀八〇年代末，我就萌生了
寫一本書來系統地清理我國翻譯和研究日本文學的歷史的念頭。並注
意收集、積累這方面的材料，閱讀了日本文學的重要中文譯本，到了
二十世紀末著手寫作，可謂水到渠成的事情。新世紀初的二〇〇一年
三月，《二十世紀中國的日本翻譯文學史》由北京師範大學出版社出
版。這是中國國內外第一部研究中國的翻譯文學翻譯史的專門著作，

全書五一四頁，凡四十六萬字。它將中國的日本文學翻譯置於二十世紀中國文學的大背景下，以翻譯文本為中心，把近百年來中國的日本文學翻譯劃分為五個時期，圍繞著各個時期的翻譯的選題背景與動機、翻譯家的翻譯觀、譯作風格及其成敗得失、譯本的讀者反應及譯本對中國文學的影響等問題，展開論述。書後還附了多達十萬餘字的《二十世紀中國的日本文學譯本目錄》，數量達二千種，這就等於為中國一百年來的日本文學翻譯書目開列出了一份清單。這本書出版後反響很好，成為中國的日本文學學習者、翻譯者和研究者的案頭工具書，據說在日本各大中文書店的銷路也很好。

接著，二○○○年，我主持了中國國家新聞出版署的「第十個五年計畫」的重點出版項目，即「比較文學與世界文學學科建設叢書」。這套叢書共有十種，由我主編，由江西教育出版社（南昌）在二○○一至二○○四年間陸續出版。構成這套叢書的十本書中，有我的《東方各國文學在中國》、《比較文學學科新論》、《中國比較文學二十年》三部專著和我主編的《中國比較文學二十年》，還有合作主編的《比較世界文學史綱》。其中，《東方各國文學在中國——譯介與研究史述論》一書，對包括日本文學在內的東方各國文學在中國的譯介、傳播、與研究情況做了梳理和總結。其中，關於日本文學的部分占全書的五分之二的篇幅。由此可以看出，在東方各國文學中，日本文學在中國翻譯最多、影響最大，譯本達兩千種，居第一位，其次是印度文學，譯本近五百種，居第二位；阿拉伯—伊斯蘭及中東各國文學的譯本有四百來種，占第三位。其他還有蒙古、越南、朝鮮、印尼、泰國文學等。本書在書後還附了《二十世紀中國的東方文學研究論文編目》，共接近四千篇，其中，關於日本文學方面的研究與評論文章，約占四分之一，即一千來篇。這份編目，對於中國和日本的讀者了解中國的日本文學研究情況提供了很大的便利。我在叢書中的《中國比較文學二十年》中的第三章「中日文學關係研究」中，對一

九八〇至二〇〇〇年二十年間中國學術界的中日文學關係、中日文學比較研究情況，做了系統的評述，我得出的結論是：「中日文學比較研究，和中俄、中法、中英、中德、中美文學比較研究而言，在我國與某一國別文學的比較研究中，是研究實力最強、成果安置最多的領域。這與上千年來中日兩國在文化與文學上的密切關聯有關，也於改革開放以來日本學研究在中國的繁榮興盛的大環境有關。」

三

　　文學與文化密不可分，我在從事中日文學關係研究和比較研究的同時，將研究由文學延伸到歷史文化領域，是很自然的事情。

　　記得在我博士論文答辯會上，答辯委員會的一位專家向我提問說：「你研究的中日現代文學關係一共五十來年，這其中就有十五年中日處在戰爭狀態，十五年已經夠長的了，這期間中日兩國的文學關係怎樣？你卻談得很少，不免是個缺憾。」這句話深深地觸動了我。的確，一九三一年日本侵占中國東北地區之後，一直到一九四五年中國抗戰結束，中日兩國文學在特殊的歷史時期，也有著特殊的關係。但戰爭期間的中日文學關係研究無論在日本，還是在中國，都是一個薄弱環節。這方面的資料少，查找困難，而且若從純文學的價值來看研究價值並不大。但是，撇開純文學，從中日歷史、中日關係的角度看，則其研究價值甚至遠比純文學更大。基於這樣的認識，我從一九九八年以後，投入全力進行戰爭時期中日文學關係的研究，經過一年半的努力，到一九九九年，終於寫出了一本書，題為《「筆部隊」和侵華戰爭——對日本侵華文學的研究與批判》，一九九九年七月由北京師範大學出版社出版。

　　《「筆部隊」和侵華戰爭》集中研究日本的「侵華文學」，它既是戰爭與文學的關係研究，也是日本文學與中國的關係研究。該書把侵

華戰爭時期被日本軍國主義當局派往中國前線採訪、為侵華戰爭鼓吹
呐喊的作家──即日本宣傳媒體當年所謂的「筆部隊」──作為主要
的研究對象，把他們寫的協力侵華戰爭的「戰爭文學」稱為「侵華文
學」。由於眾所周知的原因，戰後的日本一直缺乏全面客觀地研究日
本戰爭文學—侵華文學的社會文化環境，對此，日本學者千葉宣一在
一九九○年中國的一次演講中做了很生動扼要的說明，他指出：

> ……從一九三五年到戰爭結束之前，日本文學家創造的都是這
> 種戰爭文學。這些人在戰後為了擺脫對戰爭責任的追究和告
> 發，都拚命地銷毀自己的作品，到舊書店裡將所有自己的書盡
> 量都買來燒掉，同時也燒毀自己所保存的作品。在戰爭中對形
> 成日本國民輿論起過重要作用的《朝日新聞》等大報紙自不待
> 言，就連那些《改造》、《中央公論》等綜合雜誌的編輯，為了
> 免於被譴責配合了侵略戰爭，也盡量銷毀有關文獻，結果導致
> 了非常遺憾的事，即認為非常有必要進行戰爭文學研究的學者
> 找不到作為憑據的資料。如石川達三的《未死的兵》、火野葦平
> 的《麥和軍隊》、《土和軍隊》、《花和軍隊》、這被稱為三部曲，
> 其實是四部曲，還包括一部《香煙與軍隊》。這些作家，還有
> 丹羽文雄、尾崎寺郎、石川淳、阿部知二、伊藤整、高見順
> 等，日本知識份子想讀到這些人作品的原文是很不容易的。[4]

　　在這種情況下，日本學者對這個問題的研究就有一定的侷限性。
但一些研究者仍做出了自己的成績，如高崎隆治先生、川村湊先生、
都築久義先生、櫻本富雄先生等都有相關的著作出版。我的《「筆部
隊」和侵華戰爭》盡可能收集和利用了中國國家圖書館等各大圖書館
所藏的戰爭時期的日文資料，並適當吸收了上述日本學者的研究成

果，對日本侵華文學的來龍去脈和本來面目做了較完整的揭示，並做了分析和批判。內容涉及到：日本文壇與日本軍國主義侵華國策形成之間的關係，「七七」事變前日本的對華侵略與日本文學，日本在我國東北地區的移民侵略與所謂「大陸開拓文學」，日本殖民作家的所謂「滿洲文學」，侵華戰爭全面爆發後「筆部隊」的組成和活動，有關侵華文學的典型作家作品、典型文學樣式的剖析，對四〇年代初日本召集的三次為侵華戰爭服務的所謂「大東亞文學者大會」的歷史資料的展示與分析，對日本在侵華時期究竟有沒有所謂「反戰文學」進行了澄清和辨析，對日本戰後文壇對待侵華戰爭的態度問題的分析，等等。這部書力圖將當代中國學者的立場與學術研究所要求的科學精神統一起來，將文學研究與侵華戰爭史研究結合起來，為讀者正確地呈現和評述史實，並填補中日關係研究中的一個空白。

在完成了《「筆部隊」和侵華戰爭》一書後，我打算將這個日本「侵華文學」的研究進一步擴大到一般的文化領域，即研究從日本侵華戰爭之前和侵華戰爭中，文化侵略是何種情形，學者、文化人起了何種作用。因而我將書的題目定為《日本對中國的文化侵略——學者文化人的侵華戰爭》。這本書由北京的崑崙出版社二〇〇四年出版。

我所說的「文化侵略」，即利用學術研究、新聞宣傳、語言文字、文學藝術、宗教信仰等「文化」的手段，為「侵略」的目的服務。但是，當年在日本並不把「文化侵略」叫作「文化侵略」，而是稱為「文化方策」、「思想戰」、「宣傳戰」或「思想宣傳戰」、「在支文化事業」之類。這些文化的東西本身並不是「武力」，它絕不可能直接用來侵略。但是，當「文化」被用來為武力侵略服務的時候——包括事先製造侵略他國的思想輿論，對將來武力侵略他國的可能性和必要性進行種種學術意味的設想、研究和論證；或在戰爭中為侵略進行宣傳、辯護；或在占領他國的條件下，以奴役被侵略國的人民為目的，蓄意歧視、污蔑、毀損、破壞、掠奪對象國的文化，並將自國的

思想觀念、宗教信仰、文化設施、自國的語言文學等強加於對象
國，——這些「文化」的行為都構成「文化侵略」。我認為，「文化侵
略」是日本侵華史上的一種客觀的存在，而不是一個虛擬的抽象概
念，不是一個可供爭鳴的「學術的」問題，不是「張三說有，李四說
無」見仁見智的問題，而是一種的歷史事實。我所要做的，就是要將
這些史實客觀地、準確地描述出來、呈現出來。因而我在研究中也相
應地採取了以歷史文獻學的方法為主的研究方法，並在行文中常常整
段整段地引用原始文獻，特別是那些稀見的文獻。通過研究，我認
為，日本對華實施文化侵略的主體成分是學者和文化人，而日本侵華
戰爭從設想到實施，大體經過四個階段：一‧學者文化人個人的侵華
設想、方策的提出，但基本處於書齋狀態；二‧學者文化人的侵華主
張傳媒化，並為許多民眾所理解，也為政府所接受；三‧學者文化人
戰爭輿論與軍國政府之間的互動及侵華戰爭的發動；四‧學者文化人
在侵華戰爭期間成為媒體宣傳、情報搜集、文化教育、宗教入侵等文
化侵略的主體。

　　寫完《「筆部隊」和侵華戰爭》與《日本對中國的文化侵略》兩
書之後，我對戰爭時期中日文學、文化關係的研究告一段落。這些研
究的學術價值要由他人評判，而我研究這些問題的宗旨則很明確，那
就是以史為鑒，幫助讀者了解歷史、正確面對歷史。因為我相信，中
日兩國之間只有很好解決了如何對待歷史的問題，才能很好地應對現
實和面向未來；只有很好地解決了歷史問題，才能建立中日兩國人民
之間的相互信任、世代合作的堅實基礎。

　　綜上，中日文學關係及中日文化關係研究，在我迄今為止的學術
研究生涯中具有重要位置。我在文學理論及比較文學學科理論上的一
些思考及其成果，如《比較文學學科新論》、《翻譯文學導論》等著
作，在很大程度上也是中日文學及文化關係的研究實踐的總結，都與
這方面的具體的研究有著密切的關係。

人到中年，學在中天

——就十卷本《王向遠著作集》出版發行採訪王向遠教授[1]

王昇遠[2]問：王教授，您是一九六二年十月出生的，今年剛好是四十五歲，作為學者年齡不大，可是成果卻非常多。最近《王向遠著作集》全十卷也由寧夏人民出版社出版了，衷心祝賀您！環顧國內學者中，四十五歲上下出版如此規模的「文集」或「著作集」的，好像很少見。真可謂「人到中年，學在中天」啊。我想請您談談作為一個中壯年學者的人生體驗與學術研究上的體會。

答：謝謝您，謝謝《社會科學家》雜誌對我的關注與關心。

說「人到中年」，是大實話；說「學在中天」，如果「中天」指的是「中午」的意思，或者是「中途」的意思，也很恰切。對我來說，無論是年齡，還是學問，都在「中途」上，處在不上不下、不前不後的階段。我在《王向遠著作集‧總後記》中曾寫過這樣的話：之所以要在這個時候出版這樣一套書，對我而言有「中期總結」的意思。一九八七年，我二十五歲時起在北京師範大學中文系執教，開始了學術研究的生涯，到二〇〇七年已滿二十週年，年齡也已屆四十五週歲，《著作集》的出版不僅可以成為我二十年學術生涯與青春歲月的證明。同時也以此給自己今後的研究寫作確立了一個新的起點——期望

1　本文原載《社會科學家》(「名家訪談」欄) 2007年第6期。

2　王昇遠 (1982-)，遼寧大連人，文學博士，教授、博導。當時為上海師範大學外國語學院日語系助教。

在若干年後，能夠從第十一卷起，將《王向遠著作集》繼續編輯出版下去。所以，對我來說，實際上應該說是「人到中年，學到中間」。

王昇遠問：讀《王向遠著作集》，首先是感覺到的是您旺盛的創作力。《著作集》主要收錄了您迄今為止的十二部主要論著，而您的一百多篇單篇論文，還有好幾部譯著都沒有收進去，即使這樣也將近達到了四百萬字的規模吧。我想知道，您是怎麼寫出這麼多東西來的？

答：我說過，四十來歲，對於人文學者來說，還是一個不上不下的年齡，寫的東西還不算多，許多方面還有待展開和深化。而且，過去二十年間，由於種種原因，學術上也走了一些彎路，特別是初期曾在文學翻譯上花費了過多的時間，否則寫的可能更多些。當然，所謂寫的多少，是相對而言的，國內外的大學問家都是著作等身，出版「全集」四、十五卷者大有人在。如今，就人文社會科學領域而言，靠幾十篇文章、幾本書而躋身於學術大家行列的，無論是國內還是國外都非常少見。當然，寫得多不等於寫的好，但對於一個人文科學研究者而言，很高的學術水平往往要從大量的學術成果中體現出來。倘若著作數量太少，就無法形成系統的學術思想，無法體現出一個學者學術研究上的體系性、廣度和深度。當然，這只是一般而論，至於我自己，我覺得迄今為止自己寫的既不夠多，也不夠好。

我是主要從事比較文學研究的，我喜歡比較。我覺得中國學者跟學術文化發達國家的學者相比，著作的數量和質量都有差距。以日本為例，一進他們的圖書館裡，就會看到書架上一排排整齊地碼放著的現代學者的各種「全集」、「文集」、「著作集」，大多在二十卷、三十卷以上，四十卷、五十卷者也不乏其人。面對此情此景，作為一個中國學者不由不生出一種危機感和緊迫感。一百多年來中國多災多難，幾乎事事不如人，現在終於遇到了國泰民安的好時代，怎能不奮起直追呢？這些年來，學術研究的總體環境大大改善了，學術文化出現了

空前的繁榮，只要走進北京的各大學術書店，對這一點就會有強烈的感受，就會感受到相當一些學者都很努力。但在如今的社會中，現實的誘惑太多了，做學問既不會出名，又不會賺錢，對許多精明的知識人來說吸引力不大，許多人不願意長久地坐冷板凳了。他們將學問當成了敲門磚，門敲開了，磚頭也扔掉了。我告誡自己：不能做那樣「精明」的知識人。我經常跟自己的學生講：學術文化是精英文化，真正的學術研究位居高端，離大眾較遠，真正原創的學術不可能是大眾化的，因而別想靠做學問出名，更別想靠這個賺錢。從根本上說，學術研究本是一種默默無聞、常常與清貧寂寞相伴相隨的艱苦工作。學術研究本身就是一種修行，需要培養長年累月甘坐冷板凳的耐力，需要將學術本身作為目的，而不是將它當作手段，需要有一點「為學術而學術」的純粹、需要有一點不追名逐利的脫俗與清高、需要有一點以苦為樂的癡心與執著，否則堅持不了很久。好在如今國家政府還算重視我們，只要生計不成問題，就要心無旁騖，埋頭苦幹，這樣才能有較多的收穫。我的東西就是在這種心境下寫出來的。

王昇遠問：聽說您的時間抓得特別緊。這恐怕與您的多產有密切關係吧？一個學者要出更多更好的成果，首先要十分珍惜和充分利用時間，但是現在的學者們，尤其是大學教授們，似乎都太忙了，講課、帶研究生，還有其他種種事務與活動，對這些問題您是怎麼處理和安排的呢？

答：確實像您所說的，現在的大學老師都很忙、很累，也常聽一些同事抱怨沒有足夠的時間坐下來思考寫作。現在大學老師，尤其是教學與研究上表現較為突出的老師，常常被勸誘或自願兼做行政工作，參與「校園政治」，當一個什麼「長」，忙得不亦樂乎，缺少潛心研究的心境與時間。一九九八年底，我在北師大中文系副系主任崗位上做滿一屆卸任後，也曾幾次被「勸誘」入甕，我都一口回絕。雖然

做行政管理工作也有意義，也是一種奉獻，但我認為大學是做學問的
地方，不是當官、搞政治的地方。既然進了大學做了教授，就要一門
心思認真教書做學問才行。

　　具體說到我的時間安排，總體上抓得是很緊，但除特定時間段之
外，基本上不是苦行僧式的那種。我過得很充實，很愉快，也不覺得
太累。大部分情況下，我有時間游泳、拉二胡京胡、翻閱《參考消
息》、練練書法，看電視新聞、與身邊的人輕鬆聊天。有時候很忙，
頭緒也很多，但我始終堅持刪繁就簡，所謂「有所為有所不為」，「選
擇就是放棄」，一切為學術研究讓路、為教學讓路，在時間上衝突的
情況下，不惜「顧此失彼」。譬如說開會，現在的各種名目的會議極
多，如果收到邀請就赴會，那真的會變成「華威先生」，必然浪費好
多精力與時間，也未必會有什麼收穫。

　　我體會，學術研究應該是一個計畫性相當強的工作。一個國家的
國民經濟有「五年計畫」，我覺得一個學者也要有「五年計畫」，不能
光憑心血來潮。從研究生時代，我就開始為自己制定「五年計畫」，
在本子上（現在是在電腦上）標明一個個選題從可行性探索、到收集
材料、再到動筆寫作的具體年、月、日。這個習慣我一直保持了二十
多年。換句話說，我現在動手所寫的東西，常常就是五年前就確定了
的選題，而我現在的寫作計畫，也已經排到了五年之後。《王向遠著
作集》中的許多著作，醞釀和構思的時間少則五年，多則十年以上。
在我的習慣中，一個選題大體確立後，一般至少沉澱、醞釀五、六
年，在此期間注意搜集相關信息資料，並不斷試探成書的可能。在這
個過程中，一些選題被無限期擱置了，而進入正式研究寫作程序的，
都是水到渠成、胸有成竹的東西。這種不急不忙的緩慢醞釀，正是速
度和效率的另一面。選題需要「五年計畫」，而具體的研究寫作，我
還有年度計畫、月度計畫，乃至每週、每天都工作進度計畫。計畫完
成了才可以休息，才得以真正的放鬆。我喜歡這種有條不紊、按部就

班的工作方式，可以在緊張的節奏中感受到一種從容不迫的舒暢與美感。

王昇遠問：翻閱您的《著作集》，感到您的學術研究可以劃分為宏觀研究與微觀研究兩種類型，而且兩者協調搭配得很好。宏觀研究需要理論概括力，微觀研究需要實證研究與史料的發掘的功夫，現在學術界似乎有兩派，一派是「理論」派，喜歡高談闊論，極端者達到了故弄玄虛的地步，一派是實證派，主張個案研究與史料挖掘的重要性。您怎樣看待這個問題？並且是怎樣把宏觀研究與微觀研究結合起來的？

答：您對學術界兩派的概括是很有道理的。傳統學問分為義理、考據、辭章三派，其中「義理」基本上相當於「宏觀研究」，「考據」相當於「微觀研究」，至於「辭章」，則屬於文字表現的層面。我以前以說過，學術研究大體有兩種路子：一種是發掘性研究，一種是建構性研究。一般而論，有些學科已有的、已知的材料較為有限，學者們的主要任務是發掘材料、積累知識，做微觀的、具體的研究，這就好比是製作磚頭瓦片。這種研究重材料、重實證、重個別。第二種情況，是有些學科積累到相當程度，需要從微觀到宏觀，從個別到一般，從材料到理論，這就好比是磚頭瓦片積累多了，就動手蓋房子。蓋房子的人也許沒有做過一塊磚、一片瓦，但他的本事是利用磚瓦蓋房子。這兩種學術形態，不僅取決於學科研究的歷史積累，也取決於研究者的興趣和秉性。有的學者長於此而短於彼，有的學者則相反。例如在我國當代學術界，錢鍾書先生是反對建構「體系」的，他認為許多建築物往往整體垮塌，但剩下的磚頭瓦塊總有用處，所以他的研究主要是很具體的微觀研究。但哲學家李澤厚和何新先生則相反，李先生認為錢先生雖然很有學問，卻沒有提出自己的獨特的理論觀點；何先生也認為錢先生雖學富五車，卻「缺少一個總綱將各種知識加以

統貫」。可見兩種學術研究的路徑很分明，學術價值觀也很不相同。由於研究對象與研究性質與宗旨的不同，不同的學者往往偏於一面，甚至相互輕視。一個學者如果一生都在膠著於「義理」，那很可能會失去自己的專擅，走向空談或玄談；如果只做「考據」，則很可能是只見樹木，不見森林，失去了宏大的學術視野。為了避免這樣的偏頗，在我現有的研究中，我是有意識地將這兩方面結合起來，大體是宏觀研究與微觀研究交叉進行，做完了一個宏觀的題目，再做一個微觀的題目。我的第一部著作《東方文學史通論》（收《著作集》第一卷）屬於宏觀的、體系性的、建構性的研究，後來的《比較文學學科新論》、《翻譯文學導論》也屬於宏觀的理論研究，《日本文學漢譯史》、《中國題材日本文學史》、《「筆部隊」和侵華戰爭》、《日本對中國的文化侵略》《日本右翼歷史觀批判研究》等，則主要是微觀研究，其他著作如《中日現代文學比較論》則是宏觀中有微觀、微觀中有宏觀。

王昇遠問：您的著作，尤其是收在《著作集》第九、十卷的著作，已經超出了文學研究的範疇，進入了歷史學、政治學、國際關係的領域。您在許多著作及文章中，極力提倡學科的交叉滲透，主張不要為學科所束縛，要以「問題」為中心，調動一切可以利用的學科手段。對於這方面的問題，您能否再進一步談談您的看法？

答：可以。作為文學專業出身的人，在實際的學術研究中，我深深感到：要解決、要說明一些重大課題，文學研究的手段與方法是遠遠不夠的。文學研究有許多侷限性，我常常對學生們說：在文、史、哲這三大基礎學科中，文學研究在探索人的情感與想像領域具有優勢，但論「求真」不如哲學，論「求實」不如史學，論「求美」不如文學創作；文學研究必須突破學科藩籬，將哲學的概括力，史學的發掘力和文學的感受力、想像力與表現力結合起來，強化多學科視閾與

宏大的文化視野。現在從事文學研究的人所做的一些學問，常常被研究歷史學的人瞧不起，認為那些文學作品賞析、評論之類的東西，只根據自己的感覺感受或概念套子就大放厥詞，寫起來太隨意、太容易，是對是錯，是非曲直，言人人殊，無法確證，根本算不上研究、算不上學問。這種看法雖尖銳尖刻，但不無道理。出於對這種情況的擔心，近些年來，我每一屆的碩士博士生論文答辯，都請社會科學院和其他兄弟院系歷史學科的教授來擔任答辯委員會委員，聽了他們的意見，我心裡才覺得踏實。在自己的研究中，我有意識地努力學習其他學科的研究理路與方法。可以說，我的大部分著作都不單純是文學文本的研究，而是一種基於文本的文化研究，是文學、史學、國際關係學、政治學相交叉的研究。有的著作如《日本右翼歷史觀批判研究》、《日本對中國的文化侵略》則與文學研究沒有什麼關係了。我是從事比較文學的，比較文學的最終要落實到「比較文化」上面，而「比較文化」又必然是要求「跨學科研究」，這是我們這個比較文學專業特有的性質，也是它的優勢之所在。

王昇遠問：王教授，您多次擔任過「北京高校青年教師教學基本功比賽」文科評委及評委組長，得過許多教學方面的獎項，還獲得了「北京師範大學教學名師」稱號，是公認的教學能手，聽說您很喜歡給大學生講課，是嗎？同時，您又寫了那麼多東西。請問，教學與研究不相衝突嗎？您怎樣看待兩者之間的關係？

答：近二十年來，我確實在本科生教學方面下了很大功夫。只要在國內，我幾乎每個學期都給本科生上課，而且是基礎課。本科生與研究生的課時量加在一起，有的學期多達每週十四學時，比得上中小學教師了吧？教學確實占據了我的許多時間，但我覺得這是值得的。上學期我在本科生課堂上，對學生們說了一句話，大意是：雖然我的研究任務很重，但我這個學期的絕大部分的精力都用在這門課（指

「比較文學」基礎課）的課程改革上了，因為我首先是一個老師，課堂教學對我而言是第一位……學生聽了這話，都齊聲為我鼓掌，可見學生是多麼希望教授們能把教書放在第一位！俗話說「教學相長」，對此我有深刻的感受。很多情況下，學生是我的學術研究的第一批接受者，也是我的傾訴對象，有時甚至感覺正是因為要幫他們解答某一問題，弄清某一問題，才有那麼大的動力研究和寫作，這是做大學老師的得天獨厚的幸運，因為我們擁有一批批眼睛看得見的、可信賴的聽眾和讀者群。無論你研究的東西多麼的高端，總得讓大學生、研究生們能夠接受、能夠理解才行啊！學術研究的價值和用處之一，就是將學術研究成果轉化到課堂教學中，使之服務於教育教學與人才培養。在這個意義上，教學與研究不衝突，而是相互促進。另一方面，教師教育學生的途徑是「言傳身教」，所謂「身教」就是老師要為學生作出榜樣。我經常在課堂上宣揚這樣的觀點：大學人材培養的目標並非都要把學生培養成學者，但一定要培養學生具有「學者的精神」和「學者的素質」。所謂「學者精神」，就是追求真理，敢說真話，嚴謹求實、求新求變；所謂「學者素質」，就是善於發現問題、解決問題，並以準確而又漂亮的文字將發現與解決問題的思路、過程表述出來。具有這種「學者精神」和「學者素質」的人才是大學所要培養的真正的「人才」。這樣的人才，做什麼做不好？！總之，作為一個大學教授來說，其學術研究與課堂教學、人才培養是相輔相成、互為關聯的。這也是我這麼多年來的一個最深切的體會。

王昇遠問：王教授：您在上面也說過，《王向遠著作集》是您的「中期總結」。說到「總結」，您能否自我評說、自我概括一下，您現在的自我感覺如何？您在學術研究上總體上有哪些特色和貢獻，解決了哪些問題？

答：作為一個學者，他所要做的，就是盡自己的全力，本著自己

的學術良知，不斷地寫，不斷地出版。一旦出版，個人的成果就實現了社會化了，是非好歹，都任由讀者的鑒定、歷史的評說。學術界對於我的學術研究已有許多反響與評價，二〇〇五年以前的評論文章大多收在了《初航集——王向遠學術自述與反響》（重慶出版社，2005年）一書中，諸位可以參考。這次在《王向遠著作集》每卷書後，都附有一篇該領域著名專家教授執筆的「解說」，對整卷內容做了評論與評價，讀者也可以參考。在此之外，我的自我評價好像沒有多大意義吧。不過，任何一個人多少都有一點自知之明，作為學者更應該有起碼的自知之明，因此自我概括一下似也無妨。

以十卷本《王向遠著作集》所收錄的著作而言，我覺得自己的研究集中在七個方面或領域，即東方總體文學、日本文學、中日比較文學、比較文學學科理論、翻譯文學、日本侵華史、日本右翼歷史觀研究，涉獵的領域和方面較多。在學術研究中，我不喜歡炒剩飯，不喜歡走輕車熟路，因此每一個領域一般只寫一部或兩三部著作、發表十幾或二十幾篇單篇論文即告結束，就是「打兩三槍換一個地方」。因為我覺得一個學者在一個領域的發現和發掘是有限的，在同一處盤桓過久，就難免自我重複，因此必須毫不猶豫地轉入另一個新的領域。在《著作集》所收錄的十二部著作，大多數是該領域中的「第一部」著作。關於這一點，有關方面的著名學者為《王向遠著作集》各卷所撰寫「解說」及推介文字中，幾乎都使用了「第一部」、「第一本」、「填補空白」這樣的字眼兒。究竟寫得怎麼樣又當別論，但「第一部」、「第一本」或「填補空白」倒是事實，也是我的自覺追求。總之，回顧以往，作為一個學者，自己沒有寫過應時應景的御用文章，沒有忽左忽右地跟風趨潮；作為一個文學專業出身的人，沒有一味地沉溺於風華雪月、鳥木蟲魚，沒有故弄玄虛、蒙混讀者。這是可以聊以自慰的。

另一方面我也清楚地知道，由於學養與水平所限，自己的研究成

果還有許多的錯漏與不足，但不管怎樣，我可以負責任地說，我的每一本書都是用自己的心血寫成的，都是長期醞釀、深入思考、逐步積累的結果，不敢欺世盜名、稍有敷衍。有先賢智者告誡：「為人且須放蕩，為文且須謹慎」，為人「放蕩」者「為文」且「謹慎」，何況我輩！記得商務印書館版《現代漢語詞典》的主要編者丁聲樹先生說過一句話：「別人做的正確的事我不再去重複勞動，我做的工作不要別人再去重複勞動。」多年前我就把這句話寫在了我的記事本的扉頁上，不斷地提示和告誡自己。而要在學術研究上做到這一點，實在很不容易，需要一輩子一直堅持不懈地努力下去。

從「東方文學」到「東方學」
——採訪王向遠教授[1]

北京師範大學文學院《契闊》採訪組

　　晚上八點四十分，隨著一片鼓掌聲響起，一天的授課宣告結束。連講了五節課、從敬文講堂走出來的王向遠老師，依舊健步匆匆。冬天的北風不時襲來，我們跟在他身後，快步走向他的研究室。接下來約好了，我們要採訪他。

　　二〇一五年十二月十三日，冬日的北京，室外朔風呼嘯，室內暖意融融。我們北師大文學院《契闊》採訪組的幾位同學，圍坐在比較文學與世界文學研究所的會議桌前，向王向遠老師提問，聽他聊聊他的教學與研究，他所從事的東方學與東方文學。

　　《契闊》： 王老師，聽您講了大半個學期的東方文學課，我們感到大開眼界，收益很多。對您的講課方式方法也感到耳目一新。剛入學的時候，看到《北京師範大學校報》二〇一四年十一月十日車禕的文章寫著：「王向遠老師給大二本科生開『東方文學』課，那是師大的一個傳奇，一整個下午，五、六個小時口若懸河，滔滔不絕地講述，仍能做到讓四百座的教師人滿為患，而且每次下課鈴響時聽眾都不忍離去……。」現在這個場景我們也開始見證了。您能不能講講，您對課堂授課的有什麼體會和主張？

1　本文原載北京師範大學文學院《契闊》2016年1月。收入本書有改動。

王向遠：關於如何講課，我多年前曾在「北京高校青年教師基本功大賽」和「北京師範大學青年教師基本功大賽」的總結點評中，以及公開發表的有關文章中都已經談到了。我曾把老師的講課分為三個層次：第一層次是「講課」，第二個層次是「講座」，第三個層次是「講演」。「講演」是學術型與藝術性相結合的最高層次，但「講演」並不是要「表演」。越是「講演」就越不能矯情、越不能有刻意做戲的成分，為此就要「忘我」，不要端著老師的架子，不要一副表演的模樣，或一副高頭講章的模樣，而是要像與朋友聊天那樣，坦誠面對，親切自然，娓娓道來。要以大量的信息含量、飽滿的學術含量、深刻獨到的思考，個人化的體驗與表達，向學生傳達，與學生分享。要強化課堂的啟發性、靈動性，這是我的作法。當然，每個教師都有自己的講法，都應該有自己的特色。我的作法和體會就是這樣。

《契闊》：我們覺得您那樣講很好啊！王老師，現在大學文科所開的課程，除了我們自己的國學之外，外國方面，課堂上講的大多是講歐美或西方的東西。例如，講哲學主要講西方哲學，講美學的主要講西方美學，講文學主要是講西方文學。在這種情況下，您特別把東方文學作為外國文學的重要部分專門講授，出於什麼樣的考慮呢？聽說現在許多大學文學專業不講東方文學，我們北師大當初是怎樣開出東方文學課程的呢？

王向遠：在中文系開講東方文學這門課，可以說是我們北師大中文系的一個傳統和特色。從一九五六年開始在全國最早編東方文學作品選教材，一九五八年在高等教育出版社出版了一部《外國文學教學參考資料（東方文學）》，但教材編寫在文革期間暫停了。一九八〇年陶德臻教授主編的《東方文學簡史》也是我國最早的一個大學教材，可以說東方文學的課程建設與課堂講授，一直是我們北師大的一個傳統。當然光說傳統也不行，還得說這個課該不該講。外國文學不講東

方文學怎麼行啊？光講歐美，只能讓學生學一半外國文學。而且這一半還是在沒有其他文學體系參照的情況下學的，最後學生沒有一個完整的外國文學、世界文學的概念，也無從比較、無從鑒別，無法進行有效的審美判斷與價值判斷。因為你只有中西，比較研究就很困難，所形成的結論就不周延、不可靠。所以我覺得無論從哪個角度來講，作為東方國家的中國，不講東方文學是不行的，加上從古代到現代，中國文學與周邊各國文學的聯繫是多麼廣泛深刻啊！這樣說來，不光是要凸顯我們的特色才講，而是必須講。我們北師大這麼多年講得效果很好。學生學的文學是包含東西方的真正的世界文學，可以形成立體的、完整的世界文學觀念。

《契闊》：既然這麼重要，為什麼中國絕大部分大學的文學專業，還是不講、或者很少講東方文學呢？

王向遠：要說原因，主要還是重視不夠。現在許多大學是因人設課，就是有哪方面的師資就開哪方面的課。這是典型的以教師為中心的做法，沒有考慮學生們知識結構上的需要與要求，只看教師教學安排上的方便。加上許多大學只是對上級主管部門負責，按上級的教學評估要求來行事，而教學評估並沒有要求一個大學的文學專業必須全面講授東西方學。所以東方文學就被邊緣化，沒有這方面的師資，也沒有這方面的聲音和動靜……其實這並不是一個小問題。

《契闊》：現在能講東方文學的有哪些大學呢？

王向遠：像我們這樣正兒八經的開設這門課的大約有三十幾個學校。大部分是九八五或二一一大學。有一些大學的文學院是以東方文學為特色的，比如說天津師範大學、河南大學等，總體上看，只有好的大學的中文系才有條件講東方文學。此外，一些外國語大學東方語學院不用說了，人家教的文學史課程就是東方國別文學史，但他們通

常是為著學習語言的目的，用外語講授的。

《契闊》：您覺得開東方文學史這門課程對我們大家的意義是
什麼？

王向遠：從學術建設的角度來說，意義很大。我這幾年在外校的
若干場講座，講的就是有關東方文學學科建設、體系建構的相關問
題。相比於我們對西方的了解，我們對東方的了解太少了。不僅了解
少，誤解卻很多，例如對印度文化、日本文化等。這樣子，今後，我
們怎麼跟身邊的鄰居國家相處啊！皮毛的了解就夠了嗎？所以說，東
方文學學科建設的加強，可以有效矯正文學研究領域盛行已久的「西
方中心主義」或「中西中心主義」，可以讓你們這代年輕人從文學的
角度深入真正認識東方國家與東方文化。往大處說，要真正了解一個
東方國家，就要了解他們的文化、他們的精神世界，就要好好學習和
研究東方文學。

《契闊》：那要改變西方中心主義的現狀，光靠學習文學、光靠
文學研究行嗎？要不要擴大範圍呢？

王向遠：你提的這個問題很重要啊。我和學界的一些朋友和同行
們，一直在考慮，對東方的研究，要擴大範圍，僅僅東方文學是不夠
的。東方史學、東方哲學、東方宗教、東方美學、東方藝術等各個方
面的課程建設、學科建設，都應該做起來。可是現在的情況是，各大
學的哲學系、藝術系，正如中文系一樣，還是重西方而輕東方，專門
從事東方哲學、東方美學、東方藝術等人員，相比於從事西方研究的
人，真是太少了，比例嚴重失調，已經影響了學術文化上的生態平衡。

《契闊》：那麼，這個問題，有關部門沒有意識到到嗎？沒有相
關措施嗎？

　　王向遠：現在國家有關部門也意識到了，例如，在「一帶一路」的願景提出後，像北外、上海、廣外那樣的成立了東方（亞非）學院的外國語大學，今後若干年間會大力加強東方語言學科，使得外語的語種增加到一百種以上，其中大部分屬於東方各國語種。因為「一帶一路」所涉及的國家，大多是東方國家。如果能夠順利推進，將會為我國的東方研究奠定語言學的基礎。這一點非常重要。語言不通，學術研究就沒有辦法利用第一手材料、就無法深入展開。學習東方語言的人多了，英語一語獨大的局面就會改變，從事東方研究的人自然就會多起來，

　　《契闊》：老師說的「東方研究」就是您在課堂上多次提到的「東方學」吧？

　　王向遠：是啊，東方研究有了一定的積累和規模，就會成為「學」，那就是「東方學」。

　　記得我講過，「東方學」是十九世紀起源於歐洲的一門國際性的學科，是研究東方各國歷史文化及現實問題的一門綜合性的學科，在歐美各國及東方的日本、韓國等都有東方學的學科建制、學術組織，但一直以來，由於種種原因，我國一直沒有相關的學科建制，也沒有全國性的東方學的學術組織。在國內缺乏將相關研究人員有效整合起來一進行有效學術交流的平臺，在國際上則難以與國際東方學界接軌。所以，「東方學」的學術話語權實際上一直被西方人、日本人把持著。實際上，從學術史上看，中國的「東方學」早在二十世紀初就形成了，中國的東方學在學科方法上受到了西方「東方學」的啟發和影響，但主要是基於中國學術發展的內在邏輯與現實需要，立足於中國文化並發揮了中國學術文化優勢，形成了豐厚的學術傳統。二十世紀的一百年間，東方研究領域中已有四代學人，形成了一以貫之的學術傳統。一九〇〇年前出生的第一代東方學家，如康有為、梁啟超，

章太炎，蘇曼殊、熊十力、楊仁山、呂澂、太虛、許地山、周作人、朱謙之、陳寅恪、梁漱溟、（陳垣）、湯用彤、豐子愷等主要活躍於二十世紀上半期，他們是中國東方學的奠基的一代。此後的二十世紀初年出生的第二代東方學家，如向達、季羨林、饒宗頤、印順、林志純、吳曉鈴、金克木、徐梵澄、周一良、納訓、納忠、馬堅、常書鴻、常任俠、梁容若等；一九二〇至一九四〇年間出生的第三代東方學家，人數增多，是當代中國「東方學」承前啟後的一代。而一九五〇至一九七〇年代出生的第四代東方學家，較之前三代，隊伍陣容成倍擴大，是當前中國「東方學」研究中最為活躍的一代。

《契闊》：這麼說起來，可真是的呀！其實您提到的上面的那些學術大家，原來我們習慣上稱他們為「國學家」或者「國學大師」，其實他們的學術範圍不僅僅是「國學」，而且是「東方學」了！

王向遠：說得對！在中國，「東方學」常常是國學的延伸，是國學範圍的自然擴大。清末民初和五四新文化運動前後，我國第一批「國學家」的學術研究都有一個顯著特點，就是打破了此前研究的封閉性，而將研究視野擴大到「東方學」，如黃遵憲、章太炎、王國維、梁啟超、許地山、周作人、陳寅恪、朱謙之等，他們都是國學家，同時也是印度學家、日本學家，也是中國第一代東方學家。他們的學術研究，與傳統的、單純的、封閉的「國學」劃出了一道分水嶺。所以說，「國學」的自然而然的延伸就會走向「東方學」，因為我們中國傳統的文化學術是和周邊其他東方國家密切關聯的。要研究中國文化的外來淵源、要研究中國文化的對外傳播與影響，就必須研究印度、日本、阿拉伯、朝鮮半島、東南亞。中印文化關係、中日文化關係的研究，是中國比較文化與比較文學的第一批成果，也是中國東方學的最早形態。甚至可以說，站在中國人的立場上，從印度、日本、朝鮮半島、中東阿拉伯等東方各國的研究，不能簡單地說是印度

研究、日本研究、阿拉伯中東研究等國別的研究，因為這種研究不是那種純國別立場的國別研究，而是有著中國文化立場的、中國眼光的，並且以此與印度人的印度研究、日本人的日本研究、阿拉伯人的阿拉伯研究相區別，因而本質上屬於「東方學」研究。

《契闊》：既然這樣，我們中國至今還沒有「東方學」的學科建制、學術團體，真是說不過去啊！

王向遠：是的，這就好比雞蛋下了不少，那裡幾個、這裡一窩的，都散著，撿不起來，就是缺一個籃子，無法把這些蛋盛起來……

契闊：那什麼時候能有這個「籃子」呢？

王向遠：這個「籃子」正在編啊！最近幾年來有一些進展了。我們「中國東方文學研究會」最近幾屆的年會，都是把會議議題確定為「東方文學」與「東方學」之關係、從「東方文學」走向「東方學」之類。通過會議討論，大家就逐漸有了「東方學」的視野和共識。還有，二〇一四年，國家社科基金辦公室批准通過了兩個關於「東方學」的國家社科基金重大項目。一個是《中國東方學學術史》，一個是《「東方學」的體系建構與中國的東方學研究》，前者是北京大學率領主持的，後者是我主持的。這在我國「東方學」學術史上是一件大事，它至少表明東方學的學科建設不是學者個別學者的個人的設想，而是在國家的層面上得到認同和支援。對我國「東方學」的推動是巨大的。

我主持的《「東方學」的體系建構與中國的東方學研究》，一方面要做一些基礎性的文獻資料的整理、翻譯工作，作為前期階段性成果，例如正在進行的《日本儒學文獻輯注》、《越南儒學文獻輯注》等，還有《東方學家文庫》的編纂出版；另一方面，要從學理上論證「東方學」的內在構造。無論東方文學、東方史學、東方哲學、東方

美學、都有著內在千絲萬縷的聯繫，也就是內在構造，要把它充分揭示出來。例如，關於東方美學，我認為在東方，審美就是自由地、藝術地對世界的感知與觀照活動，東方美學就是這種審美活動的理論化，也是東方美學與西方美學的根本不同。東方美學以中國和印度兩家原創美學體系為中心，延伸至東亞日本形成了次生態的美學，並且以「摩耶」、「相」、「象」等「審美本原論」的概念、「梵感」、「神思」、「言靈」等「審美魅力論」的概念、「觀照」、「感物」、「物哀」、「味」等「審美感興論」的概念、「靜」、「寂」等「審美心胸論」的概念、「境界」、「意境」、「心姿」等「審美意象論」的概念、「豔情」、「風流」、「意氣」等「身體美學論」概念等為基礎，形成了相對完整、東方共有的學科範疇及理論體系。總之，《「東方學」的體系建構與中國的東方學研究》就是要把隱含著的關聯性與體系性，呈現出來、建構出來。另一方面，要對歐美的東方學、日本的東方學學術史加以提煉，對其東方學的理論命題加以概括分析，從思想史的角度把它們的東方學的思想提煉出來。在這些參照之下，對中國「東方學」學術脈絡加以梳理，將中國東方學的諸種學術形態，例如「理論東方學」、「翻譯東方學」、「經典東方學」、「區域東方學」、「分支學科東方學」「比較東方學」、「應用東方學」等，加以凝鍊，並總結出其中的學術理路、思想創獲及學術方法。

《契闊》：這些研究聽上去都很高大上、很有意義啊！請問除了您剛才說的關於東方學的國家重大項目的立項外，還有沒有別的舉措呢？

王向遠：有的。現在我們琢磨著，要向國家民政部寫出一份論證報告與申請，在東方文學學會的基礎上結成更大範圍的學術組織，把文史哲其他學科都整合進來，成立一個全國性的學會——「中國東方學會」。

全世界各主要大國早都有了各自的「東方學會」，美國有，英、法、德、俄有，日本有，韓國也有，只有中國沒有，我們作為東方大國，連個「東方學會」都沒有，真的很不合適、很不應該啊！沒有東方學會，怎能有共同的切磋與交流的平臺？怎能好好研究東方？不好好研究東方，我們有如何把握東方？基於這樣的考慮，我們北京師範大學「東方學研究中心」聯合北京大學「東方學研究工作室」、天津師範大學「東方文學與文化研究中心」、北京外國語大學亞非學院、上海外國語大學東方學語院、廣東外語外貿大學東方語言文化學院、大連外國語大學等幾十個單位的相關學科的教學研究人員，還有從事東方學研究的幾十位教授，向民政部和有關部門提出成立「中國東方學學會」的申請。我們希望並相信，有關部門會拿出足夠的責任感、足夠的眼光與判斷力，從國家學術文化的大局出發，支持「中國東方學會」的籌備成立。

《契闊》：我們也跟期待呢！

王向遠：我們知道，在中國，辦成這樣的一件事其實並不容易。何況我們還在人還相對較少，力量還相對薄弱，不過，我們有足夠的耐心、毅力和努力。

《契闊》：是啊，感覺「東方學」太重要了，但從事這方面研究的人還是太少了。記得老師說自己是學術上的「少數派」，就是這個意思吧！

王向遠：是啊！我真的屬於「少數派」！不僅在整個學術圈裡屬於少數派，就是在北師大的文學院，我也屬於少數派。當然，我有時候也常常到「多數派」那裡坐一坐，但很快就回來了，還是樂意做「少數派」。

說起來，「東方文學」、「東方學」學科對象雖然很大，但平臺很小；學科很大，但圈子很小。所以我個人感覺到現在為止，一直就是

少數派。少數派的侷限性就是，你寫東西沒有多少人呼應。因為相關的人少啊！比如說你寫關於《紅樓夢》的文章、寫關於魯迅研究的文章，好歹也有兩三萬人看吧？但我們寫東方文學、東方學的文章，有幾十個人關注就不錯了。值得一說的是，現在執行的學術評價標準中，有什麼「引用率」這一條，似乎引用率越高，水平越高。我覺得不合理。實際上，那些談論通俗性、普及性、時髦性、大眾性的話題，才會有更多人引用。一門學問，越是拓荒性、原創性的，越是沒幾個人關注。沒人關注，哪有什麼引用率？例如，現在我們寫「東方學」的文章，估計就沒有什麼引用率。

　　關注引用率，其實不是學術的價值觀。我認為做學問，與從事政治、經濟的有著完全相反的價值觀。因為從事政治需要更多的人捧場支持，人越多越好；從事經濟的經商的，你要有人脈，要有顧客。但是做學問還是炒冷門好，越個性化越好，越獨創越好，因為這就意味著不重複、不重蹈覆轍，也就不要在意觀眾的多少、看客的多少。學術上的少數派雖然有時不免寂寞，但因為你所寫的東西不會像那些擁擠的學科那樣，動不動就跟人撞車、重複，成就感反而就會更大。

　　《契闊》：可是，做到這些很不容易啊！

　　王向遠：是的，所以要有一定的修煉啊！真正做學問的人必須甘於寂寞，不怕長期坐冷板凳；以埋頭面壁、勤奮寫作為快樂。如果以此為苦，那就堅持不了多久。那些不甘於寂寞的人，還在學術圈裡呆著的，就做學術活動家了。你們都看見了，這樣人是不少的。在很多場合下，他們與純學者不太好分辨，其實圈裡人都很清楚明白。當然學術活動家也有其作用與功能，比起純粹的學者來，他們有條件更多地獲取名與利。但是儘管如此，我覺得還是不足效法。既然選擇了在大學裡呆著，而不是從政經商，那就要好好做學問，就要淡泊名利，要甘於坐冷板凳。一旦要追求名利，就坐不住了，就要去求人、找關

係了，甚至需要對權貴低三下四了。這樣連人品、人格都丟掉，喪失了精神境界，還有什麼資格做學問呢？！做學問要有「品」、要有「格」，就是要有精神品格、精神價值。學術史已經無數次地證明了：作為一個學者，最終能證明自己的，不是他的頭銜和他獲取的名利，而只能是他的文章與著作。

《契闊》：說到底，從事「東方文學」、「東方學」這樣的冷門學科，非得有您說的這種精神不可！

王向遠：說得對！我相信，你們八○後、九○後的一代，在這方面會比前輩做得更好。中國的東方文學、東方學，會在你們這一代成為繁榮的學科，會在世界學術中確立自己的位置。

《契闊》：謝謝老師！我們會跟著老師們好好學習、好好努力！

採訪　王雪婷 張藝懷
錄音　王潔鈺 張曉妍
撰稿　喬家逸 湯晶 曾芳瑩
審閱及修改　康宸瑋

我的比較文學及翻譯文學研究的十五個關鍵詞[1]

　　此次編輯《坐而論道──王向遠教授講比較文學與翻譯文學》的論文集，使我有機會對以往的研究工作加以回顧和整理。在二十多年來的比較文學與翻譯文學領域中，我寫了關於學科史、學科理論、個案研究的一系列專著和論文，要以簡短的文字加以梳理與說明，也並非輕而易舉的事情。一個較為便捷的辦法就是找出相關的關鍵詞，並以此為中心加以概括。對於學術理論研究而言，關鍵詞，即重要的概念和範疇既是研究的核心詞，也是基本的落腳點或歸結點。歸根到柢，理論的創新是思想的創新，思想的創新是表達方式的創新，表達方式的創新是語言的創新，語言的創新的標誌是概念範疇的創新與更新。這麼說來，還是從「關鍵詞」入手，較得要領。

　　我的比較文學與翻譯文學研究工作主要涉及如下十五個（組）關鍵詞：一、東方學；二、東方比較文學；三、宏觀比較文學；四、比較語義學；五、系譜學方法；六、傳播研究法・影響分析法；七、平行貫通法；八、超文學研究；九、涉外文學；十、民族文學・國民文學；十一、跨文學詩學；十二、譯文學；十三、迻譯、釋譯、創譯；十四、異化・歸化・溶化；十五、創造性叛逆・破壞性叛逆。

1　本文原載《坐而論道──王向遠教授講比較文學與翻譯文學》（北京市：中央編譯出版社，2014年《比較文學與世界文學名家講堂》叢書）卷首。

一　東方學

　　「東方學」這個概念，自然不是我創制的，但近幾年來，我對它做了正本清源的釐定與廓清，並把「東方學」作為一個學科加以提倡。

　　自從薩義德的名著 *Orientalism* 照字面被迻譯為「東方主義」或「東方學」以來，造成了「東方學」概念在中國的歧異和混亂。一些人誤認為「東方學」是西方歪曲貶低東方的淵藪，殊不知真正的「東方學」是一門有數百年歷史的源遠流長的學問，在當今歐美各國和日本、韓國等，都相當發達。我們中國也有「東方學」。實際上，薩義德的那本書講的不是作為學問或學科的「東方學」，也不是原始意義上的主張東方、宣揚東方的「東方主義」，而是分析批判了西方人的「東方觀念」或「東方觀」，因而譯為「東方觀」似更合適。由此，我主張廓清「東方學」與「東方觀」、「東方觀念」、「東方主義」之間的關係，還原「東方學」作為一個學科概念的意義與價值。

　　我認為現代中國的學問，按空間範圍，大致可以分為三種：第一是「國學」（狹義的），第二是「西方學」，第三是「東方學」。「東方學」是研究除中國以外的東方各國的學問，在當代中國已經有相當的學術積累，但卻一直處在「有實無名」的狀態。現在的當務之急，是以「東方學」這一學科概念，將我國學界已經有了豐厚積累的東方各國問題的研究，以及東方學研究的各個分支學科，如東方文學、東方哲學、東方史學等統合起來，使各分支學科突破既定學科的視閾限制，以便打造得以與世界東方學接軌的更寬闊的學問空間和學科平臺，使中國的「東方學」與「西方學」、「國學」三足鼎立，形成一個完整的、協調的、而不是顧此失彼或厚此薄彼的學科體系。為此，我設計並主持了兩次關於「東方學」及「東方文學」的全國性的學術研討，並在撰寫《中國「東方學」》的專門著作，力爭在將來成立「中國東方學學會」的學術組織，以推動中國「東方學」的學科建設與學術繁榮。

二　東方比較文學

　　「東方比較文學」這個概念也不是我創制的，但我較早把它作為
比較文學的分支學科的概念來使用它，把它作為一種研究範式來看待。

　　所謂「東方比較文學」，主要是以中國文學為出發點與立足點，
以東方（亞洲北非）其他文學為比較對象的文學研究，也包括東方各
國文學的區域性、總體的比較研究，即「東方文學」的研究。

　　我在《中國比較文學研究論文索引1980-2000》、《二十世紀中國
人文學科學術史研究叢書・比較文學研究》和《中國比較文學百年
史》等書中，都把相關的研究成果集合在使用「東方比較文學」這個
概念之下，做出評述與研究。我在《中國比較文學年鑒》年各卷中，
將中國比較文學分為五個分支學科，即，一、比較文學學科理論及學
術史；二、比較詩學；三、東方比較文學；四、中西比較文學；五、
翻譯文學；從而把「東方比較文學」作為五個分支學科之一。

　　我在《比較文學系譜學》一書中指出：中國比較文學在近百年來
的研究實踐中，形成了自己特有的研究範式，從東西方世界二分的角
度看，一個是「中西比較文學」，一個是「東方比較文學」。「東方比
較文學」是一九八〇年代之後才大規模展開的。由於歷史上東方各國
文學之間存在著長期的事實聯繫與交流關係，「東方比較文學」研究
範式比起「中西比較文學」來，研究資源更為豐富，更加側重於文學
交流史、關係史的研究，更加注重文獻學的實證研究的方法的運用。
「東方比較文學」研究範式形成較晚，對「中西比較文學」範式起到
了一種補充乃至糾偏的作用。鑒於長期以來中國學界流行「西方中心
主義」和「中西中心主義」，把「東方比較文學」作為與「中西比較
文學」相對的一個分支學科來看待，將有助於建立真正全面的比較文
學與世界文學觀念。

三　宏觀比較文學

「宏觀比較文學」這個概念我是創制的。在《宏觀比較文學演講錄》一書中作為全書的關鍵詞。該書認為，在世界比較文學學術史及學科史上，雖然並沒有人明確區分「微觀比較文學」與「宏觀比較文學」並提出「宏觀比較文學」這一概念，但早在十九世紀，歐洲一些學者就已經觸及到了宏觀比較文學的問題，並論述了它的獨特作用與方法。例如，德國浪漫派詩人、理論家與文學史家弗・施萊格爾的「整體描述」方法，斯達爾夫人的所謂「集體性的比較」方法，都與「宏觀比較文學」的方法相一致。

我認為，所謂「宏觀比較文學」，其實質是「世界文學宏觀比較論」，它是以民族（國家）文學為最小單位、以全球文學為廣闊平臺和背景的比較研究，它以「平行比較」的方法總結、概括各民族文學的特性、用「傳播研究」與「影響分析」的方法揭示多民族文學之間因相互聯繫而構成的文學區域性，探討由世界各國的廣泛聯繫而產生的全球化、一體化的文學現象及發展趨勢。並由此把「宏觀比較文學」分為三個層次和步驟：第一，在平行比較中提煉、概括有代表性的「民族文學」與「國民文學」的民族特性；第二，在相互傳播、相互影響的橫向聯繫與歷史交流中，弄清各國文學逐漸發展為「區域文學」的方式與途徑，把握不同的區域文學形成的文化背景、機制及其特徵。第三，在了解了民族文學特性、區域文學共性的基礎上，把握全球化的「世界文學」如何由一種理想觀念逐漸演變為一種現實走勢。

《宏觀比較文學講演錄》以這三個層次為依據，構建了宏觀比較文學的理論系統，並認為「宏觀比較文學」的主要功能是中外文學史、文學理論知識的整合與理論提升，因此從學科建設與學科教育的角度看，應該在大學本科生高年級開設「宏觀比較文學」的基礎課程，以幫助本科生完成本科階段中外文學史知識的系統整合，而將此

前通行的以學科概論、學科原理及研究方法論為主要內容的「微觀比較文學」劃歸為研究生階段的教學內容，以此來解決本科生比較文學教學內容的純理論化與繁瑣化、比較文學與其他課程的重疊交叉化、研究生與本科生課程的無層次化、「比較文學」與「世界文學」的分裂化、東方文學與西方文學的不平衡化等困擾已久的問題。

四　比較語義學

「比較語義學」這個概念是我在「歷史語義學」、「歷史文化語義學」[2]的基礎上，從比較文學研究的立場上加以仿製的。我所說的是比較文學範疇內的「比較語義學」，它可以作為比較文學的一種分支學科。

「比較語義學」就是在跨語言、跨文化的範圍與視野中，對同一個概念範疇在不同國度、不同時代的文學交流中的生成與演變進行縱向的梳理與橫向的比較，以便對它的起源、形成、運用、演變的歷史過程做追根溯源的考古學研究，描述其內涵的確立過程，尋求其外延的延伸疆界，分析某一概念的內涵與外延發展變化的具體的歷史文化語境，從豐富的語料歸納、分析與比較中，呈現出、構建出相關概念範疇的跨文化生成演變的規律。其基本操作方法是「考論」。「考論」，就是「考」加「論」；換言之，就是將詞語史料的考據，與詞義分析、理論建構兩者結合起來。

我認為，在比較文學研究及東方比較文學研究中，「比較語義

2　在「歷史語義學」與「歷史文化語義學」研究方面，已經有了相當出色的研究成果，如馮天瑜教授主編的論文集《語義文化變遷》（武漢市：武漢大學出版社，2007年）、馮天瑜著《「封建」考論》（武漢市：武漢大學出版社，2006年）、陳建華先生著《「革命」的現代性──中國革命話語考論》（上海市：上海古籍出版社，2000年）等。

學」的方法涉及到兩種不同的研究對象。第一種，以相同文字（例如
漢字）書寫的某一個概念，在不同國度與不同語言中的移動或轉移，
我們可以稱為「移語」，這方面的研究也可以叫作是「移語研究」；第
二種，就是將一種語言翻譯為另一種語言所形成的詞語概念，叫作
「翻譯語」，可簡稱「譯語」的研究。

　　「比較語義學」的方法，對東亞漢字文化圈區域文學的比較研
究，尤其具有適用價值，因為其中的「移語」和「譯語」較多。近年
來，我以這種方法，對中日古典文論與古典美學的相關重要概念做了
一系列的研究，這些概念包括「文」、「道」、「心」、「氣」、「幽玄」、
「物哀」、「感」與「感物」、「意氣」等，我還將在《中日古代文論範
疇關聯考論》（國家社科基金立項課題）中，繼續展開這方面的研究。

五　系譜學方法

　　「系譜學方法」是我在區域文學史與學術史研究中，明確提出並
加以具體操作和運用的。拙作使用的「系譜學」一詞，與法國福柯的
「系譜學」概念有所不同，是「系譜學」這一漢字詞彙本身所能顯示
出來的基本涵義。

　　我在《東方文學史通論》再版後記中曾說過：學術研究大體有兩
種路子：一種是發掘性研究，一種是建構性研究。一般而論，有些學
科已有的、已知的材料較為有限，學者們的主要任務是發掘材料、積
累知識，做微觀的、具體的研究，這就好比是製作磚頭瓦片；第二種
情況，是有些學科積累到相當程度，需要從微觀到宏觀，從個別到一
般，從材料到理論，這就好比是磚頭瓦片積累多了，就動手蓋房子。
蓋房子的人也許沒有做過一塊磚、一片瓦，但他的本事是利用磚瓦蓋
房子。

　　系譜學方法，就是劉勰《文心雕龍》所說的那種「彌綸群言」的

「綜合研究」，它在建構、呈現相對完整的知識系統方面，與歷史學方法是相通的，但系譜學方法是將客觀的歷史呈現與主觀的體系構架結合起來。它不僅像一般歷史學那樣梳理和陳述歷史，更要在比較研究的基礎上，創制出若干獨特的概念、範疇，來整理、解釋史料，為某一領域建構相對自足的知識體系，即「系譜」。例如，我在《東方文學史通論》中，用了五個概念，即「信仰的文學時代、貴族化的文學時代、世俗化的文學時代、近代化的文學時代、世界性的文學時代」這五個時代，來統籌和構架古今東方文學發展史；在《比較文學系譜學》一書中，我用了「比較文學批評」與「比較文學研究」來概括比較文學學科化前後的兩個階段。在這個意義上說，我的《東方文學史通論》也不同於一般的東方文學史，《比較文學系譜學》也不同於一般的比較文學學科理論史，都試圖是運用系譜學方法，揭示出東方區域文學之間的聯繫性、整體性，總結出東方文學的基本特徵和發展規律。

六　傳播研究法・影響分析法

「影響分析」這一概念是比較文學學科的基本概念，「傳播研究」是傳播學的基本概念，都不出自我之手。但是，在《比較文學學科新論》及相關論文中，將比較文學中通常所說的「影響分析」加以重新釐定，將「影響分析」與「傳播研究」區分開來，則是我的所為。

長期以來，國內外比較文學界將「法國學派」與「影響分析」看成是一回事，認為「法國學派」是「影響分析」。我將法國學派代表人物的觀點主張及研究特色做了辨析，認為梵・第根等人所推介的國際文學之間的「經過路線」的研究，伽列、基亞等人所主張的「國際文學關係史」的研究及其方法，嚴格地說都屬「傳播研究」方法。如果要對法國學派的研究傾向和特點加以概括的話，將它們稱為「傳播研究」更合適些。

「傳播研究」是建立在外在事實和歷史事實基礎上的文學關係研究，本質上是文學交流史的研究。它關注的是國際文學關係史上的基本事實，特別是一國文學傳播到另一國的途徑、方式、媒介、效果和反應，其基本的研究方法是歷史學的、社會學的、統計學的、實證的方法，屬於文學的外部關係研究的範疇。在「傳播」研究中，除非特別需要，它一般不涉及對具體作家作品的分析判斷，而只關注其傳播與交流情況。與傳播研究相關的重要概念是「淵源」、「媒介」、「輸入」、「回饋」等等。

「影響」研究則是一種探討作家創造的內在奧秘、揭示作家的創作心理、分析作品的成因的一種研究，它本質上是作家作品的本體研究，屬於文學的內部研究，它是建立在文本分析、文學批評基礎上的審美判斷，其基本研究方法主要不是實證，而是作品的文本分析，因此準確地應該稱之為「影響分析法」。它主要研究「影響」與「接受」、「影響」與「超越」、「影響」與「獨創」之間的複雜關係。與「影響」密切相關的範疇是：「影響」與「接受」、「影響」與「超越」、「影響」與「獨創」。

七　平行貫通法

一九八〇至一九九〇年代的比較文學研究中，由於美國學派對所提倡的「平行研究」並沒有做嚴密科學的界定，導致，即「X 比 Y」式，或「A：B＝A＋B」這樣的簡單比附的文章大量流行。對此，方平先生提出了「A：B→C」平行研究方法，雖有了質的飛躍，但也有侷限，那就是仍然沒有擺脫 A 與 B 的兩項式比較。它可以得出一些有益的結論，但結論又往往由於材料的兩極性，而缺乏由眾多事實材料而提煉為規律性見解的基礎。其 C 的部分，也難免是用有限的事例，來證明眾所周知的、或沒有多少創新的平凡見解。

　　用來比較的事項越少（最少的是兩項式比較），其各自的共同點、特殊點便各占一半，這樣得出的相似或相異的結論，都是很有限度的、缺乏普遍性價值的；而用來比較的事項越多，則看出的共同點就越具有普遍性，所總結出的各自的特點也就越具有個別性，這樣的「特點」才是真正的「特點」。

　　意識到這一點後，我在《比較文學學科新論》及相關論文中，化用方平先生的「化學方程式」，而提倡的「平行貫通法」，並把這種方法表示為：X1：X2：X3：X4：X5……→Y。

　　在這裡，X1、X2、X3、X4、X5……表示不同民族、不同語言、不同文化背景中的同類材料。它們可以是作家作品，可以是概念、術語和命題，也可以是彼此關聯的不同的學科中的相關問題；Y 則表示研究者的新的見解。這是最高級的平行比較的模式。是一種既有思想貫穿、又有豐富的文獻來支撐的高端複雜的比較文學研究。它將比較研究的範圍廣泛擴大到不同文化體系中的相似、相通的諸多事物，進行全方位的、縱橫的比較，目的是為了呈現最大範圍的相似、相通性，和在這個基礎上呈現最高程度的相異性或特殊性。在這裡，「平行研究」不再是「平而不交」的研究，平行的兩條線「＝」形變為縱橫交錯的「井」字形、這就是縱橫交叉的「貫通」，「平行研究」也就變成了「平行—貫通」的研究。錢鍾書先生在《管錐編》等著作中較為成功地運用過這種方法。

八　超文學研究

　　「超文學研究」，作為比較文學研究的一個概念，是我在《比較文學學科新論》及相關論文中提出來，指的是在文學研究中，超越文學自身的範疇，以文學與相關知識領域的交叉處為切入點，來研究某種文學與外來文化之間的關係。

　　「超文學研究」是將某些國際性、世界性的社會事件、歷史現象、文化思潮，如政治、經濟、軍事（戰爭）、宗教哲學思想等，作為研究文學的角度、切入點或參照系，來研究某一民族、某一國家的文學與外來文化的關係。這裡特別強調的「國際性」，也就是「跨文化」。強調：單單「跨學科」而沒有「跨文化」，不屬於比較文學；只有跨文化的跨學科研究，才能歸入比較文學的範疇。由此可見，「超文學研究」與美國學派界定和主張的文學與其他學科之間的「跨學科研究」，並不是一回事。

　　在「超文學研究」看來，「跨學科研究」是當今各門學科中通用的研究方法，並不是文學研究的專屬方法；同時，「跨學科研究」是文學研究的普遍方法，也不是只有比較文學研究才使用的方法。多年來人們所提倡的多角度、多層次、全方位地觀照作品，其實質就是提倡用「跨學科」的廣闊視野來研究文學現象。文學與其他學科的這種「跨學科」研究，甚至還形成了若干新的交叉學科，如「文藝心理學」、「文藝社會學」、「文藝美學」、「文學史料學」等。但是，不言而喻，絕不可把這些研究拉入「比較文學」，因為它們是「比較文學」所無法涵蓋的。

　　我使用「超文學」這一新概念，是表示不能苟同美國學派的「跨學科研究」的界定和主張，儘管美國學派的看法在中國已經根深柢固地被被普遍接受。為了與美國學派的「跨學科研究」劃清界限，我使用「超文學研究」這一概念，試圖對漫無邊際的「跨學科」而導致的比較文學學科無所不包、大而無當的膨脹和邊界失控，加以控制約束，以防止比較文學學科的自我解構。

九　涉外文學

　　「涉外文學」是我創制的比較文學學科理論一個基本概念，指的

是「涉及外國的文學」，包括以外國為舞臺背景，以外國人為描寫對象，以外國問題為主題或題材的作品。

「涉外文學」中的「外」（外國），是一個可以雙向指涉的關係概念，而不是以某國為特定立場的單向性的特指概念。例如，對於中國來說，美國是「外國」；而對於美國來說，中國又是「外國」。在各國文學當中，凡涉及到「外國」的文學作品，都可以歸為「涉外文學』的範疇。

提出「涉外文學」這一概念與法國學派「形象學」有重合之處，但又有不同。「形象學」這一概念強調「形象」。「形象」固然是文學作品對異國進行反映和描寫的主要途徑與手段之一，但它又不是唯一的途徑和手段。作家對異國的描述與評價常常是通過感想、議論等非「形象」的手段來表達的。而且，法國「形象學」理論家們還把「異國形象」看成作家主觀想像的「幻象」或「社會整體想像物」，因而在研究中特別注重的是那些對異國異族的主觀性強烈的想像性、虛構性的作品，而相對忽視了客觀寫實性、紀實性的作品。相比而言，「涉外文學」的內含和外延都大於「形象學」，它包括了「想像」性的、主觀性的純虛構文學，也包括了寫實性、紀實性的遊記、見聞報導、報告文學、傳記文學等。換個角度說，「涉外文學」包括了通常我們今天所謂的純文學，也包含了許多非純文學，它既具有文學研究的價值，也有超文學的多方面的文化價值。「涉外文學」研究有兩個著眼點，一是「文化成見」，二是「時空視差」。

十　民族文學・國民文學

「民族文學」和「國民文學」這兩個概念，都是耳熟能詳的概念。早在十九世紀末，這兩個概念就大量使用。但將這兩個概念加以辨析區別，則是我在比較文學研究、特別是宏觀比較文學研究中的一個重要工作。

　　我認為，在「民族文學—國民文學—區域文學—東西方文學—世界文學」這一橫向發展的序列中，「國民文學」是一國中的各民族文學融合與凝聚之後的形態。「民族文學」是一個歷史的概念，「國民文學」是一個現實的、指向未來的概念。「國民文學」是在各個「民族文學」發展、融合、凝聚的基礎上，在「國家」這一現代性民族共同體中，所形成的新的文學形態。在現代國家中，「民族文學」已經或正在被「國民文學」所吸收、所融匯。縱觀近五、六百年來的歐洲歷史、近二百多年來的美國歷史，近一百多年中國的歷史，可以看出，民族身分的現代化就是「國民化」，傳統「民族文化」的現代化就是「國民文化」，傳統「民族文學」的現代化就是「國民文學」。「民族文學」的發展必然指向「國民文學」。

　　但由於種種複雜的原因，一些人「民族主義」意識頑固，國民意識薄弱，對此沒有理解。[3] 我認為，提出「民族文學的現代化就是

3　這一點從一個事例中可以見出。我曾應邀為一本官方教科書執筆寫了關於「民族文學、國民文學、區域文學與世界文學」一節，未料一位審稿人卻說出了這樣的話：
……381頁對國民文化、民族文化的論述有問題。民族和國民的問題是個很嚴肅的問題，386、387頁說民族現代化之後形成國家，民族文化現代化之後形成獨立文化，由民族向國民的轉變，這個觀點是錯誤的。這是西方觀點，一個民族一個國家，法蘭西法國、日爾曼德國。中國不是，中國自古是多民族建一個國家，蒙古族可以當皇帝、滿族可以當皇帝，不管誰當皇帝都是多民族，都是一個國家。中國現在的理論也是，多元一體，不是說以後民族都消失了，中國沒有這樣理論。這個是有問題的，不能說民族變成國民了。這個是不可能的，現在預測不到。中央也不讓過多的說融合，中國一定是多元一體的，不是變成一個民族的。《比較文學概論》中對民族文學、國民文學的論述不正確，是政治問題，應當修改。
我看了轉發來的這份記錄稿後，當即給編寫組發了一封電郵：
這位「專家」完全沒有讀懂，武斷地曲解原意，竟上綱上線至「政治問題」，是完全令人不可接受的、徹底錯誤的。在民族國家及比較文學的相關問題上，這位「專家」太不專了，是徹頭徹尾的僵化、外行話！即便是「政治」上，他的看法也不符合國家根本利益。說什麼「中央也不讓過多說融合」，完全是胡說！你憑什麼「代表中央」發言啊？不融合，難道要鼓勵各民族淡化自己的國民身分，搞民族分裂麼？聯繫目前藏獨、疆獨的猖獗，聯繫目前一些「港獨」不承認中國國民的身分，

『國民文學』」這一命題，通過文學觀念的轉換，有助於強化各民族成員的國民意識的自覺，增強作為一個國民的認同感、自豪感和責任感。這在我國而言具有重大的理論意義和現實意義。

十一　跨文化詩學

「文化詩學」這一概念當然不是我提出，而是當代學術文化的一個基本概念。但是，「跨文化詩學」這個概念則是我在研究比較文學學術史的過程中創制的，以此來概括當代中國比較文學的基本特徵。

我認為比較文學在學院化和學科化之後，在歐美國家漸次形成了兩種學術形態，即：法國學派的「文學史研究」形態，美國學派與蘇聯學派的以理論概括與體系建構為主要宗旨的「文藝學」形態。到了一九八〇年代之後的三十多年間，中國比較文學在歐美比較文學兩種形態的基礎上，逐漸形成了第三種形態。它既是「歷史文化」的研究，也是「詩學」的研究，而且是跨越東西方的具有全方位世界視野的研究，可以將它稱為「跨文化詩學」。「跨文化詩學」是中國比較文學的基本特徵。它超越了以往的「學派」（例如法國學派與美國學派的分歧）範疇，因而不能以「學派」的眼光看待中國比較文學，不能把中國比較文學看作是「學派」。

「文化詩學」的提倡，本質就是主張「歷史文化」與「詩學」的融匯，就是超越、打通、整合，這與比較文學研究的宗旨非常吻合。

他發出這番言論，究竟是何等居心？【此處與上一段應合為一段】不知這位「專家」是何方神聖。如有可能，請把我的意見轉給他。我希望找一個公開平臺，與他論爭一下，讓公眾評判。當然，如果該「專家」的論調是代表權力的，是必須執行的，不修改就不能出版的，那麼我建議主編刪除本人的那一節，本人退出編寫組。2014年1月3日

後來，據知主編無奈之下，把「國民文學」改成了「國家文學」。一字之改，意義全變了。當然，這個已經與我無關了。

當代中國比較文學的基本特點就是兼收並蓄。具體而言，在中外文學
關係史研究中，中國比較文學擺脫了法國學派缺乏「文學性」的、脫
出「詩學」範疇的一般文化交流史的偏頗，不忘「詩學」本位，將史
實性的傳播研究與審美的影響分析有機結合起來；在平行研究的實踐
中，中國比較文學也注意克服美國學派常見的歷史緯度的缺乏、「跨
學科研究」的空泛、「內部研究」與「外部研究」的分離與分裂，真
正將文學的文字屬性與歷史文化屬性結合起來。由此，中國學者把比
較文學提升為一種包容性、世界性、貫通性的學術文化形態，從而使
世界比較文學進入了一個繼法國學派、美國學派之後的第三個階段，
也就是東西方文化融合，文化視閾與文本詩學融合、文學交流史研究
與文學理論研究融合的「跨文化詩學」的階段，並成為今後的發展
方向。

十二　譯文學

「譯文學」是我在翻譯文學研究中創制的一個新概念。

照字面，對「譯文學」可以有三個側面的理解。一是「翻譯文
學」的縮略，相對於一般翻譯學的寬泛的翻譯研究，而限定為「翻譯
文學」的研究；二是相對於「譯介學」而言，表明它由「譯介學」媒
介的立場而轉向了「譯文」，即翻譯文本，亦即由「譯介學」對媒介
性的研究，轉置於「譯文」本身的研究；三是「譯文之學」的意思，
指研究「譯文」的學問。「譯文學」雖然一詞三義，但顧名思義，無
論怎樣加以理解，它的含義都是清晰的，無外乎以上三個側面。三個
側面的含義構成了「譯文學」這個概念的完整內涵。

當代中國的翻譯研究，根據研究者的不同的立場、方法，我認為
形成了「翻譯學」、「譯介學」、「譯文學」三種不同的研究模式，也不
妨看作是翻譯研究的三派。三者雖然都是以翻譯為研究對象，但三者

也有所明顯的不同。「翻譯學」是「語言中心論」、「忠實中心論」;「譯介學」是「媒介中心論」、「文化中心論」和「創造性叛逆」論;而「譯文學」則是「文學中心論」、「譯本中心論」和「譯本批評中心論」。「譯文學」為一種研究模式,是要將研究落實在「文本」上,還有進一步落實在「文學」文本的特性即文學性的研究上。「譯文學」這一研究模式相對獨立於一般翻譯學,脫胎於譯介學,同時又別有天地。

　　從上世紀末,筆者就有意識地堅持「翻譯文學」及「譯文學」的立場,寫出了《二十世紀中國的日本翻譯文學史》,堅持把譯本批評作為基礎。在《翻譯文學導論》(2004)一書中,把研究對象明確界定為「翻譯文學」而不是「文學翻譯」,認為「翻譯文學」是介乎於「本土文學」、「外國文學」之間的獨特的文學類型或文本形態,並以此試圖構築翻譯文學的理論體系。「譯文學」概念的提出,強化了「翻譯文學」研究的自性和特色。

十三　迻譯、釋譯、創譯

　　這是我在「譯文學」研究中提出的一組概念。

　　長期以來,由於「直譯」與「意譯」這一對概念本身在語義和邏輯關係上就有問題,導致在翻譯實踐及翻譯理論中歧義叢生、乃至混亂。翻譯文學譯本批評若繼續使用「直譯」、「意譯」這對概念,是很難有創新、有突破的,因此有必要對文本批評的概念加以更新。鑒於此,我提煉、概括了翻譯文學的文本生成的三種基本方法,一是「迻譯」,二是「釋譯」,三是「創譯」。

　　所謂「迻譯」,亦可作「移譯」,是一種平行移動式的翻譯,而不是「翻」(翻轉、轉換)。「迻譯」就是按照約定俗成的既定的譯詞加以翻譯的方法,在日漢翻譯中則是直接將漢語詞加以移植。「迻譯」具有規律性和科學性,其「翻譯度」較小,可使用機器來進行。在

「迻譯」中，譯者的「再創作性」一般難以發揮，也無須發揮。但「迻譯」也常常包含了譯者移植、引進外來語言文化的意圖與策略。

所謂「釋譯」就是解釋性的翻譯。與「迻譯」相對而言。凡是不能用通常的詞語直接加以迻譯的，譯者一定會加以釋譯。「釋譯」不僅是一種方法，也是一種翻譯策略。從翻譯文學史上看，「釋譯」的方法就是用自身的文化、固有的詞語來解釋原文詞語。例如，譯成「麥克風」是迻譯，而譯成「擴音器」就是「釋譯」；譯成「涅槃」是迻譯，譯成「圓寂」、「寂滅」是「釋譯」。「迻譯」保留了一定的文化阻隔，「釋譯」則會消除更多的文化阻隔。

所謂「創譯」，就是「創造性的翻譯」。在中外翻譯史上，「創譯」是普遍存在的翻譯方法，也是在文學翻譯中，遇到阻隔度相當大的文體樣式（特別是詩歌）時不得不採用的翻譯方法。除了文體樣式的大面積的、整體性的、總體性的「創譯」之外，凡是使用了前人沒有使用過的譯法，使用了出乎意料、而又出神入化的譯詞、譯句，都可以視為「創譯」。「創譯」的「再創作」的餘地和空間較大，翻譯家的表現個性可以得到凸顯。

「迻譯」、「釋譯」、「創譯」是翻譯文學文本生成的三種方法，同時也是「譯文學」研究模式中譯本批評的基本用語，分別對應於譯本分析研究的三個方面：迻譯側重對應語言分析、「釋譯」側重對應於文化分析，「創譯」側重對應於美學分析。

十四　歸化・異化・溶化

「歸化・異化」這對概念是翻譯研究的基本概念，魯迅最早使用「歸化」，指的「中國化」的翻譯，後來翻譯界為「歸化」找到了對義詞「異化」（有人使用「歐化」一詞）。我在《翻譯文學導論》一書中，在「歸化・異化」之外，配製了「溶化」一詞，作為對正、反概

念之後的「合」的概念，並以此作為文學翻譯及翻譯文學研究中，評價不同時代、不同譯者的文化傾向、翻譯策略的基本用語。

　　我認為，從晚清時代翻譯的「歸化」，到一九二○年代前後的翻譯的「歐化」，再到一九三○年代後半期翻譯文學的中外語言文學的「溶化」，是一個「否定之否定」的辯證發展的歷史過程。民國成立前後到一九三○年代上半期，中國翻譯文學的文化價值取向由晚清的「歸化」轉變為「異化」，可以說是對晚清以林紓為代表的「竄譯」[4]的一種反撥。不少翻譯家追求那種字對句稱的逐字逐句翻譯，主張在翻譯中應注意盡可能保存原文的句法結構，以便引進外文詞彙來豐富漢語詞彙。但與此同時，這樣的「異化」翻譯也造成了「翻譯腔」，使譯文生澀不暢。這種情況到了一九三○年代中後期開始有了明顯的變化，瞿秋白在和魯迅關於翻譯問題的討論中，提出一方面翻譯應該幫助「新的中國現代言語」的創造，另一方面也應該使用「真正的白話」，把「信」與「順」統一起來。經過二十多年的努力，到了一九三○年代後期，「異化」的成分有的被現代漢語所吸收，有的則逐漸被排斥，現代漢語基本成熟，許多翻譯家的譯作「異化」色彩不再那麼刺眼。傅雷在一九四○年代後期翻譯的《歐也尼·葛郎台》和朱生豪翻譯的莎士比亞作品，則充分顯示了現代漢語的在譯文中可以達到如何完美的境界，是中國翻譯文學爐火純青的「溶化」的標誌。

　　我認為，只有使用「歸化·異化·溶化」這三詞一組的概念，才能避免「歸化·異化」二元對立的評價模式，並把「溶化」作為翻譯文學最高的藝術境界和持續追求的理想目標。

4　「竄譯」是我在《翻譯文學導論》中創制的一個概念，指的是對原作加以改竄的翻譯。

十五　創造性叛逆‧破壞性叛逆

「破壞性叛逆」是我作為「創造性叛逆」的反義詞而杜撰出來的一個詞組，以解釋「叛逆」的另一面，即消極面或負面。

我發現，在翻譯研究與翻譯批評中，許多翻譯研究者只拈出「創造性叛逆」這一個詞，很容易對翻譯中的「叛逆」做出一元化的判斷，得出所有叛逆都是「創造性叛逆」的結論，並給與無條件肯定。甚至將形形色色的誤譯，都視作「創造性叛逆的形式」，而無視誤譯的「破壞性」。實際上，誤譯，無論是自覺的誤譯還是不自覺的誤譯，是有意識地誤譯還是無意識的誤譯，對原作而言，都構成了損傷、扭曲、變形，屬「破壞性的叛逆」無疑。儘管誤譯特別有意識的誤譯，有時候會造成出乎意外的創造性的效果，其接受美學上的效果也是正面的。但是這種情況多是偶然的，是很有前提條件和限度的。因此不能以「創造性叛逆」來無條件地肯定誤譯。

我認為，一部譯作的「叛逆」越多，其中所含有的「破壞性叛逆」就越多；「破壞性叛逆」越多，「創造」的意義就越少，「創造性叛逆」也越少。因此，一部好的譯作不僅「破壞性叛逆」要盡可能少，「創造性叛逆」也要也盡可能地少。這樣的譯作才是值得讀者信賴的，並可很大程度上替代原作的譯作。而且，從翻譯史上看，「創造性叛逆」和「破壞性叛逆」應該是一個歷史範疇。隨著翻譯水平的提高，隨著語言學及詞典編纂的進步，隨著雙語解釋的日益科學化、固著化，隨著翻譯中的「溶化」的程度的提高，總體上翻譯中的「叛逆」將逐次遞減，叛逆中的「破壞性」逐次遞減，而翻譯的「創造性」主要是要通過「創造性的轉化」來體現。這是人類翻譯發展進步的基本趨勢。

鑒於此，我創制出「破壞性叛逆」這個概念，與「創造性叛逆」成為一對概念，以強化翻譯研究與翻譯批評中的科學性和辯證性。

　　以上十五個（組）關鍵詞，有的是創制；有的是改制，有的是配製；有的屬於本體概念；有的屬於方法論概念，有的屬於批評概念。它們都從不同側面體現我在比較文學與翻譯文學方面的思考，也可以作為讀者對本書閱讀理解的十五個切人點。

做學生和做先生

——恩師陶德臻教授誕辰八十週年感言[1]

一

　　自己做了老師之後，常和學生們談及往事。我多次對他們說過，在我的學生時代，堪稱「恩師」的有好幾位，其中最主要是兩個人：一位是我的中學語文老師高迎熙先生，沒有他，我恐怕難以考上大學；另一位就是陶德臻先生，他不錄取我攻讀研究生，他不讓我留校任教，或許就沒有今天的我。

　　在那時讀研究生有多難？現在的考生就難以體會了。不過可以借助數字來說明問題。一九八四年，即我被錄取的那一年，北師大中文系共招收了十四名研究生，而二〇〇四年，北師大中文系則招收了近三百名研究生。那時碩士點比現在少得多，導師更少，而且導師隔一兩年才招生一次，在讀的學生總共也只有四、五名，而現在的導師帶的學生，往往多達十幾名甚至二十幾名。那時候，大學生被稱為「天之驕子」，研究生雖然沒有固定的美稱，但比大學生還要更「驕」一些，則是無疑的。陶先生是改革開放後第一個招生世界文學專業東方文學方向研究生、並有資格授予碩士學位的教授。那年我被他錄取了，登門入室，成了他的開門弟子。僅僅這一件事，我就應該感謝他一輩子。

　　記得一九八四年五月初的那天，我從山東來北京複試的時候，第

1　本文原載《陶德臻教授紀念文集》（北京市：知識產權出版社，2006年）。

一次到師大校園內「工一九樓」三層的一個單元登門拜見陶先生。那時先生五十歲剛出頭，對學者來說正是如日中天的時候，典型的東北大漢，儀表堂堂，一派學者風度。那時國困家貧，我送給老師的「束脩」竟然只是一口袋山東土產花生米。我也覺得有點兒寒磣，不過那是我母親特意一粒一粒地挑揀過的，而見面後陶先生卻連聲致謝。從初次見面，我就覺得先生是一個和藹可親的長者，在敬仰中也倍感親切。

此後的十幾年間，陶先生一家一直都住在那裡。我也記不得我在十幾年中究竟去了多少次，反正，學習上有問題的時候、遇上困難的時候，心情好或不好的時候，我都首先想到找陶先生聊天。那時電話很不普及，每次去陶先生家都不打電話「預約」，在今天想起來是很唐突的，但只要過去了，陶先生無論方便與否，總是踏踏實實地坐在椅子上，慢慢地跟我聊，從沒有不耐煩的表示。有時候師母浦漫汀教授也從隔壁她的書房中走過來，和我們一起聊。我們的話題十分廣泛，也很輕鬆隨意，說完了正經事之後，更多的是無關緊要的閒聊，即東北話所謂的「嘮嗑」。這種「嘮嗑」拉近了我與先生的距離。想想和有的人說完了正經事就無話可說了，沉默片刻之後只好告辭；而和陶先生在一起時，即使一時無話的時候，一點也不感到尷尬，無言也覺得很自然。我在先生面前也常常是放言無忌，不管對或不對只管先說出來，先生從來不怪。先生有什麼事情要我幫他一下的時候，也是直截了當。比如，外校外地有人評教授副教授，要他填寫意見，他有就把材料拿給我看，問我：「你覺得這個人怎麼樣？」有時開學會，他忙不開，就說：「向遠，你給我起草一個開幕詞（或閉幕詞）吧！」對學生的學位論文的評價，他也常常和我交換意見，一起斟酌用詞。我心裡明白先生自己是有自己主張的，他那樣做，無非是因為他看重我、信任我。更重要的，是給我「實習」的機會。後來我自己也不斷碰到同樣的事情，多虧從先生那裡「實習」過，有輕車熟路之

感。回想起這些來，我逐漸領悟到，那實際上並不是我在幫先生的忙，而是繼續以那樣的方式從師學習。我體會，做研究生，就是要給導師當一段時期的「秘書」，甚至幫老師做一些雜事，這也是不可或缺的功課。

二

　　一九八七年我獲得碩士學位即將畢業，陶先生希望將我留下來任教，當然也有將來要我接他的班的意思。那時我也在外面聯繫了幾家工作單位，但內心裡仍然把留校作為最佳選擇。陶先生時任學科帶頭人和教研室主任，為我留校的事付出決定性的努力。我記得有五月底的一天下午，我盼著系裡對我的去留早點決定，心裡有點著急，又去陶先生家催問。他說：「還得再找一下許嘉璐」，於是我們冒著烈日在「五百座」門口等著將從會場走出來的系主任許嘉璐先生。陶先生在門口「堵」住了許先生，我就站在不遠處看著這情景。一會兒陶先生走過來，高興地對我說：「許老師說沒問題了。」

　　那年我二十五歲，托恩師的福，我的身分由「學生」變成了「先生」。

　　留校後，接著我就被學校派去參加「北京市講師團」，被派往北京市郊區昌平縣平西府鄉支援農村教育，做了一年的鄉村中學教師並兼任班主任。其間多次回校和陶先生匯報我在講師團的工作情況，後來他當著我的面和師弟師妹們說：「向遠去講師團鍛鍊了一年，成熟多了。你看，他原來說話有時臉紅，現在不了。」說得我又一次臉紅起來了。他就是這樣，總是關注著學生的成長和進步，善於發現學生身上的優點，並及時地給予表揚和鼓勵。在我和他相處的十七年中，我固然有許多的毛病和不足，但陶先生卻從來沒有批評過我一次，他給予我的，全是表揚和鼓勵。當面的表揚並不很多，但我知道，他在

別人面前，提到我時他總要誇獎我。老師的肯定和表揚會給學生以多大的自信和力量，對此我深有體會。為了不負老師的表揚和期待，自己惟有不懈地努力。

陶先生認為我「成熟」了，於是要我準備講稿，給本課生上「東方文學史」基礎課。一九八五到一九八六年間，我曾多次觀摩了陶先生及何乃英先生給本科生的講課，又用一年的時間準備了講稿。一九八九年秋天第一次上講臺前，陶先生和何乃英先生一起，專門約我談談講課的思路。我知道，自己的思路和老師以前講的很不一樣，但是我知道先生對年輕人的嘗試總是支持的。他聽了我的匯報，問了幾個問題，又叮囑了一番，最後和旁邊的何乃英先生相視一笑，說：「可以，就這麼講吧。」

於是，我登上了大學講臺。那時我二十七歲，陶先生六十五歲。我步先生的後塵，接過了先生的教鞭。

我在講授東方文學史的時候，並沒有使用先生主編的教科書或其他人的教科書，而是另起爐灶。但先生對我的作法一開始就沒有異議，而且表示支持。事實上，假如沒有他的支持，我也完全不可能那麼做。我明白，這不僅僅是出於他在學術上的寬容，更是因為他希望自己的學生能做出自己的東西來。一九九三年，當我在講稿的基礎上整理出來的《東方文學史通論》一書即將出版的時候，陶先生高興地為我寫了序言，並給予熱情的褒獎。當然，我的書未必真像他誇獎得那樣好，但我覺得他所寫的那些話深中肯綮，真可謂「知我者，吾師也」。請人為自己的書作序，不求錦上添花，更不需佛頭著糞，但求知人知言，而求知人知言，就很不容易。迄今我所寫的十幾部論著，只有這第一部書的序言是請陶先生寫的，其餘全是自序。因而陶先生的序就顯得更為珍貴。

我自己很清楚，我是踩著陶先生為首的前輩學者的肩膀登上大學講臺、登上學術研究殿堂的；沒有先生此前所打好的基礎，後生之輩

就難以順利地上路。陶先生在改革開放最初十間所做的工作，正是後輩所需要的鋪路人的工作。

三

　　鋪路人的工作和奉獻是長期的和艱苦的，同時也是默默的。陶先生一生，寫的論文並不多。今天的年輕學者如果不能歷史地看問題，就有點想不通：為什麼不多寫一些？當然，我想這對陶先生而言，不能不說是一個遺憾。不過，那主要不是他個人的問題，而是時代和環境的問題。凡了解一點中國現代史的人就會知道，陶先生那輩二十世紀二〇年代出生的人，青年時代無法從事學術研究，許多人做了時代的犧牲者。陶先生一九五〇年大學畢業後在東北師大任教，五〇年代末、六〇年代初開始研究、講授東方文學。「文革」中「停課鬧革命」，後來又曾被下放到農村勞動二年有餘，方重返教壇，從東北師大調來北師大時，已經是五十多歲的人了。而那時大學又剛剛恢復起來，課怎麼上，教材在哪裡？這些在今天不成問題的問題，確實是最緊要和最迫切的問題。陶先生這輩人在「文革」後的大學這一千瘡百孔、百廢待興的亂攤子上，開始艱難地恢復著我國的高等教育的。其中，他們所做的最重要工作，就是凝聚學術隊伍，著手學科建設，特別是教材的建設。從這個角度看，陶先生那一代人對改革開放初期我國高等教育是做出了特殊貢獻的，而陶先生的成績在他那一輩人中則是突出的。

　　陶先生作為「先生」，在教學及學科建設方面，實在是得其「先」，名副其實，也惠及「後生」之輩。他是新中國成立後最早倡導把東方文學作為一個整體納入大學中文系教學與研究體制、並最早付諸行動的人。早在一九五八年，他就和其他同事們編出了《東方文學參考資料》，由高等教育出版社出版，接著又開始策畫編寫東方文

學史教科書。然而，不久由於眾所周知的原因，教科書編寫被迫中止，一直到了改革開放之後，全國各大學的東方文學教學與研究者，才又在他的帶領下編寫出版了第一部東方文學史教材——《東方文學簡史》。那時，在我們國家的外國文學界，「西方中心論」的偏向比現在要嚴重得多，改革開放後教育部最初制定中文系的外國文學教學大綱中，幾乎是西方文學的內容一統天下。我清楚地記得一九八三年的時候，我的大學老師李永莊教授（她與陶先生有同窗之誼）告訴我說：某次教育部開會商討外國文學教學大綱的修訂，平時不多言語、說話平和的陶先生，面對勢力那麼強大的「西方派」，竟然激動地「拍案而起」，慷慨陳詞，據理力爭，結果是頗有效果——那次修訂的大綱，東方文學部分占了將近三分之一，為此後東方文學教學的展開奠定了基礎。接著，由於陶先生及其同事們的努力，集合了全國各大學中文系、外語系兩方面的學者，在八〇年代初成立了「全國東方文學研究會」；由於他的努力，教育部委託東方文學研究會連續舉辦了幾屆全國性的東方文學講習班，為各校培養了急需的師資，使許多大學中文系開起了東方文學課程；由於他的努力，一九八三年北師大中文系便獲准建立了全國第一個在世界文學學位中授予東方文學碩士學位的碩士點。今天「小成氣候」的東方文學及東方比較文學專業，在比較文學與世界文學專業中占有了應有的位置，並在北師大等大學發展為博士點，一定程度上說，這一切都得益於陶先生之為「先」。

　　在傾注極大的熱情和精力恢復和推進學科建設的同時，陶先生在東方文學研究中也做了一些開拓性的貢獻。他的那些論文數量雖不多，但從學科史上看，有一些文章是開創性的。例如，一九七九年他在《外國文學研究》雜誌上發表的關於題為〈紫式部和她的《源氏物語》〉的文章，是我國改革開放以來第一篇評介《源氏物語》的論文。當年《源氏物語》的中文譯本尚未出版，陶先生根據日文的第一手資料寫成的這篇文章，為此後我國「《源》學」的起步起到了一定

的推動作用。一九八三年他又在《語文學刊》上發表了〈從物語文學到《源氏物語》〉的文章，對日本的物語文學發展的演變過程做了清晰的梳理。陶先生關於《源氏物語》及其物語文學的有關見解，為後來的多種文學史教材所吸收，產生了廣泛的影響。作為最早提倡對東方文學進行整體研究的學者，陶先生研究視野不侷限於國別文學，而是整個東方總體文學。他在八〇年代初為趙樂甡教授翻譯的巴比倫史詩《吉爾伽美什》所撰寫的長篇序言，是新時期以來第一篇全面評介《吉爾伽美什》的文章，後來出現的有關《吉爾伽美什》的研究與評論文章，大都不同程度地受到這篇文章的影響與啟發。一九八三年陶先生發表的〈談《吉檀迦利》的思想傾向〉一文，對以晦澀難懂著稱的印度大詩人泰戈爾的《吉檀迦利》做了透澈的分析，當年我讀到這篇文章時的那種豁然開朗的舒暢感至今仍記憶猶新。當然，現代學術在不斷發展和進步，陶先生的文章在今天讀來，不免帶有時代的烙印，但沒有像陶德臻先生那一輩開拓者的跋涉山林、蓽路藍縷，就沒有此後的康莊大道。中國現代學術史應該對此予以應有的評價。

　　陶先生的大部分精力首先是凝聚和團結東方文學的學術隊伍。作為全國東方文學研究會的會長，他為那個學會的運作付出了很多的精力和代價。不僅每次的年會需要做大量的組織工作，而且他的家也成了全國同行往來交流的中心。陶先生對各地同行的求教和求助，總是有求必應，熱情接待，受到了普遍的尊敬，許多人一直親切地在底下稱他為「好老頭」，因而能夠很好地把全國同行凝聚起來。陶先生另外一個顯著的貢獻，就是編寫教材。他主編或合作主編的十幾種外國文學史、東方文學史的教材，長期被各大學廣泛採用，也奠定了我們這個學科的基礎。編寫教材，在現在的許多學者的眼裡，是一種獨創性不夠強的工作。但陶先生那一代人的工作，是撥亂反正，幾乎是在零起點上進行的，因此不能簡單地認為那個時候編寫教材不是「獨創」的。而且，多人編寫教材，需要花費相當的時間和精力來協調人

際關係，而陶先生在這方面的工作做得特細緻。我曾多次目睹陶先生在元旦、春節時，親手寫了上百張明信片，有時還端端正正地蓋上自己的印章，以聯絡和問候全國各地的同行。每當想起別人來信我一拖再拖不能回復的時候，每當過年過節首先收到比我年長的朋友和同行寄來明信片的時候，我就不由地發出感慨，感慨陶先生生前年年都肯花那麼多時間和精力做那樣的事，實在並不容易，感慨我這個學生無論如何也沒有把先生的這一點美德學過來。二〇〇〇年六月陶先生去世的一兩天後，當我幫助師母整理陶先生遺物的時候，發現陶先生不久前寫的一本教材的稿費清單，上面認真端正地、一行行地寫著某某人、多少元多少毛多少分；還看到了陶先生為下一次東方文學年會草擬的關於理事會組成的方案。那時他的癌細胞已經嚴重擴散，卻仍然像健康人一樣，做著這些瑣屑的、然而在他看來卻又並非不重要的事情。

記得我請陶先生為我指導的第一屆碩士研究生做論文答辯委員會主席的時候，是一九九七年的五月。答辯會上，低年級的碩士生也來旁聽，因為那時陶先生已不再上課，所以大部分學生只聞其名未見其面。那次我與陶先生並肩坐在一起，向同學們介紹說：「這就是我的老師，也是你們的祖師爺——陶德臻先生！」學生們聽罷，齊聲、小聲地「啊——」，均起身投以尊敬的目光，並報以熱烈的掌聲：噢，這就是陶先生！

這一幕我至今仍歷歷在目，因為在那種場合，我才最充分地找到了做「學生」的感覺，也最充分地找到了做「先生」的感覺。

陶先生誕辰八十週年之際，於日本京都

值得好好研究的葉渭渠先生[1]

不僅是《日本文學史》，葉先生留下的全部著作與譯作，已經成為中國日本文學翻譯史、日本文學研究史中的寶貴遺產，值得我們好好學習、好好借鑒。

每個人都總有一天都要離開這個世界，但離開後的結果不同。有的人走了，便帶走了他在這個世界上的所有；有的人走了，卻在這個世界上留下了很多，後人看到這些，睹物思人，便常會生起思念之情。葉渭渠先生當然屬於後者。

在我們從事的日本文學翻譯與研究領域裡，葉渭渠是一個巨大的存在。作為卓有成就的翻譯家、著作家，他留在這個世界上的東西很多：六卷本的煌煌巨著《日本文學史》，三卷本的《葉渭渠著作集》，二百多萬字的譯作，主編的二十多套日本文學叢書與選集，還有不少散文隨筆。這是一筆十分寶貴的遺產。他的離去，使得我國的日本文學圈子似乎一下子空蕩了許多。

作為老師和研究對象的葉渭渠

葉先生在世的時候，雖然我們常常通過電話和電子郵件聯繫，但見面的機會並不多。幾十年來，其實也就是有限的幾次而已，特別值得提到的有兩次。一次是一九九四年四月，我的博士論文《中日現代

---

1 本文原載《中國社會科學報》（北京），2013年11月25日，又載《融化的雪國——葉渭渠先生紀念文集》（太原市：北嶽文藝出版社，2015年）。

文學比較論》答辯，葉先生擔任答辯委員會委員；第二次是一九九九
年九月，北京市社科規劃辦與北師大聯合召開拙作《「筆部隊」和侵
華戰爭》出版座談會的時候，葉先生作為專家蒞臨會議並做發言。因
為這樣的緣故，葉先生不僅僅是我的長輩，而且是對我的論文和著作
做過指導和評價的師輩。在我的心目中，他也是我的老師。

　　葉先生還是我的研究對象。十幾年前，我曾在《二十世紀中國的
日本翻譯文學史》（再版題名《日本文學漢譯史》）和《東方各國文學
在中國》兩書中，用了較多的篇幅評述葉渭渠在日本文學譯介方面的
成就與貢獻。為了寫好有關章節，我仔細閱讀了他具有代表性的著
譯，用心琢磨了他在日本文學譯介方面的觀點和主張，並站在學術史
的角度作出了評價。

　　在葉先生的學術生涯中，大部分業績都是在改革開放後的三十多
年間完成的。而這其中的大部分，又是在退休後的二十多年間完成
的，這就令人十分驚異了。在中外學術史與翻譯史上，固然也有不少
人留下了與葉先生一樣優異而又豐富的著譯，但像葉先生這樣，在長
達八十多年的生涯中，用最後三十年、特別是退休後的二十年，作出
了這樣卓越成就的，其實並不多見。葉先生在新的時代走得很快、走
得很遠，靠他對事業的執著與熱愛，靠他文化人的責任感，更靠他那
過人的努力與勤奮，卓然而成翻譯與研究的大家，在某些方面為許多
後輩望塵莫及。

　　我認為葉渭渠作為他那一輩學人的佼佼者，是很有代表性的，很
值得在學術史的平臺上加以認真的研究，而且覺得這一代學者歲數都
大了，有些口述史料應該先著手準備為好。為此，我曾在全國東方文
學年會、研討會等多個場合，呼籲學界重視對東方文學學術史的研
究，特別是對為數不多的有成就的高齡學者的研究，有可能的話，最
好寫出他們的學術評傳。這些學者包括印度文學專家劉安武與黃寶生
先生、阿拉伯文學專家仲躋昆先生、伊朗文學專家張鴻年先生、朝鮮

文學專家韋旭升先生等在內的東方文學領域中的十幾位翻譯家與研究家。

　　三年前，我曾帶著博士後盧茂君、博士生王昇遠及碩士生李文靜去先生家中拜訪，表達了希望對他們夫婦的翻譯與學術加以研究的願望，並希望在思路和資料上得到指點，兩位先生都很配合。五個多小時的談話，使我們受益頗多。二〇一〇年六月，葉先生出院後身體很虛弱，但仍親筆寫信予我，再次希望我的《日本古典文論選譯》完成後，能夠列入《東方文化集成》叢書出版。其對後學的關心和支持，令我十分感動。記得在葉先生住院期間，學習《東方文學史》基礎課的本科生們自發地為先生寫了祝願早日康復的明信片，由班長統一寄給了葉先生。葉先生出院後，向這些學生每人贈送了一本親筆簽名的書，這在北師大文學院傳為佳話。

可置於座右的《日本文學史》

　　葉先生去世後，我由於撰寫國家社科基金重大項目《新中國外國文學研究六十年》（日本卷）的需要，再次從中國的日本文學學術史的角度研究，評述和研究葉先生的學術貢獻。又仔細細讀了他的《日本文學思潮史》和《日本文學史》等著作，其中，關於《日本文學史》，我寫下了這樣一段話：

> ……全四卷的《日本文學史》作為迄今為止篇幅最大、內容最豐富、資料最全面的日本文學史，代表了我國二十世紀末期之前我國日本文學史研究寫作的最高水平，是葉渭渠、唐月梅夫婦日本文學史研究成果的集大成。作者雖然借鑒和參閱了許多已有的日文版文學史，但由於建立了自己科學嚴謹的文學史觀和文學史研究寫作方法論，能夠有效地避免了日本學者常有的

那種材料堆砌、文本細嚼、散漫繁瑣、過於感性化、過多朧詞
贅句、缺乏理論思辨性的弊病，充分發揮了中國學者所擅長的
思路清晰、表達準確洗練的優勢，體現了中國學者日本文學研
究的實力和貢獻。這樣大規模的、高水平的日本文學史著作，
不僅在中國是空前的，即便在日本也並不多見，與日本的同類
文學史相比也是出類拔萃的。全書結構合理、羅織周密、知識
密集，資訊豐富，既可以作為專著連續閱讀，也可以作為工具
書與資料書供隨時查閱使用，具有閱讀和收藏的雙重價值。對
於中國的日本文學史學習與研究者來說，可以將此書置於座右。

　　不僅是《日本文學史》，葉先生留下的全部著作與譯作，已經成
為中國日本文學翻譯史、日本文學研究史中的寶貴遺產，值得我們好
好學習、好好借鑒。我希望今後學界能從中日比較文學、比較譯本學
的角度，對葉先生的著作與譯作加以具體而又深入的研究，並希望看
到葉先生的學術評傳早日問世。

三「大」三「小」說「大孟」

──孟昭毅先生七十壽誕感言與祝願[1]

　　每當意外遇到各地的學界朋友、或在哪裡獲知朋友動態消息的時候，我就不由地感歎：「中國很大，圈子很小。」在孟昭毅先生七十壽辰就要到來的時候，我又忽然想套用這個句式，說另外兩句話，一句就是：「東方很大，東方學很小」；另一句就是：「『大孟』很大，架子很小。」

　　所謂「中國很大，圈子很小」的圈子，指的是學術圈。再縮小一下，就是人文學科的學術圈，再繼續縮小一下，就是文學研究乃至比較文學與世界文學研究的學術圈。這樣一圈圈地收縮，就顯得越來越小了。我是一個不愛交往的人（我說得的「交往」，指的是面對面的交際，這個交往我平時極少做），有許多同行，哪怕就住在北京，也有很多是只知其人未見其面的。但即便如此，我仍然感到了這個圈子的狹小。好比北京市，本來很大，好多地方我沒去過，但對北京的地圖、北京的情況卻比較熟悉，就感到北京實際上並不大了。想來，覺得圈子小，大概是因為寫了相關領域的幾部學術史，對相關學者的著作情況比較了解的緣故吧。放在心上了，有一定把握了，就覺得小了。

　　孟昭毅先生，對我來說是「小圈子」裡的人，因為他也主要是研究東方文學的。在中國，研究東方文學相對於研究西方文學的，是絕對的少數派。在中國的大學裡，從事外國文學研究的，有百分之九十

1　本文原載《多樣性對話與話語建構──孟昭毅先生七十壽辰紀念文集》（北京市：中國戲劇出版社，2015年）。

以上是從事西方（歐美）文學的，在文學研究中造成了學術生態的失
衡。在外國問題研究中，更有百分之九十以上是研究西方問題的，屬
於「西方學」，而研究東方問題的「東方學」，偌大的中國幾乎可以說
不超過百人。目前活躍的重要的研究者，不過幾十人而已。這更在整
個人文學術領域裡造成了學術生態的失衡。在許多人那裡，什麼「中
心/邊緣」論，潛意識裡是把西方當作「中心」；什麼「中西文化」、
「中學西學」，實際上把世界文化、世界學術簡化為「中國」與「西
方」兩部分；什麼「中西比較」，實際上是在比較研究中把中國以外
的東方各國加以忽略；什麼「走向世界」，實際上是走向西方歐美；
什麼「全球化」，實際上主要是在提倡歐美化、西方化。「東方」不在
場，失衡如此！實際上，正如眾所周知的，東方歷史文化悠久，東方
地域廣袤，東方人口眾多，「東方很大」，但是我國研究東方學的人極
少極少，學術規模相對而言也很小，甚至連「東方學」的學科名分也
一直沒有，更不必說是學科建制了。於是，我國的「東方學」與西方
的「東方學」、與日本的「東方學」的繁榮，就形成了反差。

　　簡單地說，在中國，「東方很大，東方學很小」。我和孟昭毅先生
等，就一直待在這個小小的圈子裡，做了幾十年的「少數派」。做
「少數派」就得甘耐寂寞。覺得寂寞了，小圈子裡的人就設法找機會
聚在一起，在談學術之餘敘友情，在敘友情之余談學術。於是，自上
世紀九〇年代中期以來，兩年一度堅持召開的「中國東方文學研究
會」，上世紀九〇年代以來每三年一度的「中國比較文學教學研究
會」，就成為了我們定期相聚的小圈子。在迄今為止召開的十四次東
方文學年會上，孟先生作為學會的主要負責人之一，幾乎回回都到。
他若不到，會議就真的有點寂寞了。而且不僅如此，在東方文學學術
研究上，孟先生也是國內少數幾個真正打破國別界限，將東方文學作
為一個區域整體研究研究的人。在東方文學交流史研究、東方戲劇交
流、翻譯史研究、特別是中國的「周邊國家」的文學研究方面，都有

不少的成果。他的專著《東方文學交流史》、《二十世紀東方文學與中
國文學》及論文集《瀛涯文譚——孟昭毅教授講東方周邊國家文學》
等，都是這方面的代表作。

　　我第三句話是：「大孟很大、架子很小」。「大孟」是圈子裡的人
對孟先生的特殊尊稱。此尊稱是怎麼形成的，現在恐怕難以考證了，
但就我的感覺，稱「大孟」也許首先是因為他身材高大的緣故吧。大
孟身材高大魁偉，個頭要在一米八五以上吧。但實際上他的「架子」
並不大，平常與學界朋友交往，十分隨和。這一點我本人也深有體
會，按說，我與大孟的年齡相差大約十六、七歲，他有兄長的資本，
卻沒有兄長的架子。大概是在一九九一年吧，說起來距今已有二十五
年了，我那時不到三十歲，因為腰椎間盤突出症而臥床，那時孟先生
到我所暫住的什剎海附近輔仁大學舊址那裡看望我，給我兄弟般的鼓
勵，使我至今難忘。後來，我請他為《王向遠著作集》第二卷寫卷首
「解說」，他也提到了此事，說起來，我們的友誼和交往，就是從那
時開始的。現在多少年過去了，大孟都要做七十歲的壽誕了，我們說
「大孟很大」，除了身材以外，還是因為他的學問更大了，名聲更大
了，影響更大了。但他的「架子」看起來仍然沒有變大。最近這些
年，不知怎的，大孟老兄見了我，以「王先生」稱之，一開始我以為
是兄弟間的調侃，便笑納未拒，但後來他竟然一直這樣稱呼了。明明
他比我「先生」，卻叫我「先生」。孟先生隨和謙遜如此。

　　孟先生「架子」不大，也使我常常忘記了他的年齡。在我印象
裡，他老是定格在五十歲上下，樣子看去上也就是半百的年紀。這次
黎躍進兄說天津師大要準備給孟先生過七十大壽，我一時有點愕然：
孟先生到七十了嗎？真的看不出來呀！事實終歸是快七十歲了。但
「七十」也只是客觀的歲月計數，就孟先生而言，他看上去雖然更老
道了些，但依然不乏敏捷與活力。而且近年來腿腳也靈便，越來越顯
露出他的旅行家的本色。據說他作為「背包客」走遍了許多國家。其

中去了印度，還與郁龍余先生合寫一本《天竺紀行——郁龍余、孟昭毅學術之旅》，如此把旅遊與學術結合起來，真不愧是讀萬卷書、行萬里路了。在這方面，我是「雖不能至，心嚮往之」，喜歡在宅在書齋裡「神遊」，常常自詡「以神遊代旅遊」的我，但也終歸羨慕孟先生的走萬里路的狀態。

　　上面以三「大」三「小」說了一番孟先生。孟先生在學問方面、在影響方面、在貢獻方面，已經很大了。但對孟先生的體魄而言，七十的年齡也不算大，還是「小」。我衷心祝願孟先生把七十歲作為新的起點，繼續帶著各位同仁，把「東方學」、「東方文學」及「東方比較文學」這個小圈子，進一步擴大。

　　　　　　　　　　　　　　　　　二〇一五年三月二十日

附：

王向遠論文篇目一覽（1991-2016）

1. 「物哀」與《源氏物語》的審美理想
   日語學習與研究　1990年第1期
2. 三島由紀夫小說中的變態心理及其根源
   北京師範大學學報　1991年第4期
3. 一千零一夜與阿拉伯民族精神
   寧夏大學學報　1991年第2期
4. 美色、美酒與波斯古典詩歌
   國外文學　1993年第3期
5. 論渥萊・索因卡創作的文化構成
   北京師範大學學報　1993年第5期
6. 論井原西鶴的豔情小說
   外國文學評論　1994年第2期
   中國人民大學複印資料《外國文學研究》1994年第6期轉載
7. 日本的後現代主義文學與村上春樹
   北京師範大學學報　1994年第5期
   中國人民大學複印資料《外國文學研究》1994年第11期轉載
8. 中國早期寫實主義文學的起源、演變與近代日本的寫實主義
   中國文化研究　1995年第4期
   中國人民大學複印資料《文藝理論》1996年第2期轉載
9. 日本白樺派作家對魯迅、周作人影響關係新辨
   魯迅研究月刊　1995年第1期
   中國人民大學複印資料《中國現當代文學》1995年第5期轉載

10. 五四時期中國自然主義文學的提倡與日本的自然主義
　　國外文學　　1995年第2期

11. 日本的唯美主義文學與中國現代文學中的唯美主義
　　外國文學研究　　1995年第4期

12. 從「餘裕論」看魯迅與夏目漱石的文藝觀
　　魯迅研究月刊　　1995年第4期

13. 中日兩國的啟蒙主義文學思潮與「政治小說」比較論
　　外國文學評論　　1995年第3期

14. 魯迅與芥川龍之介、菊池寬歷史小說創作比較論
　　魯迅研究月刊　　1995年第12期

15. 中國的鴛鴦蝴蝶派與日本的硯友社
　　北京師範大學學報　　1995年第5期
　　中國人民大學複印資料《外國文學》1995年第11期轉載

16. 新感覺派文學及其在中國的變異──中日「新感覺派」的再比較
　　與再認識
　　中國現代文學研究叢刊　　1995年第4期

17. 中國早期普羅文學與日本普羅文學特徵之辨異
　　東方叢刊　　1995年第3期

18. 法西斯主義與日本現代文學
　　社會科學戰線　　1996年第2期

19. 文體與自我：中日「私小說」比較研究中的兩個基本問題新探
　　四川外語學院學報　　1996年第4期
　　中國人民大學複印資料《外國文學》1996年第12期轉載

20. 後現代主義文化語境中的中國文學和日本文學
　　國外文學　　1996年第1期

21. 文體‧材料‧趣味‧個性：以周作人為代表的中國現代小品文與
　　日本寫生文比較觀
　　魯迅研究月刊　　1996年第4期

22. 魯迅雜文觀念的形成演進與日本雜學
　　魯迅研究月刊　1996年第2期
23. 「新感覺派」的名與實
　　文藝報　1996年5月31日
24. 中國傳統戲劇的現代轉型與日本新派劇
　　四川外語學院學報　1997年第2期
　　中國人民大學複印資料《戲曲戲劇》1997年第7期轉載
　　新華文摘　1997年第9期摘要
25. 田漢的早期劇作與日本新劇
　　中國比較文學　1999年第1期
　　中國人民大學複印資料《戲曲戲劇研究》1999年第6期轉載
26. 中國現代浪漫主義文學思潮與日本浪漫主義
　　中國文化研究　1997年第3期
　　中國人民大學複印資料《文藝理論》1997年第10期轉載
27. 近代中日小說的題材類型及其關聯
　　齊魯學刊　1997年第6期
　　中國語言文學資料資訊1997年第5期摘發
28. 「戰國策派」與「日本浪漫派」
　　中國現代文學研究叢刊　1997年第2期
29. 日本的侵華文學與中國的抗日文學
　　北京社會科學　1997年第3期
　　中國國際廣播電臺　1997年8月譯成英文播出
　　中日比較文學研究資料　中國美術學院出版社2002年
30.《中日現代文學比較論》的基本思路與基本內容
　　中國比較文學通訊　1997年第1期
31. 中國現代小詩與日本的和歌俳句
　　中國比較文學　1997年第1期

32. 魯迅的〈野草〉與夏目漱石的〈十夜夢
　　魯迅研究月刊　1997年第1期

33. 中日現代文學比較研究的宏觀思考
　　北京師範大學學報　1997年第1期

34. 芥川龍之介與中國現代文學──對一種奇特的接受現象的剖析
　　國外文學　1998年第1期
　　中國比較文學　1999年第1期

35. 廚川白村與中國現代文藝理論
　　文藝理論研究　1998年第2期
　　中國人民大學複印資料　1998年第7期轉載

36. 中國現代文論與日本文論
　　北京師範大學學報　1998年第4期
　　中國人民大學複印資料《文藝理論》1998年第9期轉載

37. 周作人的文學觀念的形成演變與日本文學理論
　　魯迅研究月刊　1998年第1期

38. 中日「新浪漫主義」因緣論
　　四川外語學院學報　1998年第3期

39. 日本的「筆部隊」及其侵華文學
　　北京社會科學　1998年第2期
　　中國人民大學複印資料《中國現當代文學》1998年第8期轉載
　　新華文摘　1998年第9期摘發
　　中國國際廣播電臺1998年7月9日譯為英文播出

40. 「筆部隊」──日寇侵華的一支特殊部隊
　　北京日報　1998年7月20「文史欄」

41. 七七事變前日本的對華侵略與日本文學
　　日本學刊　1998年第6期

42. 從日本文壇看日本軍國主義思想及侵華國策的形成
　　抗日戰爭研究　1998年第4期

43. 談談攻博期間的科研與論文寫作──在北師大研究生院博士生培
養與科研工作會議上的講話
北京師範大學研究生報　1998年 4月5日

44. 日本的軍隊作家及其侵華文學
北京社會科學　1999年第1期
中國國際廣播電臺1999年7月8日譯為英文播出

45. 日本有「反戰文學」嗎？
外國文學評論　1999年第1期
新華文摘　1999年第6期摘編
文藝報　1999年7月22日第2版「思想庫」欄摘要
北京日報　「理論週刊」1999年9月8日第11版摘要

46. 中國的鄉土文學與日本的農民文學（與亓華合作）
四川外語學院學報　1999年第1期

47. 戰後日本文壇對侵華戰爭及戰爭責任問題的認識
北京師範大學學報　1999年第3期

48. 田漢的早期劇作與日本新劇
中國比較文學　1999年第1期
中國人民大學複印資料《戲曲戲劇研究》1999年第6期轉載

49. 胡風與廚川白村
文藝理論研究　1999年第2期
中國人民大學複印資料《文藝理論》1999年第6期轉載
中日比較文學研究資料　中國美術學院出版社2002年

50. 二十一世紀的比較文學研究──回顧與展望
文藝報　1999年5月13日
中國人民大學複印資料《文藝理論》1999年第7期轉載

51. 日本侵華詩歌中的戰爭喧囂
現代文明畫報　1999年6月

65. 學術＋藝術＝教學基本功——在第三屆北京高校青年教師教學基本功比賽總結點評大會上的講話
　　現代教育報　2001年2月28日第3版

66. 論比較文學的「傳播研究」——它與「影響分析」的區別、它的方法、意義與價值
　　南京師範大學文學院學報　2002年第2期
　　中國人大複印資料《文藝理論研究》2003年第3期轉載

67. 「闡發研究」及「中國學派」——文字虛構與理論泡沫
　　中國比較文學　2002年第1期

68. 近二十年來我國的中俄文學比較研究述評（上）
　　俄羅斯文藝　2002年第4期

69. 近年來我國的中朝文學關係比較研究概評
　　延邊大學學報　2002年第4期

70. 我怎樣寫〈中國比較文學二十年〉
　　北京大學《東方文學研究通訊》　2002年第4期

71. 近二十年來我國的中俄文學比較研究述評（下）
　　俄羅斯文藝　2003年第1期

72. 比較文學平行研究功能模式新論
　　北京師範大學學報　2003年第2期

73. 論比較文學的超文學研究
　　中國文學研究　2003年第1期
　　中國人民大學複印資料《文藝理論》2003年第6期轉載

74. 大膽假設，細緻分析——比較文學「影響分析」新解
　　北京社會科學　2003年第2期

75. 比較文學影響研究新解
　　商丘師範學院學報　2003年第6期

76. 作為比較文學的比較文體學——概念的界定、研究的課題與對象
　　北京郵電大學學報・社科版　2003年第1期

中國人民大學報刊複印資料《文藝理論》2004年第7期轉載

89. 比較詩學：侷限性與可能性
中國文學研究　2004年第3期

90. 什麼人、憑什麼進入《中國翻譯詞典》？
臨沂師範學院學報　2004年第2期

91. 論「涉外文學」及「涉外文學」研究
社會科學評論　2004年第1期

92. 二十世紀八〇至九〇年代中國的中日文學比較研究概觀
北京大學《東方文學研究通訊》　2004年第1期
北京大學《東方研究・中日文學比較研究專輯》　經濟日本出版
社　2004年

93. 從「外國文學史」到「中國翻譯文學史」——一門課程面臨的挑
戰及其出路
中國比較文學　2005年第2期

94. 中國比較文學百年史整體觀（與樂黛雲合作）
文藝研究　2005年第2期

95. 私の中日兩國の文學および文化關係の研究について（日文）
京都外國語大學研究論叢　2005年3月　第64號

96. 二十世紀八〇至九〇年代中國的中日文學比較研究概觀
日本京都外國語大學《中國語學科創設30週年紀念論集》　2005
年3月

97. 日本對華文化侵略的特徵、方式與危害
北京社會科學　2005年第1期

98. 從「合邦」、「一體」到「大亞細亞主義」——近代日本侵華理論
的一種形態
華僑大學學報　2005年2期

99. 日本對華文化侵略與在華通信報刊
蘇州科技學院學報　2005年第3期

100. 對侵華文學的歷史批判

人民日報　2005年8月11日第九版「文論天地」欄

101. 揮之不去的殖民地情結——日本右翼漫畫家小林善紀及其〈臺灣論〉（與亓華合作）

日本學刊　2005年第6期

102. 改革開放以來我國翻譯文學的基本走向及特點

北京大學《東方文學研究集刊》　第2輯

103. 日本侵華「筆部隊」

青年文摘（人物版）　2005年第9期

104. 文化侵略：日本侵華第二戰場（王向遠訪談）

中國青年　2005年第17期

105. 被忽視的侵略——專訪《「筆部隊」和侵華戰爭》作者、教授王向遠

國際先驅導報　2005年8月19日

106. 繼承是為了創新，借鑒是為了超越——訪東方文學理論家、北京師範大學王向遠教授

現代語文　2005年第5期

107. 日本在華實施奴化教育與日語教學的強制推行

教育史研究　2009年

108. 井上靖：戰後日本文壇中國題材歷史小說的開拓者

北京大學《東方文學研究通訊》　2005年第4期

109. 改革開放以來我國翻譯文學的基本走向及其特點

北京大學《東方文學研究集刊》　第2輯　2005年

110. 日本當代文學中的三國志題材——對題名「三國志」的五部長篇小說的比較分析

北京師範大學學報　2006年第3期

111. 日本當代中國題材歷史小說家宮城谷昌光

長江學術　2006第4期

161. 感物而哀：從比較詩學的視角看本居宣長的「物哀」論

文化與詩學　2011年第2期

162. 一百年來我國文學翻譯十大論爭及其特點

蘇州科技學院學報　2011年第6期

人大複印資料《外國文學研究》2012年第5期轉載

163. 泰戈爾在中國的譯介

中國學者論泰戈爾（論文集），黃河出版傳媒集團2011年

164. 民族文學的現代化即為「國民文學」——「國民文學」的形成與

提倡

北京師範大學學報　2012年第1期；

高等學校文科學報文摘　2012年第2期轉摘；

另載《中西文化交流學報》（美國）第一卷第一期（2009年12

月）；

165. 論「寂」之美——日本古典文藝美學關鍵詞「寂」的內涵與構造

清華大學學報　2012第2期

166. 日本文壇對侵華戰爭罪惡的反省寥寥無幾

中國藝術報　2012年3月16日　第5版

167. 日本古代文論的生成、發展、特色及漢譯問題

廣東社會科學　2012年第4期

168. 日本近代文論的系譜、構造與特色

山東社會科學　2012年第6期

中國社會科學文摘　2012年第10期轉摘

新華文摘　2012年第20期摘要

169. 論日本美學基礎概念的提煉與闡發——以大西克禮的《幽玄》、

《物哀》、《寂》三部作為中心

東疆學刊　2012年第3期

180. 打通與封頂：比較文學課程的獨特性質與功能

　　　燕趙學術　2013年第1期

181. 「經典化」與「文典化」

　　　中國社會科學報　2013年3月8日

182. 「國人之學」即是「國學」

　　　社會科學報（上海）　2013年2月21日

183. 國人之學即是國學：我的「國學觀」

　　　北京日報‧理論版　2013年3月11日

184. 翻譯的快感

　　　社會科學報（上海）　2013年6月27日　第5版

185. 應有專業化、專門化的翻譯文學史

　　　社會科學報（上海）　2013年10月17日　第5版。

186. 值得好好研究的葉渭渠先生

　　　中國社會科學報　2013年11月25日

187. 卓爾不群，歷久彌新——重讀、重釋、重譯夏目漱石的〈文學論〉

　　　南京師範大學文學院學報　2014年第1期

188. 比較文學史上的宏觀比較方法論及其價值

　　　中國比較文學　2014年第1期

190. 當代中國的日本文學閱讀現象分析

　　　名作欣賞　2014年第1期

191. 中國的「感」、「感物」與日本的「哀」、「物哀」——審美感興諸範疇的比較分析

　　　江淮論壇　2014年第2期

　　　人大複印資料《中國古代近代文學研究》　2014年第7期轉載

192. 日本「物紛」論——從「源學」用語到美學概念

　　　上海師範大學學報　2014年第3期

217. 炮製侵華文學的「國民英雄」火野葦平
　　　名作欣賞　2016年第3期（總第531期）
218.「翻」、「譯」的思想——中國古代「翻譯」概念的建構
　　　中國社會科學　2016年第2期
219.「理」與「理窟」：中日古代文論中的「理」範疇關聯考論
　　　社會科學研究　2016年第2期
220. 姿清風正：日本古代「風／體／姿」「風姿／風體／風情」論及
　　　與中國文論之關聯
　　　人文雜誌　2016年第4期
221. 修辭立「誠」：日本古代文論的「誠」範疇及與中國之「誠」關
　　　聯考論
　　　山東社會科學　2016年第4期
222.「譯文學」與一般翻譯學——「譯文學」對翻譯學建構缺失的補
　　　益作用
　　　中國政法大學學報　2016年第5期
223. 2015年度中國的日本文學研究
　　　日語學習與研究　2016年第2期
224. 詩「韻」歌「調」：和歌的「調」論與漢詩的「韻」論
　　　東疆學刊　2016年第2期
225. 日本的「侘」、「侘茶」與「侘寂」的美學
　　　東嶽論叢　2016年第7期。
226. 中國古代譯學五對範疇、四種條式及其系譜構造
　　　安徽大學學報　2016年第3期
227. 浮世之草，好色有道——井原西鶴「好色物」的審美構造
　　　東北亞外語研究　2016年第3期
228.「譯文學」與「譯介學」——「譯介學」的特色、可能性與不能
　　　性及與「譯文學」之關聯
　　　民族翻譯　2016年第4期

229.「一帶一路」與中國的「東方學」

　　廣西師範學院學報　2016年第5期

　　高等學校文科學報文摘　2016年第6期摘要

230.日本文學研究中「北京」的「方法化」

　　中國圖書評論　2016年第8期

後記

　　我記得老師是一九八七年開始在北師大執教的，到今年（2016年）正好是三十週年。前些日子與老師通電話時，我說：「老師執教滿三十週年了，當教授也都二十年了，該舉辦個活動紀念一下吧？我可以來張羅……。」老師說：不用做什麼活動，但是李鋒建議出一套書作個紀念……

　　後來我知道，出版這套《王向遠教授學術論文選集》，是李鋒師兄的策畫。他在出版部門工作，不光有學術的眼光，而且很了解老師的學問與著述的價值，於是策畫了這套書的編輯出版。此舉也正合我們這些「王門弟子」的心願。於是我們分工合作，在王老師的指導下，將這套書編起來了。

　　我負責編輯的就是這部《序跋與雜論》。在十卷《王向遠教授學術論文選集》中是最後一卷，內容也較為特殊。所選的是三十幾部著作、譯作的序跋，而且大部分是跋文（後記）。因為老師的序文大部分是作為正規的學術論文來寫的，分別編在了頭九卷，而老師寫「後記」彷彿是幹完活兒之後的小憩與閒聊，使用的都是隨筆散文的筆法，雖然聊得仍然是幹的活兒，但畢竟都如大汗淋漓或長途跋涉之後的歇腳，透露出一種輕鬆愜意，這類文章都編在了第十卷。

　　這些序跋雜論文章，是老師三十年的學術歷程的印記，顯示了老師在研究領域上的選擇、開拓與轉換，從中可以看出一個基本軌跡，那就是：從早期的文學史研究到中期的學術史研究，再發展到理論研究與理論建構，再到眼下正在做的跨學科的「東方學」的研究。

　　老師的早期研究是先從文學史入手的。其中，一九九四年初版的
《東方文學史通論》是我國出版的第一部個人撰寫的、形成了自己的
理論體系的東方文學史著作（這一評價參見陶德臻先生為初版本寫的
序言）；第二部《中日現代文學比較論》則進入了中日比較文學領
域，而所依託的仍然是中日近現代文學史。第三部著作《「筆部隊」
和侵華戰爭》可以看成是特定側面的日本文學史研究。而《二十世紀
中國的日本翻譯文學史》（再版改題《日本文學漢譯史》）則是第一部
日本文學漢譯史著作，也屬於文學研究研究的一種門類，但此書則是
這一門類文學史的開創者，也是說，它是我國第一部國別的翻譯文學
史。接下來的《東方各國文學在中國──譯介與研究史述論》則是把
翻譯史的研究由日本擴展到整個東方。最後是王老師率領幾屆研究生
用十幾年時間寫成的《中國百年國難文學史》。這些都屬於文學史研
究，但不是一般的文學史研究，一方面運用了傳統文學史研究的嚴格
的資料實證、文本分析的方法，另一方面也有著比較文學、翻譯文
學、戰爭文學、國難文學等特定的新穎角度，從而成為填補文學史空
白的文學史研究。我認為，這是王老師對文學史研究的一個貢獻。

　　接下來，進入二十一世紀後，老師的研究重心，由「文學史」的
研究進入了「學術史」的研究。前者是對作家作品的研究，後者是學
者的學術著作的研究，很顯然，對學術史的研究與王老師的學科建設
的構想密切相關，其目的是為了在學術史的研究中總結汲取學科建構
的歷史經驗，為此，他主編了《比較文學與世界文學學科建設叢
書》、《中國比較文學論文索引（1980-2000）》和《中國比較文學年
鑒》（合作）等書，在這些文獻學資料學工作的基礎上寫成了《中國
比較文學研究二十年》，這是中國第一本一九八〇至二〇〇〇年中國
比較文學的斷代史，接著又與樂黛雲先生合作寫出《二十世紀中國人
文學科學術研究史叢書・比較文學研究》，進而最終以一人之力寫出
了《中國比較文學百年史》。從文學史、到學術史，研究領域有所變

換，但不變的，是選題上填補空白的學術價值。

在學術史研究的堅實基礎上，王老師的研究順乎其然地進入了文學理論的研究，特別是比較文學、翻譯文學學科理論的研究，寫出《比較文學學科新論》、《中國文學翻譯九大論爭》（合著）、《翻譯文學導論》、《宏觀比較文學講演錄》等著作。這些著作在比較文學、翻譯文學、宏觀比較文學三個方面都提出了一些列令人耳目一新的觀點，形成了獨特的理論體系。而近幾年連續發表的關於「譯文學」、以及比較語義學（特別是中日文論範疇關聯考論）的系列文章，雖然還沒有來得及結集成書，但已經清楚了顯示了老師的理論研究與學術思想上的進一步拓展和深化。而目前老師正在做的國家社科基金重大項目「東方學」的研究，則在「東方學」的學科平臺上跨越了學科，將文學與其他學科相貫通，又將學術史研究與學科理論建構相結合。

除了上述的學術研究的之外，王老師的另一項重要工作是翻譯，既有學術理論著作的翻譯，也有文學作品的翻譯。收入本書有老師為他的十幾部譯作所寫的「譯者後記」。可以看出，翻譯與研究，這兩個方面在王老師那裡相輔相成的。他常說翻譯是一種「調節」，可以換換工作方式，減輕單純的學術寫作的單調感，但翻譯對王老師而言絕不是純粹的消遣，因為他翻譯的那些文獻和作品大都是古典或經典，難度很大，他常年堅持不懈地翻譯這些東西，每天拿出三分之一的時間做翻譯，竟然已經譯出了三百多萬字。對翻譯的投入和執著，根本上是出於老師對「翻譯」本身的重視，而他的翻譯理論研究也需要翻譯實踐做支撐。並且，正如〈翻譯的快感〉一文中所言，他在「翻譯」中感受到了語言與文化轉換所具有的創造性，體會到了其中的「快感」，所以他說翻譯會「上癮」。在中國，一般從事翻譯理論研究的人往往翻譯實踐做得不多，而做翻譯實踐的人對翻譯理論則不甚措意。王老師既有翻譯理論的建構，又有大量的翻譯實踐，是很不容易的。另一方面，翻譯做得好的人不少，研究做得好的人也不少，但

像王老師這樣翻譯與研究做得又多又好的，恐怕就很少了。

　　收於本卷的序跋與雜論，都有著獨特的見地，固然可以當學術論文來讀，但比一般的學術論文含有更多的感受與體驗，又可以看作是學術散文，因為讀起來很有美感。我常想，王老師實際上是很擅長寫這類隨筆散文的，甚至是很能寫詩的（他發表了不少漢俳），因為他很有詩心，很有感受力，充滿知性而又不乏情趣，文字老到而又靈動，文氣充盈而又內斂，格調灑脫而又儒雅。特別是他為前輩學者所寫的懷念文章、為後輩學者所寫的那些序言，更表明他是一個很有人情味的人。當然，作為一個研究人文學科的著作家，作為一個翻譯家，這些都是必須的，也頗值得我們晚輩效法。

　　　　　　　　　　　　　　　　　　　　　　　　　王昇遠
　　　　　　　　　　　　　　　　　　　　二〇一六年八月復旦大學

作者簡介

王向遠教授一九六二年出生於山東，文學博士、著作家、翻譯家。

一九八七年北京師範大學畢業後留校任教，一九九六年破格晉升教授，二〇〇〇年起擔任比較文學與世界文學專業博士生導師。現任北京師範大學東方學研究中心主任、中國東方文學研究會會長、中國比較文學教學研究會會長，中國作家協會會員。

主要研究領域：東方學與東方文學、比較文學與翻譯文學、日本文學與中日文學關係等，長期講授外國（東方）文學史、比較文學等基礎課，獲「北京師範大學教學名師」稱號。

主持國家社科基金重大項目一項，重大項目子課題一項，獨立承擔國家社科基金一般項目兩項，國家社科基金後期資助項目一項，教育部、北京市社科基金項目共四項。兩部著作入選為國家社科基金項目中華學術外譯項目。

在《中國社會科學》、《文學評論》、《外國文學評論》、《外國文學研究》、《中國比較文學》、《北京師範大學學報》等刊物發表論文二百二十餘篇。著有《王向遠著作集》（全十卷，寧夏人民出版社，2007

年）及各種單行本著作二十多種，合著四種。譯作有《日本古典文論選譯》（二卷4冊）、《審美日本系列》（4種）、《日本古代詩學匯譯》（上下卷）及井原西鶴《浮世草子》、夏目漱石《文學論》等日本古今名家名作十餘種共約三百萬字。

　　曾獲首屆「高校青年教師教學基本功比賽」一等獎、第四屆「寶鋼教育獎」全國高校優秀教師獎、第六屆「霍英東教育獎」高校青年教師獎、教育部「新世紀優秀人才獎」；有關論著曾獲第六屆「北京市哲學社會科學優秀成果」一等獎、第六屆「中國人民解放軍優秀圖書獎」（不分等級）、首屆「『三個一百』原創出版工程」獎等多種獎項。

東方學研究叢書　1801001

王向遠教授學術論文選集
第十卷　序跋與雜論

作　者	王向遠
叢書策畫	李　鋒、張晏瑞
責任編輯	蔡雅如
特約校對	林秋芬

發 行 人	陳滿銘
總 經 理	梁錦興
總 編 輯	陳滿銘
副總編輯	張晏瑞
編 輯 所	萬卷樓圖書股份有限公司
排　版	林曉敏
印　刷	百通科技股份有限公司
封面設計	斐類設計工作室

發　行　萬卷樓圖書股份有限公司

臺北市羅斯福路二段 41 號 6 樓之 3

電話 (02)23216565 傳真 (02)23218698

　　電郵 SERVICE@WANJUAN.COM.TW

大陸經銷　廈門外圖臺灣書店有限公司

　　電郵 JKB188@188.COM

香港經銷　香港聯合書刊物流有限公司

電話 (852)21502100

第十卷 ISBN 978-986-478-078-5

全　套 ISBN 978-986-478-063-1

2017 年 3 月初版

定價：18000 元（全十冊不分售）

如何購買本書：

1. 轉帳購書，請透過以下帳戶
   合作金庫銀行 古亭分行
   戶名：萬卷樓圖書股份有限公司
   帳號：0877717092596

2. 網路購書，請透過萬卷樓網站
   網址 WWW.WANJUAN.COM.TW

大量購書，請直接聯繫我們，將有專人為您
服務。客服：(02)23216565 分機 10

如有缺頁、破損或裝訂錯誤，請寄回更換

國家圖書館出版品預行編目資料

王向遠教授學術論文選集 / 王向遠著.
李　鋒、張晏瑞 叢書策畫.
-- 初版. -- 臺北市：萬卷樓, 2017.03
冊；　公分. -- (王向遠教授學術著作集)
ISBN 978-986-478-063-1(全套：精裝)
ISBN 978-986-478-078-5(第十卷：精裝)
1.文學 2.學術研究 3.文集
810.7　　　　　　　　　　106002083